R.

Alle Rechte, einschließlich das des vollständigen oder
auszugsweisen Nachdrucks in jeglicher Form, sind vorbehalten.

Der Preis dieses Bandes versteht sich einschließlich
der gesetzlichen Mehrwertsteuer.

Umwelthinweis:
Dieses Buch wurde auf chlor- und säurefreiem Papier gedruckt.

Schatten über dem Paradies

Die erfolgreiche Komponistin und Songtexterin Maggie Fitzgerald kehrt Los Angeles den Rücken und kauft in Maryland ein großes Grundstück mit einem alten romantischen Haus. Wer ihren Traumgarten anlegen soll, weiß sie auch schon: der gut aussehende Landschaftsarchitekt Cliff Delaney, der sie zunächst für verwöhnt hält, aber bald sein Urteil über Maggie ändert. Mit rauem Charme erobert er ihr Herz – und hält zu ihr, als düstere Ereignisse die Idylle trüben. Denn mysteriöse Knochenfunde auf ihrem Land und nächtliche Geräusche im Haus versetzen Maggie in Angst und Schrecken ...

Nora Roberts

Schatten über dem Paradies
Roman

Aus dem Amerikanischen von
M.R. Heinze

MIRA® TASCHENBUCH
Band 25081
2. Auflage: März 2004

MIRA® TASCHENBÜCHER
erscheinen in der Cora Verlag GmbH & Co. KG,
Axel-Springer-Platz 1, 20350 Hamburg
Deutsche Taschenbucherstausgabe

Titel der nordamerikanischen Originalausgabe:
Night Moves
Copyright © 1985 by Nora Roberts
erschienen bei: Harlequin Enterprises Ltd., Toronto
Published by arrangement with
Harlequin Enterprises II B.V., Amsterdam

Konzeption/Reihengestaltung: fredeboldpartner.network, Köln
Umschlaggestaltung: pecher und soiron, Köln
Titelabbildung: by GettyImages, München; Corbis, Düsseldorf
Autorenfoto: © by Harlequin Enterprise S.A., Schweiz
Satz: Berger Grafikpartner, Köln
Druck und Bindearbeiten: Ebner & Spiegel, Ulm
Printed in Germany
ISBN 3-89941-106-4

www.mira-taschenbuch.de

1. KAPITEL

„Was machst du bloß an einem solchen Ort, zum Teufel?"

Maggie, auf allen Vieren, blickte nicht hoch. „C.J., du redest immer das Gleiche."

C.J. zog den Saum seines Kaschmirpullovers zurecht. Er war ein Mann, der das Sorgen zu einer Kunst erhoben hatte, und er sorgte sich um Maggie. Jemand musste es tun. Frustriert blickte er auf das dunkelbraune Haar hinunter, das sie auf dem Kopf zu einem unordentlichen Knoten geschlungen hatte. Ihr Hals war schlank, schimmerte wie Porzellan, die Schultern waren jetzt leicht nach vorn gerundet, als sie ihr Gewicht auf die Unterarme verlagerte. Sie war zart gebaut und besaß jene Zerbrechlichkeit, die C.J. stets an die Ladys der englischen Aristokratie im neunzehnten Jahrhundert erinnerte. Obwohl diese Ladys vielleicht ebenfalls einen endlosen Vorrat an Stärke und Ausdauer unter zierlichem Knochenbau und Porzellanhaut besessen hatten.

Maggie trug ein T-Shirt und Jeans, beides ausgewaschen und jetzt leicht feucht von Schweiß. Als er ihre zartgliedrigen, eleganten Hände betrachtete und feststellte, dass sie schmutzig waren, erschauderte er. Er wusste, welche Magie diesen Händen innewohnte.

Eine Phase, dachte er. Sie macht lediglich eine Phase durch. In zwei Ehen und mehreren Affären war C.J. zu der gesicherten Erkenntnis gelangt, dass Frauen von Zeit zu Zeit von sonderbaren Launen und Stimmungen befallen wurden. Ihm wiederum fiel es zu, Maggie sanft in die reale Welt zurückzuführen.

Während er seinen Blick über nichts als Bäume und Felsen und einsame Wildnis gleiten ließ, fragte er sich flüchtig, ob es wohl Bären in diesen Wäldern gab. In der realen Welt wurden solche Wesen in Zoos gehalten. Ohne seine angespannte Ausschau nach verdächtigen Bewegungen zu unterbrechen, versuchte er es noch einmal.

„Maggie, wie lange willst du denn noch so weitermachen?"

„Wie weitermachen, C.J.?" Ihre Stimme war leise und heiser, als wäre sie soeben aufgewacht. Es war eine Stimme, die in den meisten Männern den Wunsch erzeugte, Maggie soeben geweckt zu haben.

Diese Frau war einfach schrecklich. C.J. strich sich mit den Fingern einer Hand durch seine sorgfältig gestylten und geföhnten Haare. Was machte sie bloß dreitausend Meilen von L.A. entfernt? Warum verschwendete sie sich selbst an diese Schmutzarbeit? Er besaß ihr gegenüber eine Verantwortung –

und, verdammt noch mal, auch sich selbst gegenüber. C.J. stieß einen langen Atemzug aus, eine alte Gewohnheit, sobald er auf Opposition stieß. Allerdings waren Verhandlungen sein Beruf. Es lag an ihm, Maggie durch Zureden wieder zur Vernunft zu bringen.

Er verlagerte sein Gewicht von einem Fuß auf den anderen, wobei er sorgfältig darauf achtete, seine polierten Halbschuhe nicht mit dem Schmutz in Berührung zu bringen. „Kleines, ich liebe dich. Das weißt du. Komm nach Hause!"

Diesmal drehte Maggie ihren Kopf und blickte mit einem Lächeln zu ihm auf, das jeden Zentimeter ihres Gesichts mit einbezog – den Mund, der fast schon zu großzügig war, das etwas spitz zulaufende Kinn, die betonten Wangenknochen. Ihre Augen, groß und rund und eine Schattierung dunkler als ihr Haar, sorgten für den endgültigen lebendigen Funken. Es war kein atemberaubendes Gesicht. Das sagte man sich, während man noch nach dem Grund suchte, weshalb es einem den Atem raubte. Selbst jetzt, ohne Make-up und mit Erde auf einer Wange, nahm einen das Gesicht gefangen. Maggie Fitzgerald nahm einen gefangen, weil sie genau so war, wie sie wirkte. Interessant. Interessiert.

Sie ließ sich nach hinten auf die Fersen sinken,

blies sich eine Haarsträhne aus den Augen und sah zu dem Mann hoch, der finster auf sie herunterblickte. Sie verspürte ein wenig Zuneigung und ein wenig Belustigung. Beides Gefühle, die ihr stets leicht zuflogen. „C.J., ich liebe dich auch. Und jetzt hör auf, dich wie ein altes Klageweib aufzuführen."

„Du gehörst nicht hierher", setzte er an, mehr genervt als beleidigt. „Du solltest nicht auf Händen und Knien herumwühlen …"

„Mir gefällt es", antwortete sie schlicht.

Es war dieser schlichte Tonfall, der ihm verriet, dass er ein echtes Problem hatte. Hätte sie geschrien und getobt, wäre er nahezu sicher gewesen, dass er sie zur Umkehr bewegen könnte. Doch wenn sie auf eine so ruhige Weise starrsinnig war, konnte man ihre Meinung genauso leicht ändern, wie man den Mount Everest bestieg. Es war gefährlich und ermüdend. Und weil er ein kluger Mann war, änderte C.J. seine Taktik.

„Maggie, ich verstehe nur zu gut, wieso du für eine Weile von allem wegkommen und dich ein wenig ausruhen willst. Niemand hat das mehr verdient als du." Das klingt gut, dachte er. Weil es wahr ist. „Warum gönnst du dir nicht einfach zwei Wochen in Cancún oder machst einen Einkaufsbummel durch Paris?"

10

„Mmh." Maggie rutschte auf den Knien und zupfte die Blütenblätter der Stiefmütterchen zurecht, die sie einpflanzte. Maggie fand, dass sie ein wenig mitgenommen aussahen. „Gibst du mir bitte die Gießkanne?"

„Du hörst mir nicht zu."

„Doch, das tue ich." Sie reckte sich und nahm sich selbst die Gießkanne. „Ich war schon in Cancún, und ich habe so viele Kleider, dass ich die Hälfte davon in L.A. eingelagert habe."

Ohne Pause versuchte C.J. die nächste Methode. „Es geht nicht nur um mich", begann er erneut und sah zu, wie sie die Stiefmütterchen begoss. „Jeder, der dich kennt und von dieser Geschichte hier gehört hat, denkt, du hättest ..."

„Eine Schraube locker?" warf Maggie ein. Zu viel Wasser, befand sie, als die übersättigten Blumen die Köpfe hängen ließen. Sie musste noch eine Menge über die Grundlagen des Landlebens lernen. „C.J., anstatt an mir herumzunörgeln und zu versuchen, mich zu etwas zu überreden, das ich nicht tun will, könntest du zu mir hier herunterkommen und mir helfen."

„Helfen?" Seine Stimme klang so betroffen, als hätte sie vorgeschlagen, er solle besten Scotch mit Leitungswasser verdünnen. Maggie lachte leise.

11

„Gib mir diese Steige mit Petunien." Sie rammte den kleinen Spaten wieder in den Boden und kämpfte gegen den steinigen Untergrund. „Gärtnern würde dir gut tun. Es würde dich wieder mit der Natur in Berührung bringen."

„Ich habe nicht die Absicht, die Natur zu berühren."

Diesmal lachte sie und wandte ihr Gesicht dem Himmel zu. Nein, ein chlorierter Pool – solarbeheizt – war wohl das Äußerste, was C.J. als Natur an sich herankommen lassen würde. Bis vor ein paar Monaten war sie selbst auch nicht viel näher herangekommen. Auf jeden Fall hatte sie es nie versucht. Aber jetzt hatte sie etwas gefunden – etwas, wonach sie nicht einmal gesucht hatte. Wäre sie nicht an die Ostküste gekommen, um an der Partitur für ein neues Musical mitzuarbeiten, und hätte sie nicht nach den langen, kräftezehrenden Sitzungen diese impulsive Spazierfahrt nach Süden unternommen, wäre sie nie in die verschlafene Kleinstadt geraten, die in den Blue Ridge Mountains versteckt lag.

Ob wir je wirklich wissen, wohin wir gehören, dachte Maggie, wenn wir nicht das Glück haben, unseren ganz persönlichen Flecken Erde durch Zufall zu entdecken? Sie wusste nur, dass sie ohne Ziel losgefahren und nach Hause gekommen war.

12

Vielleicht hatte das Schicksal sie nach Morganville geführt, eine Ansammlung von Häusern in den Hügeln, die sich einer Bevölkerungszahl von 142 rühmte. Außerhalb der eigentlichen Stadt lagen Farmen und isolierte Häuser in den Bergen. Falls das Schicksal sie nach Morganville geführt hatte, musste es auch das Schicksal gewesen sein, das sie zu dem Schild brachte, das anzeigte, ein Haus und zwölf Morgen Land seien zu verkaufen. Es hatte keinen Moment der Unentschlossenheit gegeben, kein Handeln um den Preis, keine Zweifel in letzter Minute. Maggie hatte die Kaufbedingungen erfüllt und innerhalb von dreißig Tagen die Besitzurkunde in Händen gehalten.

Als sie zu dem zweistöckigen Holzhaus mit den noch immer schief hängenden Fensterläden blickte, konnte Maggie sich gut vorstellen, dass ihre Freunde und Kollegen sich um ihren Geisteszustand sorgten. Sie hatte ihre mit italienischem Marmor ausgekleidete Eingangshalle und ihren mosaikgekachelten Pool gegen rostige Angeln und Steine ausgetauscht. Und sie hatte es ohne einen einzigen Blick zurück getan.

Maggie drückte die Erde um die Petunien an und ließ sich nach hinten sinken. Die Petunien sahen etwas lebendiger aus als die Stiefmütterchen. Vielleicht bekam sie allmählich den Dreh. „Was denkst du?"

„Ich denke, du solltest nach L.A. zurückkommen und die Partitur beenden."

„Ich meinte die Blumen." Sie putzte im Aufstehen ihre Jeans ab. „Ich mache die Musik auf jeden Fall fertig – hier."

„Maggie, wie kannst du hier arbeiten?" explodierte C.J.. Er breitete beide Arme in einer Geste aus, die Maggie immer für ihre bühnenreife Schwülstigkeit bewundert hatte. „Wie kannst du hier leben? Diese Gegend ist nicht einmal zivilisiert."

„Warum? Weil es nicht an jeder Ecke einen Fitness-Club oder eine Boutique gibt?" Um ihre Worte abzumildern, schob sie eine Hand unter C.J.'s Arm. „Komm, atme tief durch. Die frische Luft wird dir nicht schaden."

„Smog wird unterschätzt", murmelte er. Beruflich gesehen war C.J. ihr Agent, doch persönlich betrachtete er sich als ihr Freund, vielleicht ihr bester Freund seit Jerrys Tod. Der Gedanke daran ließ ihn seinen Ton wieder wechseln. Jetzt war er sanft. „Maggie, ich weiß, du hast schwere Zeiten hinter dir. Vielleicht wirst du im Moment mit den Erinnerungen in L.A. nicht fertig, aber du kannst dich nicht selbst begraben."

„Ich begrabe mich nicht selbst." Sie legte ihre Hände auf seinen Unterarm. „Und ich habe Jerry vor fast zwei Jahren begraben. Das ist ein anderer Teil meines Lebens, C.J., der nichts mit dem hier zu tun hat. Hier ist mein Zuhause. Ich kann es nicht anders erklären. Das ist jetzt mein Berg, und ich bin hier glücklicher und mehr daheim, als ich es in Los Angeles jemals war."

Er wusste, dass er mit dem Kopf gegen die Wand rannte, beschloss jedoch, noch einen Versuch zu unternehmen. „Maggie." Er legte einen Arm um ihre Schultern. „Sieh dir das an." Er ließ einen Moment der Stille eintreten, während sie beide das Haus auf der Anhöhe über ihnen betrachteten. Er bemerkte, dass auf der Veranda mehrere Bretter fehlten und dass überall die Farbe abblätterte. Maggie sah, wie die Sonne von den Fensterscheiben in Regenbogenfarben reflektiert wurde. „Du kannst doch nicht im Ernst hier leben wollen."

„Etwas Farbe, ein paar Nägel." Sie zuckte nur die Schultern. Schon vor langem hatte sie gelernt, dass man die offensichtlichen Probleme am besten ignorierte, während es die Probleme waren, die im Verborgenen schwelten, um die man sich kümmern musste. „Es bietet so viele Möglichkeiten, C.J."

„Deren größte es ist, dass es dir auf den Kopf fällt."

„Ich habe das Dach letzte Woche in Ordnung bringen lassen – von einem ortsansässigen Mann."

„Maggie, ich kann mich nicht dazu bringen zu glauben, dass es hier irgendwelche ortsansässigen Männer oder Frauen gibt. Zumindest nicht in einem Umkreis von zehn Meilen. Diese Gegend dürfte nur für Elfen und Gnome geeignet sein."

„Na, vielleicht war er ja ein Gnom." Ihr Sinn für Spaß trieb sie, als sie ihre Rückenmuskeln streckte. „Er war etwa einssechzig, stämmig wie ein Bulle, und sein Name war Bog."

„Maggie ..."

„Er war eine große Hilfe", fuhr sie fort. „Er und sein Junge kommen wieder und kümmern sich um die Veranda und einige andere größere Reparaturen."

„Na schön, dann hämmert und sägt ein Gnom für dich. Was ist damit?" Er deutete auf das umliegende Land. Es war steinig, uneben und mit Unkraut und Dickicht bewachsen. Nicht einmal ein unverbesserlicher Optimist hätte irgendeine Fläche als Rasen betrachten können. Ein massiger Baum neigte sich gefährlich dem Haus zu, während dornige Schlingpflanzen und wild wachsende Blumen um Lebensraum rangen. Es roch durchdringend nach Erde und Pflanzen.

„Wie das Schloss von Dornröschen", murmelte

Maggie. „Irgendwie wird es mir Leid tun, etwas wegzuhacken, aber Mr. Bog übernimmt auch das."

„Erledigt er auch Ausgrabungsarbeiten?"

Maggie neigte den Kopf und hob die Augenbrauen. Jeden über vierzig hätte sie jetzt an ihre Mutter erinnert. „Er hat mir einen Landschaftsgärtner empfohlen. Mr. Bog hat mir versichert, dass Cliff Delaney der beste Mann im County sei. Er kommt heute Nachmittag vorbei und sieht sich alles an."

„Wenn er ein kluger Mann ist, wird er einen Blick auf diese Ablaufrinne werfen, die du eine Straße nennst und die hierher führt, und weiterfahren."

„Du hast es aber mit deinem gemieteten Mercedes bis hier herauf geschafft." Sie drehte sich um, schlang die Arme um seinen Nacken und gab ihm einen Kuss. „Glaube nicht, dass ich es nicht zu schätzen weiß, dass du dir Sorgen machst und hergekommen bist." Sie zerzauste sein Haar, womit sonst niemand durchgekommen wäre. „Vertrau meinem Urteil, C.J.. Ich weiß wirklich, was ich tue. Meine berufliche Arbeit kann hier nur besser werden."

„Das bleibt abzuwarten", murmelte er und hob seine Hand an ihre Wange. Sie ist noch jung genug für alberne Träume, dachte er. Noch süß genug, um auch an sie zu glauben. „Ich mache mir nicht um deine Arbeit Sorgen."

„Ich weiß." Ihre Stimme wurde zusammen mit ihren Augen und ihrem Mund sanfter. Sie war keine Frau, die ihre Emotionen lenkte, sondern die von ihren Emotionen gelenkt wurde. „Ich brauche den Frieden hier. Zum ersten Mal in meinem Leben bin ich von dem Karussell abgesprungen. Ich genieße den festen Boden unter den Füßen, C.J.."

Er wusste und verstand, dass sie sich im Moment nicht von ihrem Standpunkt abbringen lassen würde. Er wusste auch, dass von Geburt an ihr Leben eingebettet gewesen war in Fantasien – und Albträume. Vielleicht brauchte sie eine gewisse Zeit, um zu kompensieren.

„Ich muss meine Maschine erwischen", grollte er. „Ich möchte, dass du mich täglich anrufst, solange du hier bleibst."

Maggie gab ihm noch einen Kuss. „Einmal die Woche. Du wirst den gesamten Soundtrack für ‚Heat Dance' in zehn Tagen bekommen." Den Arm um seine Taille gelegt, führte sie ihn den unebenen, zugewachsenen Pfad hinunter zu seinem Mercedes. „Ich liebe den Film, C.J.. Er ist sogar noch besser, als ich dachte, als ich das Skript las. Die Musik schreibt sich praktisch selbst."

Er brummte nur und warf einen Blick zu dem Haus zurück. „Wenn du einsam wirst ..."

18

„Werde ich nicht." Lachend drängte Maggie ihn in den Wagen. „Es ist erstaunlich, wie sehr ich mir selbst genügen kann. Also, gute Reise, und hör auf, dir Sorgen um mich zu machen."

Von wegen, dachte er und fasste in seine Aktentasche, um sich davon zu überzeugen, dass seine Pillen gegen Reisekrankheit da waren. „Schick mir den Soundtrack, und wenn er sensationell ist, höre ich vielleicht auf, mich zu sorgen ... ein wenig."

„Er ist sensationell." Sie wich von dem Wagen zurück. „Ich bin sensationell!" rief sie, als der Mercedes zu wenden begann. „Erzähl allen an der Westküste, dass ich beschlossen habe, Ziegen und Hühner zu kaufen."

Der Mercedes stoppte abrupt. „Maggie ..."

Sie winkte lachend. „Jetzt noch nicht ... aber vielleicht im Herbst. Ach ja, und schick mir Godiva-Pralinen."

Das sieht schon mehr nach Maggie aus, dachte C.J. und fuhr wieder an. In sechs Wochen würde sie zurück in L.A. sein. Er blickte in den Rückspiegel, während er abfuhr. Er sah sie im Spiegel, zierlich und schlank, wie sie lachend vor dem überwucherten Land und den knospenden Bäumen und dem heruntergekommenen Haus stand. Wiederum schauderte er, diesmal nicht von einem Angriff auf seinen Feinsinn. Diesmal war es eine gewisse Furcht. Er war plötzlich davon überzeugt, dass Maggie hier nicht in Sicherheit war.

Kopfschüttelnd griff C.J. nach seinen Magentabletten, während der Wagen über einen Stein holperte. Er machte sich zu viele Sorgen.

Wieder allein, drehte Maggie sich zweimal im Kreis. Zum ersten Mal in ihrem Leben hatte sie die Chance, einem Besitz ihren eigenen Stempel aufzudrücken. Es war keine Presse da, die diesen isolierten Flecken im westlichen Maryland mit dem Herrenhaus ihrer Mutter in Beverly Hills oder der Villa ihres Vaters in Südfrankreich verglich. Wenn sie sehr, sehr viel Glück hatte, würde es überhaupt keine Presse geben. Sie konnte ihre Musik schreiben und ihr Leben in Frieden und Einsamkeit verbringen.

Glanz und Glitter hatten ihren Platz in dieser Welt, dachte sie, und sie wollte diesen Platz einfach nicht mehr. In Wahrheit hatte sie diesen Platz schon sehr lange nicht mehr gewollt, jedoch keinen Ausweg gefunden. Wenn die eigene Geburt von der internationalen Presse gefeiert und das eigene erste Wort für die Öffentlichkeit aufgezeichnet worden war, war es nur zu verständlich, wenn man vergaß, dass es noch eine andere Art zu leben gab.

Ihre Mutter war eine der größten Blues-Sängerinnen Amerikas gewesen, ihr Vater ein Kinderstar, der sich zu einem erfolgreichen Filmregisseur weiterentwickelt hatte. Deren Verlobungszeit und Hochzeit war von Fans auf der ganzen Welt geradezu religiös verfolgt worden. Die Geburt ihrer Tochter war wie eine königliche Geburt behandelt worden.

Und Maggie hatte das Leben einer verwöhnten Prinzessin geführt. Goldene Kutschen und weiße Pelzmäntel. Sie hatte Glück gehabt, dass ihre Eltern sie und einander liebten. Das hatte sie für die unechte, oftmals harte Welt des Showbusiness' mit all seinen Anforderungen und seiner Unbeständigkeit entschädigt. Ihre Welt war eingebettet gewesen in Reichtum und Liebe, ständig gestört durch öffentliches Interesse.

Die Paparazzi hatten sie in ihren Teenagerjahren bei ihren Verabredungen verfolgt – zu ihrer Belustigung, aber oftmals zur Frustration des jungen Mannes. Maggie hatte die Tatsache akzeptiert, dass ihr Leben öffentliches Eigentum war. Es war nie anders gewesen.

Und nachdem die Privatmaschine ihrer Eltern in den Schweizer Alpen abgestürzt war, hatte die Presse ihren Gram in Hochglanzfotos und Zeitungsartikeln festgehalten. Sie hatte nicht versucht, es zu verhindern. Sie hatte erkannt, dass die Welt mit ihr trauerte.

Sie war achtzehn gewesen, als der Stoff, aus dem ihre Welt bestand, zerriss.

Dann war da Jerry gewesen. Erst Freund, dann Liebhaber, dann Ehemann. Mit ihm war ihr Leben noch weiter in Fantasie und noch mehr in Tragödie abgeglitten.

Sie wollte jetzt nicht daran denken. Sie griff wieder nach dem Spaten und begann ihren Kampf gegen den harten Erdboden. Alles, was wirklich noch von diesem Teil ihres Lebens übrig war, war ihre Musik. Die würde sie nie aufgeben. Sie hätte es nicht gekonnt, selbst wenn sie es versucht hätte. Die Musik war ein Teil von ihr, wie es ihre Augen waren. Sie verband Worte und Musik, doch nicht mühelos, wie es nach dem meisterhaften Endprodukt den Anschein hatte, sondern besessen. Anders als ihre Mutter trat sie nicht auf, sondern versorgte andere Interpreten mit ihrer Gabe.

Mit achtundzwanzig hatte sie zwei Oscars, fünf Grammys und einen Tony. Sie konnte am Klavier sitzen und jeden Song aus dem Gedächtnis spielen, den sie jemals geschrieben hatte. Die Preise befanden sich noch immer in den Verpackungen, in denen sie aus L.A. geschickt worden waren.

Das kleine Blumenbeet, das sie anpflanzte, würde wahrscheinlich niemand außer ihr selbst zu sehen bekommen. Es war ein Werk der Liebe, ohne Garantie auf Erfolg. Doch es genügte Maggie, dem Land, das sie ihr eigenes nannte, ihren besonderen Farbfleck hinzuzufügen.

Maggie begann bei der Arbeit zu singen. Sie hatte völlig vergessen, dass sie bereits gelegentlich von Vorahnungen gepackt worden war.

Cliff übernahm normalerweise bei einem Auftrag nicht selbst die Besichtigung und die Anfangsplanung. Nicht mehr. In den letzten sechs Jahren war Cliff Delaney in der Lage gewesen, im ersten Stadium eines Projekts einen oder zwei seiner besten Leute loszuschicken. Danach erst machte er die Feinabstimmung. Wenn der Auftrag interessant genug war, besuchte er den Arbeitsplatz, während die Arbeiten im Gange waren, kümmerte sich vielleicht um einen Teil der Bepflanzung selbst.

Diesmal machte er eine Ausnahme. Er kannte den alten Morgan-Besitz. Er war von einem Morgan errichtet worden, als die winzige Stadt ein paar Meilen entfernt nach einem Morgan benannt worden war. Seit William Morgans Wagen in den Potomac River gestürzt war, hatte das Haus zehn Jahre lang leer gestanden. Das Haus war immer ernst, das Land Furcht erregend gewesen. Doch Cliff wusste, dass es mit dem richtigen Touch und dem richtigen Verständnis großartig sein konnte. Er bezweifelte, dass die Lady aus L.A. das richtige Verständnis aufbrachte.

Er kannte sie. Natürlich kannte er sie. Jeder, der die letzten achtundzwanzig Jahre nicht in einer Höhle verbracht hatte, kannte Maggie Fitzgerald. Im Moment war sie die größte Neuigkeit in Morganville – und übertraf sogar noch den ausschweifenden Klatsch über Lloyd Messners Frau, die mit dem Bankmanager durchgebrannt war.

Es war eine schlichte Stadt, eine gemächliche Stadt. Jene Art von Stadt, in der jedermann stolz war auf die Anschaffung eines neuen Feuerwehrwagens und die alljährliche Gründungsjahrfeier. Deshalb hatte Cliff sich entschieden, gerade hier zu leben, als er jenen Punkt erreicht hatte, an dem er überall leben konnte, wo er wollte. Er war hier aufgewachsen und verstand die Menschen, ihren Zusammenhalt und ihre Besitz ergreifende Art. Er verstand ihre Fehler. Mehr, viel mehr noch verstand er das Land. Er hegte ernsthafte Zweifel, dass die glamouröse Songschreiberin aus Kalifornien irgendetwas verstand.

Cliff steuerte seinen kleinen Pick-up die schlechte Straße entlang, die als Erstes ausgebessert werden musste.

Maggie hörte den Pick-up kommen, bevor sie ihn sah. Und dann hielt er an der Stelle, wo der Mercedes noch vor einer Stunde gestanden hatte. Obwohl sie den Fahrer durch die spiegelnde Windschutzscheibe nicht sehen konnte, hob sie lächelnd die Hand.

Der erste Gedanke, der Cliff kam, war, dass sie kleiner und zierlicher war, als er erwartet hatte. Die Fitzgeralds waren stets überlebensgroß gewesen. Mit einem Schnauben fragte er sich, ob sie wohl Orchideen züchten wollte, passend zu ihrem Stil. Er stieg in der Überzeugung aus, dass er sich über sie ärgern würde.

Weil sie einen zweiten Mr. Bog erwartet hatte, verspürte Maggie bei Cliffs Anblick Überraschung. Er war einfach ein großartiges Exemplar Mann. Einsfünfundachtzig, mit breiten Schultern und schwarzen, vom Fahrtwind zerzausten Haaren, die in lockeren Wellen über Stirn und Ohren fielen. Er lächelte nicht, aber sein Mund war fest und sinnlich geformt. Sie bedauerte flüchtig, dass er eine Sonnenbrille trug, so dass seine Augen verborgen waren. Sie beurteilte Menschen nach ihren Augen.

Stattdessen beurteilte Maggie ihn nach der Art, wie er sich bewegte. Lässig, voll Selbstvertrauen. Athletisch. Selbstsicher. Er war noch einen Meter entfernt, als sie den unmissverständlichen Eindruck bekam, dass er nicht sonderlich freundlich war.

„Miss Fitzgerald?"

„Ja." Mit einem neutralen Lächeln streckte Maggie ihm die Hand hin. „Kommen Sie von Delaney?"

„Ja." Ihre Hände berührten sich kurz. Ohne sich mit einer Vorstellung aufzuhalten, betrachtete Cliff das Gelände. „Sie wollten einen Kostenvoranschlag für gewisse Landschaftsarbeiten haben."

Maggie folgte seinem Blick. „Offensichtlich brauche ich so was. Vollbringt Ihre Firma Wunder?"

„Wir machen unsere Arbeit." Er betrachtete den Farbfleck hinter ihr, ruinierte Stiefmütterchen und ertränkte Petunien. Ihre Anstrengung berührte etwas in ihm, das er ignorierte, indem er sich sagte, dass sie sich schon längst langweilen würde, bevor es Zeit wurde, das erste Unkraut zu zupfen. „Warum sagen Sie mir nicht, was Ihnen vorschwebt?"

„Im Moment ein Glas Eistee. Sehen Sie sich um, während ich welchen hole. Dann sprechen wir darüber." Maggie wandte sich um und stieg die wackeligen Stufen zu der Veranda hinauf.

Hinter der Sonnenbrille zogen sich Cliffs Augen schmal zusammen. Designerjeans. Und der Solitär an der dünnen Halskette hatte bestimmt nicht weniger als einen Karat. Was für ein Spiel spielte die kleine Miss Hollywood? Sie hatte einen Dufthauch hinter sich gelassen, der die Sinne eines Mannes weckte.

Jetset, Überholspur, Glanz und Flitter. Zum Teufel, warum war sie hierher gezogen?

Bevor er sie hörte, fing Cliff einen frischen Hauch ihres Parfüms auf. Als er sich umdrehte, war sie ein paar Schritte hinter ihm, zwei Gläser in den Händen. Sie betrachtete ihn gelassen mit einer Neugierde, die sie gar nicht erst zu verbergen versuchte. Und noch etwas erkannte er, als sie so dastand, ihren Blick auf sein Gesicht gerichtet, die Sonne in ihrem Rücken: Sie war die verführerischste Frau, die er je getroffen hatte, obwohl ihn der Teufel holen sollte, wenn er wüsste, warum.

Maggie reichte ihm ein Glas. „Wollen Sie meine Ideen hören?"

Die Stimme hatte etwas mit der Anziehungskraft zu tun, entschied Cliff. Eine unschuldige Frage, die mit dieser schwülen Stimme ausgesprochen wurde, beschwor Bilder von einem Dutzend verbotener Freuden herauf. Er nahm einen Schluck. „Deshalb bin ich hier", sagte er schroffer, als er je mit einem Klienten gesprochen hatte.

Nur das Heben ihrer Augenbrauen zeigte an, dass sie seine Unhöflichkeit bemerkt hatte. Bei der Haltung, fand sie, würde er den Job nicht lange behalten. Andererseits wirkte er nicht wie ein Mann, der für jemanden arbeitete. „Sie sind Mister ...?"

„Delaney."

„Ah, der Chef selbst. Nun, Mr. Delaney, ich habe gehört, dass Sie der Beste sind. Ich sage Ihnen, was ich will, und Sie sagen mir, ob Sie das machen können."

„Klingt fair. Ich sage Ihnen im Vorhinein, dass meine Firma nie die natürliche Landschaft zerstört, um etwas aus ihr zu machen, das ihr nicht entspricht. Das ist hier raues Land, Miss Fitzgerald. Und so soll es sein. Wenn Sie ein oder zwei Morgen manikürten Rasen haben wollen, haben Sie das falsche Grundstück gekauft und den falschen Landschaftsgärtner geholt."

Es gehörte viel dazu, um sie wütend zu machen. Maggie hatte lange und hart daran gearbeitet, um ihre natürliche Neigung zu Zornesausbrüchen zu unterdrücken, damit man ihr nicht das Etikett einer launenhaften Tochter oder launenhaften Künstlerin anheftete. „Anständig von Ihnen, dass Sie darauf hinweisen", schaffte sie nach drei langen, tiefen Atemzügen.

„Ich weiß nicht, warum Sie diesen Besitz gekauft haben", setzte er an.

„Ich glaube nicht, dass ich es erwähnt habe."

„Und es geht mich nichts an", beendete Cliff ihren Gedanken. „Aber das hier geht mich etwas an." Er deutete auf den Besitz.

„Es scheint, Sie neigen gern zu voreiligen Schlüssen, nicht wahr, Mr. Delaney? Ich habe Sie noch nicht gebeten, Bulldozer und Kettensägen zu bringen." Sie sollte ihn zum Teufel jagen. Noch bevor sie sich fragen konnte, warum sie es nicht tat, kam die Antwort. Instinkt. Instinkt hatte sie nach Morganville gebracht und zu dem Grundstück, auf dem sie jetzt stand. Instinkt sagte ihr jetzt, dass er wirklich der Beste war. „Dieses Wäldchen dort. Ich möchte, dass es von Unterholz befreit wird. Man kann es nicht genießen, wenn man sich seinen Weg durch Dornen bahnen muss." Sie schoss ihm einen Blick zu. „Wollen Sie sich keine Notizen machen?"

Er betrachtete sie nachdenklich. „Nein. Weiter."

„Na schön. Da rechts vor der Veranda ... ich schätze, das war einmal ein Rasen. Und ich möchte Platz für neue Bäume. Und wo das Gelände zur Straße abfällt, das ist zu steil für Gras, aber ich kann auch nicht das Unkraut schießen lassen."

„Sie brauchen immergrüne Pflanzen", sagte er hinter ihr. „Wacholder und Forsythien. Hier, wo der Boden nicht so steil ist, brauchen Sie niedrige Bodendecker. Der Baum dort muss weg", fuhr er mit einem düsteren Blick zu dem Baum fort, der sich gefährlich in Richtung ihres Daches neigte. „Und hinter dem Haus auf dem Hang stehen zwei oder drei

29

Bäume, die gefällt werden müssen, bevor sie umstürzen."

Jetzt betrachtete sie ihn finster. „Na schön, aber ich möchte nicht, dass Sie mehr fällen, als nötig ist."

Maggie konnte nur ihr eigenes Spiegelbild in seiner Sonnenbrille sehen, als er sich ihr zuwandte. „Das tue ich nie." Er ging seitlich um das Haus herum. „Hier brauchen Sie eine Stützmauer, damit nicht eines Tages ein Baum oder ein Stein in Ihrer Küche landet."

„In Ordnung." Es klang vernünftig, fand Maggie und wünschte sich wieder, sie könnte seine Augen sehen. „Hier gibt es jede Menge Steine", murmelte sie und stolperte fast über einen.

Cliff ergriff ihren Arm, bevor sie den Abhang auf der anderen Seite des Hauses hinuntergehen konnte. Die Berührung durchfuhr sie beide. Mehr überrascht als alarmiert, wandte Maggie den Kopf.

„An Ihrer Stelle würde ich da nicht hinuntergehen", sagte Cliff leise.

Maggie blickte auf seine Hand hinunter und bemerkte die Größe und Stärke und die gebräunte Haut. „Mr. Delaney …"

„Schlangen", sagte er schlicht und hatte die Befriedigung, dass sie zwei Schritte zurückwich. „An einer solchen Stelle gibt es fast immer welche. So, wie das hier alles überwuchert ist, gibt es sie wahrscheinlich überall."

„Nun, dann ..." Maggie schluckte und unternahm eine übermenschliche Anstrengung, nicht zu schaudern. „Vielleicht können Sie sofort mit der Arbeit anfangen."

Zum ersten Mal lächelte er, sehr leicht, sehr vorsichtig. Sie hatten beide vergessen, dass er sie noch immer festhielt. Sie standen jetzt viel zu nahe beisammen, nur eine Handbreit voneinander entfernt. Sie hatte nicht so reagiert, wie er das erwartet hatte. Es hätte ihn nicht überrascht, wenn sie kreischend bei der Erwähnung von Schlangen ins Haus gelaufen wäre und die Tür hinter sich zugeschlagen hätte. Ihre Haut war weich. Cliff strich unbewusst mit seinem Daumen darüber. Doch sie selbst war offenbar nicht weich.

„Ich könnte vielleicht nächste Woche ein paar Leute schicken, aber als Erstes müssen wir uns um Ihre Straße kümmern."

Maggie tat das mit einem Schulterzucken ab. „Finden Sie die beste Lösung, nur keinen Asphalt. Ich möchte mich auf das Haus und das Grundstück konzentrieren."

„Die Straße wird Sie tausendzweihundert, vielleicht tausendfünfhundert kosten", setzte er an, aber sie wehrte wieder ab.

„Machen Sie, was nötig ist", erklärte sie mit der unbewussten Arroganz eines Menschen, der sich nie Sorgen um Geld gemacht hatte. Sie deutete den steilen Abhang hinunter. „Dort möchte ich einen Teich."

Cliff lenkte seine Aufmerksamkeit auf sie. „Einen Teich?"

Sie warf ihm einen ruhigen Blick zu. „Gestehen Sie mir eine Extravaganz zu, Mr. Delaney. Einen kleinen Teich", fuhr sie fort, bevor er etwas dazu sagen konnte. „Es ist genug Platz da, und dieser Teil hier scheint der schlimmste zu sein. Das ist kaum mehr als ein Loch in der Erde an einer sehr seltsamen Stelle. Haben Sie etwas gegen Wasser?"

Anstatt zu antworten, betrachtete er das Gelände unter ihnen. Tatsache war, dass sie keinen besseren Ort hätte wählen können. Es ließ sich machen, und es konnte sehr effektvoll sein.

„Das wird teuer", sagte er endlich. „Sie werden viel Geld in den Besitz stecken müssen. Wenn Sie das dem Wiederverkaufswert gegenüberstellen, kann ich Ihnen voraussagen, dass dieser Besitz nicht leicht zu verkaufen sein wird."

Ihre Geduld riss. „Mr. Delaney, ich bat Sie hierher, damit Sie eine Arbeit ausführen, und nicht, damit Sie mich über Liegenschaften oder meine Finanzen beraten. Wenn Sie es nicht schaffen, sagen Sie es, und ich suche mir einen anderen."

Seine Augen zogen sich schmal zusammen. „Ich schaffe es, Miss Fitzgerald. Ich werde einen Kostenvoranschlag und einen Vertrag aufsetzen. Morgen haben Sie beides in der Post. Wenn Sie dann noch wollen, dass ich es mache, rufen Sie mein Büro an." Langsam ließ er ihren Arm los und gab ihr das Glas zurück. Er ließ sie an dem Hang stehen, während er sich seinem Pick-up zuwandte. „Übrigens", sagte er, ohne sich noch einmal umzudrehen. „Sie haben Ihre Stiefmütterchen zu stark begossen. Und die Petunien auch."

Maggie stieß siedend den Atem aus und kippte den lauwarmen Tee auf die Erde.

2. KAPITEL

Maggie ging durch die knarrende Hintertür zurück ins Haus, stellte die Gläser ab und setzte sich im Musikzimmer zwischen nicht ausgepackten Kartons und alten Möbelstücken der früheren Einrichtung an ihr Klavier, schaltete das Tonbandgerät ein und ließ die Musik mit geschlossenen Augen auf sich wirken, während sie die Filmszene ablaufen sah. Sie wollte etwas Dramatisches, voller Kraft. Sie musste die Szene unterlegen, betonen, die Stimmung zu Musik machen. Sie hätte wahrscheinlich das Klopfen nicht gehört, hätte sie nicht das Band zurücklaufen lassen.

Auf der Veranda stand eine große, spröde wirkende Frau von etwa fünfzig. Ihr Haar war grau. Blassblaue Augen betrachteten Maggie durch eine Brille mit rosa Fassung.

Maggie lächelte. „Hallo. Kann ich etwas für Sie tun?"

„Sie sind Miss Fitzgerald?" Die Stimme war so leise und schlicht wie das einfache Mantelkleid.

„Ja, die bin ich."

„Ich bin Louella Morgan."

Louella Morgan, die Witwe von William Morgan, dem ehemaligen Besitzer des Hauses, das jetzt ihr gehörte. Für einen Moment fühlte Maggie sich wie ein Eindringling. Dann schüttelte sie das Gefühl ab und streckte die Hand aus. „Hallo, Mrs. Morgan. Möchten Sie hereinkommen?"

„Ich will Sie nicht stören."

„Nein, bitte." Sie öffnete die Tür weiter. „Ich habe Ihre Tochter kennen gelernt, als wir uns über das Haus einigten."

„Ja, Joyce hat es mir erzählt." Louellas Blick wanderte umher, als sie über die Schwelle trat. „Sie hatte nicht erwartet, das Haus so schnell zu verkaufen. Der Besitz war erst seit einer Woche zum Verkauf ausgeschrieben."

„Ich möchte gern daran glauben, dass es Schicksal war."

Maggie stemmte sich mit ihrem ganzen Gewicht gegen die Tür und drückte sie endlich zu. Ein Job für Bog, fand sie.

„Schicksal?" Louella wandte sich von dem langen leeren Korridor ab.

„Das Haus schien auf mich zu warten." Obwohl sie den direkten, starren Blick der Frau sonderbar fand, deutete Maggie auf das Wohnzimmer. „Kommen Sie herein und setzen Sie sich. Möchten Sie Kaffee? Etwas Kühles?"

„Nein, danke. Ich bleibe nur eine Minute." Lou-

35

ella betrat das Wohnzimmer, setzte sich jedoch nicht. Sie betrachtete die zerschlissenen Tapeten, die abblätternde Farbe und die Fenster, die jetzt, nachdem Maggie sie geputzt hatte, blinkten. „Ich wollte das Haus wieder sehen, wenn jemand darin wohnt."

„Wahrscheinlich wird es noch ein paar Wochen dauern, bis es bewohnt aussieht."

Louella schien sie nicht zu hören. „Ich kam unmittelbar nach unserer Hochzeit hierher." Jetzt lächelte sie, doch Maggie fand in diesem Lächeln keine Freude. Die Augen blickten verloren, so als wäre die Frau schon seit Jahren verloren. „Doch dann wollte mein Mann etwas Moderneres, von dem aus man bequemer die Stadt und sein Geschäft erreichte. Also sind wir umgezogen, und er hat dieses Haus hier vermietet." Louella blickte wieder Maggie an. „So ein schöner, ruhiger Fleck", murmelte sie. „Ein Jammer, dass er über die Jahre so vernachlässigt wurde."

„Es ist ein schöner Fleck", stimmte Maggie zu und bemühte sich, nicht so unbehaglich zu klingen, wie sie sich fühlte. „Ich lasse am Haus und auf dem Grundstück Arbeiten durchführen ..." Ihre Stimme erstarb, als Louella an das nach vorne führende Fenster trat und hinausstarrte. Himmel, dachte Maggie, während sie überlegte, was sie noch sagen könnte, womit habe ich es denn hier zu tun? „Äh … ich möchte viel selbst anstreichen und tapezieren."

„Das Unkraut hat alles überwuchert", sagte Louella, den Rücken zum Raum gewandt.

„Ja … nun, Cliff Delaney war heute hier und hat sich umgesehen."

„Cliff." Louellas Aufmerksamkeit schien wieder zurückzukehren, als sie sich umdrehte. In dem durch die vorhanglosen Fenster hereinfallenden Licht wirkte sie noch blasser, fast körperlos. „Ein interessanter junger Mann, etwas rau, aber sehr klug. Er wird hier gut für Sie und den Besitz arbeiten. Er ist ein Cousin der Morgans." Sie unterbrach sich mit einem leisen Lachen. „Sie werden überall im County eine Menge Morgans und ihre Verwandten verstreut finden."

Ein Cousin, überlegte Maggie. Vielleicht war er unfreundlich gewesen, weil er dachte, der Besitz hätte nicht an eine Außenseiterin verkauft werden dürfen. Resolut versuchte sie, Cliff Delaney aus ihren Gedanken zu verdrängen. Er brauchte nicht zuzustimmen. Der Besitz gehörte ihr.

„Der Rasen vor dem Haus war einmal sehr schön", murmelte Louella.

Maggie fühlte einen Hauch von Mitgefühl. „Er wird es wieder sein." Sie trat näher. Beide Frauen

37

standen jetzt am Fenster. „Ich werde einen Steingarten anlegen, und in der Senke an der Seite in dem Graben wird ein Teich angelegt."

„Ein Teich?" Louella drehte sich um und fixierte sie mit einem langen, starren Blick. „Sie wollen den Graben nutzen?"

„Ja." Maggie fühlte sich wieder unbehaglich. „Es ist der perfekte Platz."

Louella strich mit der Hand über ihre Handtasche, als wollte sie etwas wegwischen. „Ich hatte auch einen Steingarten."

„Den hätte ich gern gesehen", sagte Maggie sanft.

„Ich habe Fotos."

„Tatsächlich?" Maggie vergaß ihr Unbehagen. „Vielleicht dürfte ich sie sehen? Sie könnten mir bei der Entscheidung helfen, was ich anpflanzen soll."

„Ich werde dafür sorgen, dass Sie sie bekommen. Es ist sehr freundlich von Ihnen, dass Sie mich hereingelassen haben. Dieses Haus beherbergt Erinnerungen." Louella sah sich ein letztes Mal in dem Raum um. „Auf Wiedersehen, Miss Fitzgerald."

„Auf Wiedersehen, Mrs. Morgan." Ihr Mitgefühl regte sich erneut. „Bitte, kommen Sie wieder."

Louella blickte zurück. Ihr Lächeln war sehr schwach, ihre Augen waren sehr müde. „Danke."

Während Maggie ihr nachsah, ging Louella zu ei-

nem alten, aber gut erhaltenen Lincoln und fuhr
dann den Hügel hinunter. Leicht verwirrt kehrte
Maggie ins Haus zurück. Sie hatte noch nicht viele
Einwohner von Morganville kennen gelernt, aber es
waren offensichtlich interessante Leute.

Das Geräusch weckte Maggie aus einem tiefen Schlaf
und versetzte sie in einen benommenen, gereizten
Zustand. Während sie versuchte, ihren Kopf unter
dem Kissen zu vergraben, glaubte sie, in New York
zu sein. Das Ächzen und Dröhnen hörte sich wie ein
großer, hässlicher Müllwagen an. Aber sie war nicht
in New York. Sie war in Morganville, und hier gab es
keine Müllwagen. Hier schaffte man den Müll selbst
zur Deponie.

    Das Sonnenlicht fiel schwach auf ihre Bettdecke.
Sie war nie ein Morgenmensch gewesen, und sie hatte auch nicht die Absicht, diesen Teil ihres Naturells
durch das Landleben verändern zu lassen. Matt
drehte sie den Kopf, um auf die Uhr zu sehen. Fünf
nach sieben. Gütiger Himmel!

    Sie focht einen harten Kampf, um sich aufzuset-
zen. Mit verschlafenen Augen sah sie sich um. Auch
in diesem Raum stapelten sich ungeöffnete Kartons.
Und draußen dröhnte es ohne Pause hartnäckig weiter.

Resigniert stieg Maggie aus dem Bett, stolperte über ein Paar Schuhe, stieß eine Verwünschung aus und ging zum Fenster. Von hier aus konnte man den Vorgarten und das Tal überblicken. Im Hintergrund zeichneten sich sogar die Spitzen von blauen Bergen ab.

Maggie schob das Fenster ganz hoch. Die Frühlingsluft war angenehm kühl. Das Geräusch eines laufenden Motors war noch immer zu hören. Neugierig presste sie ihr Gesicht gegen das Fliegengitter, das daraufhin herausbrach und auf die Veranda fiel. Noch etwas für Mr. Bog, dachte Maggie seufzend.

In diesem Moment schob sich ein massiger gelber Bulldozer um die Kurve ihrer Zufahrtsstraße und schob Steine und Erde vor sich her. Cliff Delaney war ein Mann, der Wort hielt. Sie hatte den Kostenvoranschlag und den Vertrag zwei Tage nach seinem Besuch erhalten. Als sie in seinem Büro anrief, hatte sie mit einer tüchtig klingenden Frau gesprochen, die ihr erklärte, die Arbeiten würden Anfang der Woche beginnen.

Und heute ist Montag, dachte sie. Sehr pünktlich. Sie griff nach ihrem Morgenmantel und ging unter die Dusche.

Zwei Stunden später und mit dem Kaffee gestärkt, den sie für sich selbst und den Bulldozerfahrer gemacht hatte, war Maggie auf ihren Knien auf dem Küchenboden. Auf der Theke stand ihr Tonbandgerät. Die Klänge ihrer neuen Partitur, die bald vollendet sein würde, übertönten fast das Dröhnen der Maschine. Sie ließ sich treiben, während Worte zu dem Titelsong, den sie noch komponieren musste, durch ihre Gedanken zogen.

Als Cliff zu der Hintertür ging, war er bereits verärgert. Es war lächerlich, dass er seine Zeit hier verschwendete, bei all den anderen Aufträgen, die seine Firma zu erfüllen hatte. Trotzdem war er hier. Er hatte fast fünf Minuten lang an die Vordertür geklopft. Er wusste, dass Maggie im Haus war. Ihr Wagen stand in der Einfahrt, und der Bulldozerfahrer hatte ihm gesagt, dass sie vor ungefähr einer Stunde Kaffee ins Freie gebracht habe.

Die Musik, die aus den offenen Fenstern drang, erregte seine Aufmerksamkeit und seine Einbildungskraft. Er hatte diese Melodie noch nie gehört. Sie war sexy, stimmungsvoll. Nur Klavier, keine Streicher oder Blasinstrumente, doch man wollte zuhören und sich keine Note entgehen lassen. Einen Moment blieb er stehen, irritiert und bewegt.

Cliff wollte gerade an die Fliegengittertür klopfen, als er Maggie entdeckte.

Sie lag auf Händen und Knien und löste stückweise das Linoleum mit einem Spachtelmesser. Ihr Haar fiel lose über eine Schulter, so dass ihr Gesicht dahinter verborgen war. In dem tiefen Zobelbraun schimmerte Gold von dem Sonnenschein, der durch Tür und Fenster fiel.

Eine graue Cordhose schmiegte sich um ihre Hüften. Ein rotes Wildledershirt war in die Hose geschoben. Solche Hemden wurden nur in exklusiven Läden zu noch exklusiveren Preisen verkauft. Ihre Hände wirkten unglaublich zart. Cliff betrachtete diese Hände, als Maggie zu enthusiastisch mit dem Spachtelmesser hantierte und sich den Knöchel an einer Kante aufschabte.

„Was machen Sie da?" fragte er, stieß die Tür auf und trat ein. Kaum hatte Maggie den Knöchel instinktiv in den Mund geschoben, als er sich auch schon neben sie kauerte und ihre Hand ergriff.

„Es ist nichts", sagte sie automatisch. „Nur ein Kratzer."

„Sie haben Glück, dass Sie sich die Haut nicht aufgerissen haben." Obwohl seine Stimme rau und ungeduldig klang, war seine Hand sanft. Sie überließ ihm ihre Hand.

Jetzt konnte sie seine Augen sehen. Sie waren grau – rauchgrau, geheimnisvoll. Sie dachte an Abendnebel. Nebel, die manchmal gefährlich waren, aber immer faszinierten. Maggie entschied, dass sie ihn auf eine vorsichtige Art mögen konnte.

„Wer ist dumm genug, um Linoleum darüber zu legen?" Mit den Fingern ihrer freien Hand strich sie über den Holzfußboden, den sie freigelegt hatte. „Schön, nicht wahr? Das heißt, er wird es sein, sobald er geschliffen und versiegelt ist."

„Bog soll sich darum kümmern", ordnete Cliff an. „Sie wissen ja nicht, was Sie da machen."

Jeder sagte das. Maggie zog sich verärgert ein Stück zurück. „Warum soll er den ganzen Spaß haben? Abgesehen davon bin ich vorsichtig."

„Das sehe ich." Er drehte ihre Hand so, dass er die Abschürfung an dem Daumen sah. „Muss nicht jemand in Ihrem Beruf vorsichtig mit seinen Händen umgehen?"

„Die Hände sind versichert", gab sie zurück. „Ich denke, ich kann sogar mit einer so ernsthaften Verletzung ein paar Akkorde anschlagen." Sie entzog ihm die Hand. „Sind Sie hergekommen, um mich zu kritisieren, Mr. Delaney, oder ging es um etwas anderes?"

„Ich bin hier, um die Arbeiten zu überprüfen." Er hob das Fliegengitter auf, das er fallen gelassen hatte, als er ihre Hand ergriff. „Das habe ich draußen gefunden."

„Danke." Sie nahm das Fliegengitter und lehnte es gegen den Herd.

„Ihre Straße wird fast den ganzen Tag blockiert sein. Hoffentlich wollten Sie nicht wegfahren."

Maggie sah ihn leicht herausfordernd an. „Ich fahre nicht weg, Mr. Delaney."

„Gut." Die Musik vom Tonband wechselte das Tempo, hatte jetzt einen harten, primitiven Rhythmus. So etwas sollte in heißen, mondlosen Nächten gespielt werden. Es zog ihn in seinen Bann. „Was ist das?" fragte Cliff. „Das habe ich noch nie gehört."

Maggie blickte zu dem Gerät hoch. „Das ist eine Filmmusik, die ich schreibe. Gefällt sie Ihnen?"

„Ja."

Die offenste und klarste Antwort, die sie bis jetzt von ihm gehört hatte. Es genügte ihr nicht. „Warum?"

Er hörte einen Moment zu und nahm kaum wahr, dass sie beide immer noch auf dem Fußboden hockten, nahe genug, um einander zu berühren. „Die Musik geht direkt ins Blut, spricht direkt die Fantasie an. Das soll doch wohl bei einem Song so sein."

Er hätte nichts Perfekteres sagen können. Ihr sagenhaftes Lächeln traf ihn wie ein Blitz. „Ja, das soll so sein." Ihre Knie berührten sich. „Ich habe versucht, mit dieser Musik etwas sehr Urtümliches zu treffen. Sie muss die Stimmung für einen Film über eine leidenschaftliche Beziehung erzeugen – eine äußerst leidenschaftliche Beziehung zwischen zwei Personen, die nichts gemeinsam haben außer einem unkontrollierbaren gegenseitigen Verlangen. Einer der beiden wird deshalb sogar töten."

Sie verstummte und verlor sich in der Musik und in der Stimmung. Sie konnte alles in lebhaften Farben sehen, konnte die schwüle Luft einer heißen Sommernacht fühlen. Dann runzelte sie die Stirn, und wie auf ein Stichwort verstummte die Musik. Von dem Band kam ein scharfer, harter Fluch. Danach Stille.

„Mir ist bei diesen letzten beiden Takten etwas abhanden gekommen", murmelte sie. „Als wäre etwas nicht richtig durchgemischt herausgekommen. Das Stück muss sich zur Verzweiflung hin entwickeln, aber dezenter. Leidenschaft am Rande der Beherrschung."

„Komponieren Sie immer so?"

Sie ließ sich auf die Fersen zurücksinken. „Wie meinen Sie das?" fragte sie zurück.

„Mit dem Nachdruck auf Stimmung und Gefühlen und weniger auf Noten und Timing."

Niemand hatte ihren Stil jemals so genau definiert. Es gefiel ihr. „Ja", sagte sie schlicht.

Es behagte ihm nicht, was diese großen sanften Augen mit ihm anstellen konnten. Cliff erhob sich. „Deshalb ist Ihre Musik gut."

Maggie lachte flüchtig, nicht über das Kompliment, sondern über den grollenden Ton, in dem es ausgesprochen wurde. „Sie können tatsächlich auch etwas Freundliches sagen."

„Wenn es stimmt." Er beobachtete ihre fließenden Bewegungen, die er stets mit großen, gertenschlanken Frauen in Verbindung gebracht hatte. „Ich bewundere Ihre Musik." Diesmal schwang Ärger in seiner Stimme mit, weniger Humor.

„Und ansonsten bewundern Sie wenig, was mit mir zu tun hat."

„Ich kenne Sie nicht", konterte Cliff.

„Sie haben mich schon nicht gemocht, als Sie das erste Mal den Hügel heraufgekommen sind." Maggie stützte die Hände in die Hüften und sah ihn unverwandt an. „Ich habe den Eindruck, dass Sie mich schon Jahre vor unserem Kennenlernen nicht gemocht haben."

Das ist direkt, befand Cliff. „Ich habe Probleme mit Menschen, die ihr Leben auf einem silbernen Tablett verbringen. Dafür habe ich zu viel Respekt vor der Realität."

„Silbernes Tablett", wiederholte Maggie mit einer

46

viel zu ruhigen Stimme. „Mit anderen Worten, ich wurde in den Überfluss hineingeboren. Deshalb kann ich den Rest der realen Welt nicht verstehen."

Er wusste nicht, warum er lächeln wollte. Vielleicht, weil ihr das Blut ins Gesicht schoss. Vielleicht, weil sie so aussah, als würde sie ihm liebend gern an die Gurgel gehen. Trotzdem lächelte er nicht. Er hatte das unbestimmte Gefühl, dass, sollte man dieser Lady auch nur den kleinen Finger reichen, man sehr bald dazu bereit war, ihr den ganzen Arm zu geben. „So ungefähr. Der Schotter für die Straße wird um fünf geliefert und aufgeschüttet."

„So ungefähr?" Maggie war daran gewöhnt, ein Gespräch zu beenden, wann sie es wollte, und packte ihn am Arm, als er sich zur Tür wandte. „Sie sind ein engstirniger Snob, und Sie wissen gar nichts über mein Leben."

Cliff blickte auf die zarte Hand an seinem gebräunten, muskulösen Arm hinunter. Sie trug einen Amethyst, der ihm entgegenschimmerte. „Miss Fitzgerald, jeder im Land kennt Ihr Leben."

„Das ist eine der unintelligentesten Bemerkungen, die ich je gehört habe." Sie unternahm einen letzten Versuch, ihr Temperament im Zaum zu halten, vergaß es dann jedoch. „Lassen Sie sich eines von mir sagen, Mr. Delaney ..." Das Telefon unterbrach den geplanten Strom von leidenschaftlichen Beschimpfungen. Maggie brach mit einem Fluch ab. „Sie bleiben hier!" befahl sie, während sie sich zu dem Wandtelefon umdrehte und den Hörer vom Apparat riss. „Hallo!" meldete sie sich unwirsch.

„Also, es ist schön zu hören, dass dir das Landleben bekommt."

„C.J.." Sie bemühte sich, ihren Zorn zu unterdrücken. Sie wollte von ihm weder Fragen noch das unvermeidliche „Ich habe es dir gleich gesagt" hören. „Tut mir Leid, du hast mich mitten in einer philosophischen Diskussion erwischt." Obwohl sie Cliffs kurzes Lachen hörte, ignorierte sie es. „Was gibt's, C.J.?"

„Nun, ich habe seit zwei Tagen nichts von dir gehört."

„Ich habe dir gesagt, dass ich einmal die Woche anrufe. Hörst du endlich auf, dir Sorgen zu machen?"

„Du weißt, dass ich das nicht kann."

Sie musste lachen. „Ich weiß. Falls es dich erleichtert, meine Straße wird gerade hergerichtet, während wir miteinander sprechen. Wenn du mich das nächste Mal besuchst, brauchst du keine Angst mehr um deinen Auspuff zu haben."

„Das beruhigt mich nicht", grollte C.J.. „Ich habe

Albträume davon, wie dir dieses Dach auf den Kopf fällt. Das ganze verdammte Haus fällt auseinander."

„Das Haus fällt nicht auseinander." Sie drehte sich um und stieß dabei das Fliegengitter um. Es klapperte auf den Boden. In diesem Moment traf sich ihr Blick mit dem Cliffs. Er lehnte noch immer an der Theke, aber jetzt grinste er. Maggie blickte auf das Fliegengitter, dann wieder zu Cliff und hielt sich den Mund zu, um sich am Lachen zu hindern.

„Was war das für ein Lärm?" fragte C.J..

„Lärm?" Maggie schluckte. „Ich habe keinen Lärm gehört." Sie deckte die Sprechmuschel ab, als Cliff lachte. „Pst", zischte sie lächelnd. „C.J.", sagte sie in das Telefon, um ihn abzulenken, „die Filmmusik ist fast fertig."

„Wann?" Die Antwort kam prompt, wie erwartet.

„Zum größten Teil ist die Feinarbeit schon fertig. Ich hänge noch ein wenig an dem Titelsong. Wenn du mich wieder an die Arbeit lässt, wird das Band nächste Woche in deinem Büro sein."

„Warum lieferst du es nicht persönlich ab? Wir könnten gemeinsam zum Mittagessen gehen."

„Vergiss es."

Er seufzte. „Einen Versuch war es wert. Um dir zu zeigen, dass sich mein Herz am rechten Fleck befindet, habe ich dir ein Geschenk geschickt."

49

„Ein Geschenk? Die Godiva-Pralinen?"

„Warte es ab", antwortete er ausweichend. „Morgen früh wird es bei dir sein. Ich erwarte, dass du dermaßen gerührt sein wirst, dass du die nächste Maschine nach L.A. nimmst und dich höchstpersönlich bei mir bedankst."

„C.J. ..."

„Zurück mit dir an die Arbeit. Und ruf mich an", fügte er hinzu. Er wusste, wann es an der Zeit war, den Rückzug anzutreten. „Ich werde weiterhin von Visionen geplagt, wie du von einem Berg fällst."

Er legte auf und ließ sie, wie so oft, zwischen Belustigung und Verärgerung schwankend zurück. „Mein Agent", erklärte Maggie. „Er macht sich gern Sorgen."

„Verstehe."

Cliff blieb, wo er war, sie ebenso. Dieser eine winzige Moment von Gemeinsamkeit hatte eine Barriere zwischen ihnen eingerissen. An ihre Stelle war eine Befangenheit getreten, die keiner von beiden voll verstand. Cliff war sich plötzlich ihres verlockenden Duftes bewusst. Maggie fühlte sich plötzlich durch seine maskuline Ausstrahlung beunruhigt. Sie räusperte sich.

„Mr. Delaney ..."

„Cliff", verbesserte er sie.

Sie lächelte und versuchte sich zu entspannen. „Cliff. Wir haben wohl aus irgendeinem Grund auf dem verkehrten Fuß miteinander angefangen. Wenn wir uns auf etwas konzentrieren, das uns beide interessiert – mein Grundstück nämlich –, werden wir uns nicht weiter aneinander reiben."

Er hielt das für eine interessante Ausdrucksweise, vor allem, da er sich vorstellte, wie es war, mit seinen Händen über ihre Haut zu streichen. „In Ordnung", stimmte er zu, kam zu ihr und fragte sich, wen er testete, sie oder sich selbst. Als er stehen blieb, war sie zwischen ihm und dem Herd gefangen.

Er berührte sie nicht, aber beide konnten fühlen, wie es gewesen wäre. Harte Hände, weiche Haut. Wärme, die sich rasch in Hitze verwandelte. Lippen, die mit Zuversicht, mit Wissen, mit Leidenschaft auf Lippen trafen.

„Ich betrachte Ihr Land als Herausforderung." Er sagte es ruhig, seine Augen auf sie gerichtet. Sie dachte jetzt nicht an Nebel, sondern an Rauch – an Rauch und Feuer. „Weshalb ich beschlossen habe, diesem Projekt meine persönliche Aufmerksamkeit zu widmen."

Ihre Nerven waren plötzlich angespannt. Maggie wich nicht zurück, weil sie fast sicher war, dass er das wollte. Stattdessen begegnete sie seinem Blick. Wenn

51

ihre Augen nicht ruhig blickten, wenn sie sich mit den ersten Anzeichen von Verlangen verdunkelten, konnte sie das nicht verhindern. „Dem kann ich nicht widersprechen."

„Nein." Er lächelte ein wenig. Wenn er auch nur ein paar Momente länger blieb, würde er herausfinden, wie ihre Lippen schmeckten. Das konnte der größte Fehler sein, den er jemals begangen hatte. Er wandte sich ab und ging zur Hintertür. „Rufen Sie Bog an." Er warf die Worte über seine Schulter, während er die Fliegengittertür aufstieß. „Ihre Finger gehören auf die Tasten eines Klaviers, nicht um ein Spachtelmesser."

Maggie stieß den angehaltenen Atem aus, als die Fliegengittertür zuschlug. Ob er das absichtlich machte? Sie presste ihre Hand auf ihr rasendes Herz. Oder war es sein natürliches Talent, Frauen in schlaffe Stoffpuppen zu verwandeln? Kopfschüttelnd befahl sie sich, das Ganze zu vergessen. Sie war eindeutig nicht interessiert.

Mit finsterer Miene ließ sie sich wieder auf die Knie sinken und griff nach dem Spachtelmesser. Heftig hackte sie an dem Bodenbelag herum. Maggie Fitzgerald konnte sich um sich selbst kümmern.

3. KAPITEL

Es war der dritte Morgen, an dem Maggie von dem Lärm von Männern und Maschinen vor ihren Fenstern geweckt wurde. Ihr fiel ein, dass sie kaum Gelegenheit gehabt hatte, sich an die Stille zu gewöhnen, als schon das Chaos begonnen hatte.

Der Bulldozer war von Kettensägen, Heckslern und Lastwagen ersetzt worden. Auch wenn Maggie sich absolut nicht an das zeitige Aufstehen gewöhnt hatte – sie ergab sich in ihr Schicksal. Um Viertel nach sieben schleppte sie sich aus der Dusche und betrachtete ihr Gesicht im Badezimmerspiegel.

Nicht so gut, entschied sie, während sie in ihre eigenen schläfrigen Augen sah. Missmutig strich sie sich über die Wangen. Sie hatte Hautpflege nie für Luxus oder Zeitverschwendung gehalten. Das war schlicht etwas, das sie routinemäßig tat, genau wie jeden Morgen in Kalifornien zwanzig Längen zu schwimmen.

Sie hatte in der letzten Zeit die grundsätzlichsten Dinge vernachlässigt, fand sie und zupfte an den Stirnfransen. Es zeigte sich, und es wurde Zeit, etwas dagegen zu unternehmen.

Nachdem sie ein Handtuch um ihre feuchten

53

Haare geschlungen hatte, öffnete sie den Medizin-schrank. Der nächste Kosmetiksalon war siebzig Meilen entfernt. Doch es gab Zeiten, da musste man die Dinge eben selbst in die Hand nehmen, sagte Maggie sich, während sie eine Kleiemaske auflegte.

Sie spülte gerade ihre Hände ab, als sie schnelles, hohes Bellen hörte. C.J.'s Geschenk will sein Früh-stück, dachte Maggie trocken. In ihrem kurzen Frot-teebademantel mit dem zerschlissenen Saum, ein ka-riertes Handtuch um ihre Haare geschlungen und mit der hart werdenden Kleiemaske im Gesicht, ging sie nach unten, um sich um das anspruchsvolle Ge-schenk zu kümmern, das ihr Agent hatte einfliegen lassen. Sie erreichte den untersten Treppenabsatz, als ein Klopfen an der Tür den putzigen Bulldoggen-welpen in Hektik ausbrechen ließ.

„Reg dich ab", befahl sie und klemmte ihn sich unter einen Arm. „Diese ganze Aufregung, und ich habe noch nicht einmal meinen Kaffee gehabt." Der Welpe senkte den Kopf und knurrte, als sie die Haustür öffnen wollte. Die Tür klemmte. Fluchend setzte Maggie den Hund ab und zerrte mit beiden Händen.

Die Tür flog auf, der Schwung ließ sie ein paar Schritte zurücktaumeln, Der Welpe jagte durch die nächste Tür, schob seinen Kopf um den Türrahmen

54

herum und knurrte, als meine er es todernst. Cliff starrte auf Maggie, die keuchend in der Diele stand. Sie stieß den Atem aus und fragte sich, was als Nächstes passieren konnte.

„Ich dachte immer, das Landleben wäre friedlich."

Cliff hakte grinsend seine Daumen in die Taschen seiner Jeans. „Nicht unbedingt. Habe ich Sie geweckt?"

„Ich bin schon eine ganze Weile auf", antwortete sie leichthin.

„Mhm." Sein Blick wanderte über ihre Beine, die sich hübsch unter dem kurzen Bademantel zeigten, bevor er sich auf den in der Tür kauernden Welpen richtete. „Ein Freund von Ihnen?"

Maggie blickte auf die Bulldogge, der drohende Laute aus der Kehle rollten, die aber trotzdem sorgfältig auf Abstand achtete. „Ein Geschenk von meinem Agenten."

„Wie heißt er?"

Maggie warf dem sich duckenden Welpen einen trockenen Blick zu. „Killer."

Cliff sah zu, wie der Welpe hinter der Wand verschwand. „Sehr passend. Wollen Sie ihn als Wachhund ausbilden?"

„Ich werde ihm beibringen, wie man Musikkriti-

55

ker anfällt." Sie hob die Hand, um sich durch die Haare zu streichen – eine alte Gewohnheit –, und stieß auf das Handtuch. Genauso abrupt erinnerte sie sich an den Rest ihrer Erscheinung. Ihre Hand zuckte zu ihrem Gesicht und fand die dünne Schicht aus harter Kleie. „Oh nein", murmelte Maggie, als Cliffs Grinsen breiter wurde. „Oh verdammt!" Sie drehte sich um und jagte zur Treppe. „Nur einen Moment." Er bekam einen faszinierenden, wenn auch flüchtigen Blick auf nackte Schenkel geboten, als sie nach oben hetzte.

Zehn Minuten später kam sie völlig gefasst wieder nach unten. Ihr Haar war seitlich mit Perlmuttkämmen zurückgesteckt. Auf ihrem Gesicht hatte sie leichtes Make-up aufgetragen. Sie hatte das Erstbeste angezogen, was ihr in ihrem noch immer nicht ausgepackten Koffer in die Hände gefallen war. Die engen schwarzen Jeans bildeten einen interessanten Kontrast zu dem weiten weißen Sweatshirt. Cliff saß auf der untersten Stufe und versetzte einen feigen Welpen in Ekstase, indem er ihm den Bauch kraulte. Maggie blickte stirnrunzelnd auf Cliffs Kopf herunter.

„Sie hätten kein Wort gesagt, nicht wahr?"

Er kraulte weiterhin den Welpen, ohne sich die Mühe zu machen, aufzublicken. „Worüber?"

Maggie kniff die Augen zusammen und verschränkte ihre Arme. „Nichts. Wollten Sie etwas mit mir besprechen?"

„Wollen Sie noch immer einen Teich?"

„Ja, ich will noch immer einen Teich", antwortete sie unfreundlich. „Es gehört nicht zu meinen Gewohnheiten, ständig meine Meinung zu ändern."

„Fein. Dann werden wir den Graben heute Nachmittag ausräumen." Er stand auf und sah sie an, während der Welpe erwartungsvoll vor seinen Füßen saß. „Sie haben Bog nicht wegen des Küchenfußbodens angerufen."

„Woher wissen Sie …"

„In Morganville findet man leicht etwas heraus."

„Nun, es geht Sie nichts …"

„Es ist schwer, in einer Kleinstadt etwas für sich zu behalten", unterbrach Cliff sie wieder. Ihr frustrierter Seufzer amüsierte ihn. „Tatsache ist, dass Sie im Moment das Hauptthema in der Stadt sind. Jeder fragt sich, was die Lady aus Kalifornien auf diesem Berg macht. Je mehr Sie sich absondern", fügte er hinzu, „desto mehr werden sich die Leute den Kopf zerbrechen."

„Ist das so?" Maggie neigte den Kopf und trat näher. „Und Sie? Zerbrechen Sie sich auch den Kopf?"

Cliff erkannte eine Herausforderung, wenn er

eine hörte. Impulsiv legte er seine Hand an ihr Kinn und strich mit dem Daumen an ihrem Kiefer entlang. Sie zuckte nicht zusammen und zog sich auch nicht zurück, sondern hielt ganz still. „Hübsche Haut", murmelte er. „Sehr hübsch. Sie kümmern sich darum, Maggie. Ich kümmere mich um Ihr Land."

Damit ließ er sie so zurück, wie sie war – die Arme verschränkt, den Kopf zurückgelegt, die Augen erstaunt geweitet.

Gegen zehn wurde Maggie klar, dass es nicht einer jener ruhigen, einsamen Tage werden würde, deretwegen sie aufs Land gezogen war. Die Männer draußen schrien, um sich bei dem Maschinenlärm verständlich zu machen. Lastwagen fuhren auf ihrer frisch geschotterten Straße hin und her. Sie tröstete sich damit, dass in ein paar Wochen dieser Teil der Störung vorbei sein würde.

Sie erhielt drei Anrufe von Freunden an der Westküste, die fragten, wie es ihr ging und was sie machte. Beim dritten Anruf war sie schon ein wenig gereizt von dem ständigen Erklären, dass sie Linoleum wegkratzte, Wände tapezierte, Holz lackierte und es genoss. Sie legte den Hörer neben den Apparat und kehrte an ihr Spachtelmesser und zu dem Küchenboden zurück.

Mehr als die Hälfte des Holzfußbodens war jetzt freigelegt. Die Fortschritte interessierten sie so sehr, dass sie beschloss, sich an diese eine Aufgabe zu halten, bis sie erledigt war. Der Fußboden würde sehr schön werden. Und sie hätte es selbst gemacht.

Maggie hatte gerade erst weitere fünf Zentimeter abgekratzt, als es hinter ihr klopfte. Sie drehte sich um und war bereit, hochzugehen, falls Cliff Delaney zurückgekommen war, um sie zu reizen. Stattdessen sah sie eine große schlanke Frau ihres eigenen Alters, mit weichen braunen Haaren und hellblauen Augen. Während Maggie eingehend Joyce Morgan Agee betrachtete, wunderte sie sich, dass ihr die Ähnlichkeit mit Louella nicht schon früher aufgefallen war.

„Mrs. Agee." Maggie stand auf und putzte die Knie ihrer Jeans ab. „Bitte, kommen Sie herein. Tut mir Leid." Ihre Turnschuhe quietschten, als sie auf eine dünne Lage alten Leims trat. „Der Fußboden ist ein wenig klebrig."

„Ich möchte Sie nicht bei der Arbeit stören." Joyce stand unsicher in der Tür und betrachtete den Fußboden. „Ich hätte angerufen, aber ich war gerade auf dem Heimweg von meiner Mutter."

Joyces Pumps waren penibel sauber und elegant. Maggie fühlte, wie der Klebstoff an ihren alten Turnschuhen zog. „Wir können draußen sprechen, wenn

Sie nichts dagegen haben." Maggie trat in den Sonnenschein hinaus. „Im Moment ist hier alles ein wenig durcheinander."

„Ja." Joyce warf einen Blick zu den Arbeitern. „Sie verlieren keine Zeit, wie ich sehe."

„Nein." Maggie lachte und betrachtete die bröckelnde Mauer neben ihnen. „Ich war nie sehr geduldig. Und ich möchte, dass die Umgebung schneller fertig ist als das Innere des Hauses."

„Sie hätten keine bessere Firma wählen können", murmelte Joyce und blickte zu einem der Lastwagen mit der Aufschrift „Delaney's" auf der Seite.

Maggie folgte ihrem Blick. „Das hat man mir schon gesagt."

„Ich wollte Sie wissen lassen, dass ich wirklich froh darüber bin, dass Sie so viel auf dem Besitz machen lassen." Joyce zupfte an dem Schulterriemen ihrer Tasche. „Ich kann mich kaum noch erinnern, wie ich hier gelebt habe. Ich war noch ein Kind, als wir wegzogen, aber ich hasse Verschwendung." Mit einem kleinen Lächeln sah sie sich um. „Ich glaube nicht, dass ich hier draußen leben könnte. Ich bin gern in der Stadt, mit Nachbarn in unmittelbarer Nähe und anderen Kindern, mit denen meine Kinder spielen können. Und natürlich muss mein Mann immer zu erreichen sein."

Maggie brauchte einen Moment, ehe sie sich erinnerte. „Oh, Ihr Mann ist der Sheriff, nicht wahr?"

„Stimmt. Morganville ist eine ruhige Stadt, nicht zu vergleichen mit Los Angeles, aber es hält ihn auf Trab." Sie lächelte, doch Maggie fragte sich, wieso sie Anspannung fühlte. „Wir sind einfach keine Großstadtmenschen."

„Nein." Maggie lächelte ebenfalls. „Ich habe wohl entdeckt, dass ich es auch nicht bin."

„Ich verstehe nicht ... wie konnten Sie aufgeben ..." Joyce schien sich zurückzuhalten. „Ich meine, nach Beverly Hills muss es für Sie doch eine riesige Umstellung sein."

„Es ist eine Veränderung", stimmte Maggie zu. Verspürte sie auch hier einen gewissen Unterton, wie sie das bei Louellas Verträumtheit getan hatte? „Ich wollte diese Veränderung."

„Ja, also, ich bin froh, dass Sie den Besitz so schnell gekauft haben. Stan war ein wenig besorgt, dass ich das Haus zum Verkauf anbot, während er nicht in der Stadt war, aber ich konnte es nicht länger nur so herumstehen sehen. Wer weiß, wären Sie nicht so schnell aufgetaucht, hätte er mir den Verkauf vielleicht wieder ausgeredet."

„Dann können wir beide froh sein, dass ich das Schild gesehen habe." Maggie dachte daran, dass das

61

Haus offenbar Joyce allein gehört hatte, ohne dass ihr Ehemann oder ihre Mutter ein Anrecht darauf gehabt hätten. Flüchtig fragte sie sich, wieso Joyce es nicht schon früher verkauft hatte.

„Der eigentliche Grund, warum ich hergekommen bin, Miss Fitzgerald, ist meine Mutter. Sie hat mir erzählt, dass sie vor ein paar Tagen hier war."

„Ja. Sie ist eine reizende Frau."

„Ja." Joyce blickte wieder zu den Arbeitern und holte tief Luft. Maggie brauchte sich nicht länger zu fragen, ob sie unterschwellige Strömungen fühlte. Jetzt war sie sicher.

„Es ist mehr als wahrscheinlich, dass sie noch einmal vorbeikommen wird. Ich möchte Sie um einen Gefallen bitten: Sollte meine Mutter anfangen, Ihnen auf die Nerven zu gehen, sagen Sie es mir und nicht ihr."

„Warum sollte sie mir auf die Nerven gehen?"

Joyce gab einen müden, frustrierten Laut von sich. „Mutter schwelgt oft in der Vergangenheit. Sie hat den Tod meines Vaters nie ganz verwunden. Sie bereitet manchen Leuten Unbehagen."

Maggie erinnerte sich an das Unbehagen, das sie selbst während Louellas kurzen Besuchs verspürt hatte. Dennoch schüttelte sie den Kopf. „Ihre Mutter kann mich gern von Zeit zu Zeit besuchen, Mrs. Agee."

„Danke, aber Sie versprechen mir, dass Sie mich verständigen, falls ... also, falls Sie wollen, dass sie wegbleibt. Sehen Sie, sie kam oft hierher, als das Haus unbewohnt war. Ich möchte nicht, dass sie Ihnen im Weg ist. Sie weiß nicht, wer Sie sind. Das heißt ..." Joyce unterbrach sich verlegen. „Ich meine, Mutter versteht nicht, dass jemand wie Sie etwas zu tun hat."

Maggie erinnerte sich an die verlorenen Augen und den unglücklichen Mund. Mitgefühl regte sich wieder. „Also schön, wenn sie mich stört, sage ich es Ihnen."

„Dafür bin ich Ihnen sehr dankbar, Miss Fitzgerald."

„Maggie."

„Ja, also ..." Als wäre sie jetzt noch unsicherer, brachte Joyce ein Lächeln zu Stande. „Ich verstehe, dass es jemand wie Sie nicht mag, wenn Leute einfach vorbeikommen und im Weg sind."

Maggie lachte und dachte daran, wie oft sie heute Vormittag von Anrufen aus Kalifornien gestört worden war. „Ich bin keine Einsiedlerin. Und ich bin auch nicht launisch. Manche Leute halten mich sogar für normal."

„Oh, ich habe damit nicht gemeint ..."

„Das weiß ich. Kommen Sie wieder, wenn ich mit

63

diesem Fußboden fertig bin, und dann trinken wir einen Kaffee."

„Sehr gern. Oh, fast hätte ich es vergessen ...“ Sie zog einen braunen Umschlag aus der großen Leinentasche auf ihrer Schulter hervor. „Mutter sagte, Sie wollten das sehen. Ein paar Fotos von dem Besitz."

„Ja." Zufrieden nahm Maggie den Umschlag entgegen. Sie hatte nicht erwartet, dass Louella sich daran erinnern würde. „Ich habe gehofft, dass sie mich auf Ideen bringen."

„Mutter sagte, Sie können sie solange behalten, wie Sie wollen." Joyce zögerte und spielte wieder mit dem Riemen ihrer Tasche. „Ich muss zurück. Mein Jüngstes kommt aus dem Kindergarten heim, und Stan ist manchmal zum Lunch da. Ich habe noch gar nichts im Haus gemacht. Vielleicht sehe ich Sie irgendwann in der Stadt."

„Ganz bestimmt." Maggie klemmte den Umschlag unter den Arm. „Grüßen Sie Ihre Mutter von mir."

Maggie wollte ins Haus zurückkehren, doch als sie die Hand nach dem Türknauf ausstreckte, bemerkte sie Cliff, der auf Joyce zuging. Die beiden kannten einander offenbar gut. Auf Cliffs Gesicht lag eine Sanftheit, die Maggie an ihm noch nicht bemerkt hatte. Und Sorge. Er beugte sich nahe zu ihr, als würde Joyce sehr leise sprechen, und berührte dann ihr Haar. Die Berührung eines Bruders, dachte Maggie. Oder eines Liebhabers?

Während Maggie die beiden beobachtete, schüttelte Joyce den Kopf und stieg in ihren Wagen. Cliff beugte sich für einen Moment zum Fenster herunter. Ob sie stritten? Bildete Maggie sich die Spannung nur ein? Cliff zog sich vom Fenster zurück, und Joyce fuhr davon.

Bevor Maggie sich zurückziehen konnte, drehte Cliff sich um, und ihre Blicke trafen sich. Dreißig Meter lagen zwischen ihnen. Die Luft war von dem Lärm von Arbeitern und Maschinen erfüllt. Die Sonne schien so stark, dass es Maggie in ihrem Sweatshirt fast zu warm war, und doch fühlte sie eine Gänsehaut über ihren Rücken kriechen. Vielleicht war es Feindseligkeit, was sie fühlte. Maggie versuchte sich einzureden, dass es Feindseligkeit war und nicht das erste gefährliche Regen von Leidenschaft.

Die Versuchung meldete sich, diese dreißig Meter zu überbrücken und sie beide auf die Probe zu stellen. Allein schon der Gedanke daran erhitzte ihr Blut.

Cliff regte sich nicht. Er wandte die Augen nicht von ihr. Mit plötzlich gefühllos gewordenen Fingern drehte sie den Knauf und trat ins Haus.

Zwei Stunden später kam Maggie wieder ins Freie. Sie hatte sich bisher noch nie weder vor Herausforderungen noch vor Gefühlen oder Ärger zurückgezogen. Cliff Delaney schien mit allen drei Dingen in Verbindung zu stehen. Während sie Linoleum gekratzt hatte, hatte Maggie sich dafür getadelt, dass sie sich von Cliff aus keinem anderen Grund einschüchtern ließ, als dass er kraftvoll, männlich und sexy war.

Und anders, räumte sie ein. Anders als die meisten Männer, denen sie in ihrem Beruf begegnet war. Er plusterte sich nicht auf, überhaupt nicht. Er setzte nicht tonnenweise Charme ein. Er war nicht von seinem eigenen Aussehen beeindruckt. Es musste dieser Unterschied sein, weshalb sie nicht so genau wusste, wie sie mit ihm umgehen sollte.

Sie entschied sich für eine sehr geschäftsmäßige Haltung, während sie hinten um das Haus herumging. Vor dem Haus blieb sie stehen. Die Schlingpflanzen, die Dornensträucher und die Sumach-Bäume waren verschwunden. Dunkle fruchtbare Erde wurde auf dem Gebiet verteilt, das vorher eine vernachlässigte Wildnis gewesen war. Der Baum, der sich gegen das Haus geneigt hatte, war mitsamt des Wurzelballens entfernt worden. Zwei Männer, deren Rücken vor Schweiß schimmerten, setzten die Steine zu einer niedrigen Mauer, die sich dort erstrecken sollte, wo der Abhang in den Rasen überging.

Cliff Delaney hat eine straff geführte Firma, dachte Maggie, während sie durch die frische Erde zu dem Seitenteil des Gartens ging. Auch hier war das Schlimmste weggeräumt worden. Ein gewaltiger bärtiger Mann in einem Overall saß auf einem großen gelben Schaufelbagger. Auf Hebeldruck senkte sich der Schaufelarm in den Graben, biss sich in die schwarze Erde und die Felsen und kam gefüllt wieder hoch.

Maggie schirmte ihre Augen ab und beobachtete den Vorgang, während der Welpe um ihre Beine kreiste und alles anknurrte, was sich bewegte. Jedes Mal, wenn sich die Baggerschaufel öffnete und ihre Ladung fallen ließ, brach der Hund in wildes Gebell aus. Lachend kauerte Maggie sich hin und kraulte ihn hinter den Ohren, um ihn zu beruhigen.

„Sei kein Feigling, Killer. Ich erlaube nicht, dass das Ding dich erwischt."

„Ich würde nicht näher herangehen", sagte Cliff hinter ihr.

Sie wandte den Kopf und blinzelte gegen die Sonne. „Ich bin nahe genug." Da sie den Nachteil nicht mochte, dass sie nach oben und in die Sonne blicken musste, stand Maggie auf. „Sie scheinen Fortschritte zu machen."

„Wir müssen die Pflanzen in den Boden bekommen und die Wand hochziehen, bevor der Regen kommt." Er deutete auf den Graben. „Andernfalls hätten Sie ein ziemliches Chaos am Hals."

„Verstehe." Weil er wieder diese frustrierenden dunklen Brillengläser trug, wandte sie sich von ihm ab und sah dem Schaufelbagger bei der Arbeit zu. „Sie haben eine große Belegschaft."

„Groß genug." Er hatte sich eingeredet, dass er sich die immense sexuelle Anziehungskraft vor Stunden nur eingebildet hatte. Jetzt, da er sie wieder verspürte, konnte er sie nicht leugnen.

Diese Frau war nicht, was er wollte, und doch wollte er sie. Sie war nicht, was er gewählt hätte, und doch wählte er sie. Er konnte die Logik außer Acht lassen, bis er herausgefunden hatte, wie es war, sie zu berühren.

Maggie war sich sehr bewusst, wie nahe sie einander standen. Die Regungen, die sie vor ein paar Stunden gefühlt hatte, setzten wieder ein, langsam, verführerisch, bis sich ihr ganzer Körper anspannte. Sie wusste, dass man jemanden begehren konnte, den man nicht kannte, jemanden, dem man auf der Straße begegnete. Das alles hatte mit dieser gewissen Anziehungskraft zu tun, aber Maggie hatte noch nie so reagiert. Sie verspürte den wilden Drang, sich in sei-

68

ne Arme zu schmiegen und die Erfüllung dessen zu verlangen und anzubieten, was zwischen ihnen siedete. Es war etwas, das Erregung bot und einen Genuss, von dem sie bisher nur einen Blick erhascht hatte. Sie drehte sich um und hatte nicht die geringste Ahnung, was sie sagen sollte.

„Es gefällt mir nicht, was hier vor sich geht."

Cliff tat nicht so, als würde er sie falsch verstehen. Keiner von ihnen beschäftigte sich in Gedanken mit dem Teich oder mit der Baumaschine. „Haben Sie eine Wahl?"

Maggie runzelte die Stirn und wünschte, sie wäre sich ihrer Sache sicherer. Cliff war nicht wie die Männer, die sie früher gekannt hatte. Standardregeln passten nicht auf ihn. „Ich denke schon. Ich bin hierher gezogen, weil ich hier leben und arbeiten wollte. Aber ich bin auch hierher gezogen, weil ich für mich sein wollte. Ich habe vor, das alles auch wirklich auszuführen."

Cliff betrachtete sie einen Moment und winkte dann dem Baggerführer geistesabwesend zu, als der Mann die Maschine abstellte, um seine Mittagspause zu machen. „Ich habe diesen Auftrag übernommen, weil ich dieses Land bearbeiten wollte. Und das habe ich auch vor."

Obwohl sie nicht das geringste Nachlassen der

69

Spannung verspürte, nickte Maggie. „Dann verstehen wir einander."

Als sie sich abwenden wollte, legte Cliff ihr die Hand auf die Schulter und hielt sie zurück. „Ich glaube, wir beide verstehen eine ganze Menge."

Ihr Magen spannte und entspannte sich wie eine nervöse Faust. Da seine Finger nur so leicht auf ihrem weiten Sweatshirt lagen, hätte sie gar nichts fühlen sollen. Doch Hunderte von Nervenenden erwachten in ihrem Körper zum Leben. Die Luft war knapper und heißer geworden, die Geräusche der Männer waren mehr in den Hintergrund gerückt. „Ich weiß nicht, was Sie meinen."

„Doch, das wissen Sie."

Ja, sie wusste es. „Ich weiß gar nichts über Sie", brachte Maggie hervor.

Cliff fing die Spitzen ihrer Haare zwischen seinen Fingern ein. „Ich kann nicht das Gleiche behaupten."

Maggies Zorn flammte auf, obwohl sie wusste, dass er sie ködern wollte. „Dann glauben Sie also alles, was Sie in den Klatschzeitschriften lesen." Sie schüttelte den Kopf, um ihr Haar aus seinen Fingern zu befreien. „Es überrascht mich, dass ein so offensichtlich erfolgreicher und talentierter Mann ein solcher Ignorant sein kann."

Cliff quittierte den Treffer mit einem Kopfnicken. „Es überrascht mich, dass eine so offensichtlich erfolgreiche und talentierte Frau so albern sein kann."

„Albern? Zum Teufel, was soll das denn heißen?"

„Es erscheint mir albern, wenn man die Presse ermutigt, über jeden Bereich seines Lebens zu berichten."

Sie biss die Zähne zusammen und versuchte es mit tiefem Atmen. Es half nicht. „Ich ermutige die Presse zu nichts."

„Sie entmutigen sie nicht", entgegnete Cliff.

„Entmutigung kommt Ermutigung gleich", schleuderte sie zurück, verschränkte die Arme und blickte auf den offenen Graben. „Wieso verteidige ich mich eigentlich?" murmelte sie. „Sie wissen überhaupt nichts darüber. Und ich lege keinen Wert darauf, dass Sie etwas darüber wissen."

„Ich weiß, dass Sie ein Interview über sich und Ihren Mann Wochen nach seinem Tod gegeben haben." Er hörte, wie sie tief einatmete und den Atem anhielt, während er sich dafür verwünschte, dass er etwas so Persönliches erwähnt hatte.

„Haben Sie eine Vorstellung, wie mir die Presse in diesen Wochen zugesetzt hat?" Ihre Stimme war leise und angespannt. „Kennen Sie den ganzen Mist, der gedruckt wurde? Ich wählte einen Reporter, dem ich vertrauen konnte, und gab das ehrlichste und aufrichtigste Interview, zu dem ich fähig war, weil ich wusste, dass das die einzige Chance war, um zu verhindern, dass alles noch tiefer absinkt. Dieses Interview machte ich für Jerry. Es war das Einzige, was ich ihm noch geben konnte."

Er hatte sie reizen, vielleicht sogar provozieren wollen, aber er hatte sie nicht verletzen wollen. „Es tut mir Leid." Cliff legte seine Hand wieder auf ihre Schulter, doch sie zuckte zurück.

„Vergessen Sie es."

Diesmal ergriff er ihre beiden Schultern und drehte sie zu sich um. „Ich vergesse keine Schläge unter die Gürtellinie, besonders nicht, wenn ich derjenige bin, der sie austeilt."

Sie wartete mit dem Sprechen, bis sie sicher war, dass sie wieder über etwas Selbstbeherrschung verfügte. „Ich habe schon früher Schläge überlebt. Ich rate Ihnen nur, nichts zu kritisieren, was Sie gar nicht verstehen können."

„Ich habe mich entschuldigt." Er gab ihre Schultern nicht frei, als sie sich wegdrehen wollte. „Aber ich bin nicht gut im Befolgen von Ratschlägen."

Maggie hielt wieder still. Sie waren einander erneut näher gekommen, so dass sich jetzt ihre Schenkel berührten. Die Verbindung von Ärger und Verlangen wurde zu stark, um ignoriert zu werden. „Dann haben wir beide einander nichts mehr zu sagen."

„Sie irren sich." Seine Stimme war sehr ruhig, sehr eindringlich. „Wir haben noch gar nicht angefangen zu sagen, was es zu sagen gibt."

„Sie arbeiten für mich ..."

„Ich arbeite für mich selbst", verbesserte Cliff sie. Sie verstand diesen Stolz und bewunderte ihn. Doch Bewunderung entfernte nicht seine Hände von ihren Schultern. „Ich bezahle Sie dafür, dass Sie einen Auftrag ausführen."

„Sie bezahlen meine Firma. Das ist so im Geschäftsleben."

„Es wird das Einzige zwischen uns sein."

„Wieder falsch", murmelte er, ließ sie jedoch los.

Maggie öffnete den Mund, um ihm irgendetwas an den Kopf zu werfen, doch der Hund begann aufgeregt zu bellen. Sie fand, dass es eine viel größere Beleidigung war, wenn sie Cliff den Rücken zuwandte und sich um ihren Hund kümmerte, als die Worte, die sie plante. Schweigend suchte sie sich ihren Weg um den Graben herum zu dem Haufen aus Erde und Steinen und Abfällen, den der Schaufelbagger abgelagert hatte.

„Schon gut, Killer." Sie kam so schwer voran, dass

73

sie lautlos fluchte, als sie über die Felsbrocken stolperte. „Du findest in diesem Haufen bestimmt nichts Interessantes."

Ohne sich um sie zu kümmern, grub der Welpe weiter, und sein Bellen klang gedämpfter, als seine Schnauze tiefer in die Erde eintauchte, während sein Hinterteil vor Anstrengung oder Freude über das neue Spiel wackelte.

„Lass das!" Sie bückte sich, um ihn aus dem Haufen herauszuziehen, und setzte sich hart hin. „Verdammt, Killer!" Im Sitzen packte sie den Hund mit einer Hand, zog ihn zurück und löste eine kleine Geröllawine aus.

„Wollen Sie wohl vorsichtig sein?" rief Cliff über ihr. Sie hatte Glück gehabt, dass ihr kein Felsbrocken gegen das Schienbein gefallen war.

„Das ist der dumme Hund!" rief Maggie zurück, als er ihr wieder entwischte. „Der Himmel allein weiß, was er an diesem Haufen so interessant findet. Nichts als Erde und Steine", murmelte sie und stieß gegen den Haufen, der neben ihrer Hüfte gelandet war.

„Schnappen Sie ihn sich und kommen Sie wieder her, bevor noch etwas passiert."

„Aber ja", murmelte sie. „Sie sind vielleicht eine große Hilfe." Verärgert versuchte sie sich hochzustemmen, als ihre Finger in den runden Stein hineinglitten, auf dem ihre Hand lag. Hohl, dachte sie neugierig. Maggie blickte nach unten.

Und dann schrie sie, laut und lange genug, dass der Welpe davonraste und nach Deckung suchte.

Cliffs erster Gedanke, während er den Abhang zu ihr herunterjagte, war: Schlangen. Als er sie erreichte, zog er sie hoch und in einer instinktiven Schutzbewegung in seine Arme.

Sie hatte zu schreien aufgehört, und obwohl ihr Atem flach ging, packte Maggie sein Hemd, bevor er sie den Hang hinauftragen konnte.

„Ein Skelett", flüsterte sie, schloss die Augen und ließ den Kopf gegen seine Schulter sacken. „Oh, Himmel!"

Cliff blickte nach unten und sah, was der Bagger und der Hund freigelegt hatten.

Zwischen Steinen und Trümmern befand sich ein Haufen von etwas, das man für lange weiße, mit Erde überzogene Stäbe hätte halten können. Doch darauf lag, nur Zentimeter von Maggie entfernt, ein menschlicher Schädel.

4. KAPITEL

„Es geht mir gut." Maggie saß am Küchentisch und umklammerte das Glas Wasser, das Cliff ihr gegeben hatte. Als sie endlich den Schmerz in ihren Fingern wahrnahm, lockerte sie den Griff ein wenig. „Ich fühle mich albern, weil ich so geschrien habe."

Sie war unverändert blass, stellte er fest. Obwohl ihre Hände an dem Glas jetzt ruhig waren, traten die Knöchel noch immer weiß hervor. Ihre Augen waren von dem Schock geweitet und wirkten plötzlich zu groß für ihr Gesicht. Er wollte schon über ihr Haar streichen, steckte die Hände jedoch in seine Taschen. „Eine ganz natürliche Reaktion."

„Wahrscheinlich." Sie blickte hoch und schaffte ein bebendes Lächeln. Ihr war kalt, und sie hoffte, dass sie vor seinen Augen nicht unkontrolliert zu zittern begann. „Ich habe mich noch nie in einer solchen ... Situation befunden."

Cliff hob eine Augenbraue. „Ich auch nicht."

„Nein?" Irgendwie hatte sie gehofft, es wäre schon früher einmal passiert. Wenn ja, wäre es vielleicht weniger schrecklich gewesen – und weniger persönlich. Sie blickte zu Boden und stellte jetzt erst fest, dass der Hund winselnd auf ihren Füßen lag.

„Aber graben Sie denn nicht oft eine ...", sie zögerte und wusste nicht, wie sie es ausdrücken sollte, „... eine Menge Dinge bei Ihrer Arbeit aus?"

Sie tastet nach einem Strohhalm, dachte Cliff, und ob sie es wusste oder nicht, aber ihre großen braunen Augen flehten ihn um eine triviale Erklärung an. Er konnte ihr keine geben. „Nicht so etwas."

Ihre Blicke trafen sich für einen langen, stummen Moment, bevor Maggie nickte. Wenn sie etwas in dem von ihr gewählten harten, konkurrenzbeladenen Beruf gelernt hatte, dann dass man sich den Problemen stellte, wenn sie sich einem präsentierten. „Dann hat also keiner von uns eine hübsche nette Erklärung." Der kleine Seufzer war das letzte Anzeichen von Schwäche, das sie vor ihm zeigen wollte. „Der nächste Schritt ist vermutlich die Polizei."

„Ja." Je entschlossener sie sich darum bemühte, ruhig zu werden, desto schwieriger wurde es für ihn. Sie schwächte etwas in ihm. In seinen Taschen ballte er die Hände zu Fäusten, während er dagegen ankämpfte, Maggie zu berühren. Abstand war die am schnellsten wirkende Abwehr. „Sie sollten besser gleich anrufen", sagte Cliff knapp. „Ich gehe hinaus und sorge dafür, dass sich die Arbeiter von dem Graben fern halten."

Wieder bestand ihre Antwort aus einem Nicken.

Maggie sah zu, wie er die Fliegengittertür aufstieß. Dann zögerte er. Als er zurückblickte, bemerkte sie jene Sorge in seinem Gesicht, die sie beobachtet hatte, als er mit Joyce gesprochen hatte. „Maggie, alles in Ordnung mit Ihnen?"

Die Frage und der Tonfall halfen ihr, sich zu fassen. „Ich erhole mich gleich wieder. Danke." Sie wartete, bis die Fliegengittertür hinter ihm zugefallen war, bevor sie den Kopf auf den Tisch sinken ließ.

Lieber Himmel, in was war sie da hineingeraten? Man fand normalerweise keine Leichen im Vorgarten vergraben. C.J. würde es „absolut unzivilisiert" nennen. Maggie unterdrückte ein hysterisches Kichern und richtete sich auf. Tatsache war jedoch, dass sie eine Leiche gefunden hatte und jetzt damit fertig werden musste. Sie atmete ein paar Mal tief durch, ging ans Telefon und wählte die Vermittlung.

„Verbinden Sie mich mit der Polizei", sagte sie rasch.

Ein paar Minuten später war Maggie wieder draußen. Sie näherte sich nicht dem Graben, hielt es jedoch auch nicht allein im Haus aus. Vor dem Haus fand sie einen passenden Felsen und setzte sich darauf. Der Welpe streckte sich auf dem sonnigen Fleck zu ihren Füßen aus und schlief ein.

Sie konnte fast glauben, dass sie sich nur eingebildet hatte, was sie in diesem Haufen aus Erde und Felsbrocken gesehen hatte. Hier war es zu friedvoll für etwas so Hässliches. Die Luft war zu lau, die Sonne zu warm. Dieses Stück Land mochte ungebändigt und ursprünglich sein, aber es besaß eine Heiterkeit, die alle härteren Seiten des Lebens abblockte.

Hatte sie es deshalb ausgewählt, fragte Maggie nach. Weil sie so tun wollte, als gäbe es keinen echten Irrsinn auf der Welt? Hier konnte sie sich gegen den Druck und die Forderungen abschirmen, die sich so lange durch ihr Leben gezogen hatten. War dieser Flecken das Zuhause, das sie sich immer gewünscht hatte, oder war er in Wirklichkeit nur ein Zufluchtsort für sie? Sie schloss die Augen. Wenn das stimmte, machte es sie schwach und unehrlich, zwei Dinge, die sie nicht ertragen konnte. Warum war dieser Vorfall nötig gewesen, dass sie in Frage stellte, was sie davor nicht in Frage gestellt hatte? Während sie versuchte, ihre Ruhe wiederzufinden, fiel ein Schatten über sie. Maggie öffnete die Augen und sah zu Cliff auf.

Sie straffte sich. Sie wollte ihm nicht zeigen, dass sie an ihren eigenen Motiven zu zweifeln begonnen hatte. Nein, nicht ihm.

„Es sollte bald jemand hier sein." Sie blickte zum Wald hinüber.

„Gut." Eine Weile blickten sie beide schweigend in die Bäume. Cliff kauerte sich schließlich neben ihr auf den Boden. Seltsam, aber er fand, dass Maggie jetzt einem Schock näher schien als vorhin, als er sie in ihre Küche getragen hatte. Die Reaktion setzt bei verschiedenen Leuten verschieden schnell ein, entschied er. Er wollte sie wieder festhalten, wie er das vorhin viel zu kurz getan hatte. Die Berührung hatte etwas Kraftvolles und Erotisches in ihm ausgelöst. Wie ihre Musik ... etwas wie ihre Musik.

Er wünschte sich, den Auftrag abgelehnt zu haben und bei ihrem ersten Zusammentreffen weggegangen zu sein. Cliff blickte an ihr vorbei zu dem Abhang, der zu dem Graben führte.

„Haben Sie mit Stan gesprochen?"

„Stan?" Maggie blickte verständnislos auf Cliffs starres Profil. In diesem Moment war er nahe genug, dass sie ihn berühren konnte, aber meilenweit entfernt. „Oh, der Sheriff." Sie wünschte sich, er würde sie berühren. Nur für einen Moment. Nur die Hand auf die ihre legen. „Nein, ich habe ihn nicht angerufen. Ich habe die Vermittlung angerufen und gebeten, mich mit der Polizei zu verbinden. Die Telefonistin hat mich mit der State Police in Hagerstown verbunden." Sie verfiel in Schweigen und wartete darauf, dass er eine Bemerkung über ihre typisch großstädtische Reaktion machte.

„Wahrscheinlich ist es so am besten", murmelte Cliff. „Ich habe die Arbeiter weggeschickt. Dann gibt es weniger Durcheinander."

„Oh." Sie musste tatsächlich benommen gewesen sein, dass sie das Fehlen von Lastwagen und Männern nicht bemerkt hatte. Als sie sich dazu zwang, sich umzusehen, bemerkte sie, dass der Schaufelbagger geblieben war. Er stand auf der Anhöhe oberhalb des Grabens, groß und gelb und stumm. Die Sonne schien warm auf ihren Rücken. Ihre Haut war wie Eis.

Höchste Zeit, um da herauszukommen, sagte sie sich und straffte die Schultern. „Sie haben sicher Recht. Soll ich in Ihrem Büro anrufen, wenn die Polizei erklärt, dass die Arbeiten weitergehen können?" Ihre Stimme klang geschäftsmäßig. Ihre Kehle wurde trocken bei dem Gedanken, allein gelassen zu werden. Allein mit dem Fund in dem Graben.

Cliff wandte den Kopf und nahm die Sonnenbrille ab, so dass ihre Blicke sich trafen. „Ich dachte, ich bleibe noch."

Erleichterung überflutete sie. Maggie wusste, dass es sich auf ihrem Gesicht gezeigt haben musste, doch sie besaß nicht die Willenskraft, um ihren Stolz an erste Stelle zu setzen. „Ich möchte, dass Sie bleiben.

Es ist dumm, aber ..." Sie blickte in Richtung des Grabens.

„Nicht dumm."

„Vielleicht ist ‚schwach' ein besserer Ausdruck", murmelte sie und versuchte zu lächeln.

„Menschlich." Trotz seiner Entschlossenheit, es nicht zu tun, ergriff Cliff ihre Hand. Die Berührung sollte trösten und beruhigen, löste jedoch eine Kettenreaktion aus, die so schnell einsetzte, dass sie nicht aufzuhalten war.

Es schoss ihr durch den Kopf, dass sie schnellstens aufstehen und ins Haus gehen sollte. Vielleicht würde Cliff sie aufhalten, vielleicht würde er sie gehen lassen. Maggie fragte sich weder, was ihr lieber wäre, noch bewegte sie sich. Stattdessen blieb sie sitzen, hielt seinem Blick stand und ließ die Hitze durch sich hindurchfließen. Nichts sonst existierte. Nichts sonst spielte eine Rolle.

Sie fühlte den Druck seiner Finger um ihre Hand, sah, wie sich seine Augen verdunkelten. Es war, als würde er in ihre chaotischen Gedanken hineinblicken. In der Stille des frühen Nachmittags hörte sie jeden seiner Atemzüge. Das Geräusch ließ die Erregung in der Luft zwischen ihnen vibrieren.

Sie bewegten sich aufeinander zu, bis Lippen mit Lippen verschmolzen.

Intensität. Maggie hatte nicht gewusst, dass etwas zwischen zwei Menschen so komprimiert sein konnte, so sehr pure Empfindung. Auch wenn Jahre vergehen sollten, wenn sie blind und taub werden sollte, würde sie diesen Mann allein an der Berührung seiner Lippen erkennen. Innerhalb eines Moments wurde sie mit der Form seines Mundes vertraut, mit dem Geschmack seiner Zunge. Ihr Mund verschloss den seinen, seine Hand lag auf der ihren. Ansonsten berührten sie einander nicht. In diesem Moment bestand keine Notwendigkeit.

In dem Kuss lag eine Aggressivität, sogar eine Grobheit, die Maggie nicht erwartet hatte. Die Süße und das Zögern erster Küsse fehlte, doch sie zog sich nicht zurück. Vielleicht war das alles Teil der Anziehung, die in dem Moment eingesetzt hatte, als er aus dem Pick-up gestiegen war.

Anders. Ja, er war anders als die Männer, die ihr Leben berührt hatten. Auch anders als der eine Mann, dem sie sich geschenkt hatte. Sie hatte das von der ersten Begegnung an gewusst. Da jetzt sein Mund ihre Sinne aufwühlte, war sie dankbar dafür. Sie wollte, dass nichts mehr so sein würde, wie es gewesen war – keine Erinnerung daran, was sie einst gehabt und verloren hatte. Dieser Mann würde nicht verwöhnen und verehren. Er war stark genug, um

Stärke zurückzuverlangen. Sie fühlte, wie seine Zunge mit der ihren spielte und tiefer vordrang. Maggie schwelgte in seinen Forderungen.

Viel zu leicht konnte man ihren zarten Körperbau vergessen, ihr zerbrechliches Aussehen, wenn ihr Mund an seinen Lippen glühte. Cliff hätte wissen sollen, dass tiefe, rastlose Leidenschaft in einer Frau stecken musste, die Musik mit solcher Sinnlichkeit schuf. Doch wie hätte er wissen können, dass ihn diese Leidenschaft packen würde, als hätte er jahrelang darauf gewartet?

Viel zu leicht konnte er vergessen, dass sie nicht die Art von Frau war, die er in seinem Leben haben wollte, wenn ihr Geschmack ihn erfüllte. Wiederum hätte er wissen müssen, dass sie die Macht besaß, einen Mann dazu zu bringen, alle Logik beiseite zu lassen, allen Verstand. Ihre Lippen waren warm und feucht, der Geschmack so kräftig wie der Geruch der frisch aufgeworfenen Erde um sie herum. Der Wunsch wuchs, sie in die Arme zu nehmen und hier unter dem klaren Himmel des Nachmittags alle Sehnsüchte zu stillen, die in ihm hochstiegen. Cliff zog sich zurück und widerstand dieser letzten drängenden Begierde.

Atemlos, mit pochendem Verlangen, starrte Maggie ihn an. Konnte dieses sengende Zusammentreffen ihrer Lippen ihn genauso bewegt haben wie sie? Verschwammen seine Gedanken genau wie die ihren? Pulsierte auch sein Körper unter wildem, drängendem Sehnen? Sie konnte nichts an seinem Gesicht erkennen. Obwohl seine Augen auf die ihren gerichtet waren, konnte man ihren Ausdruck nicht lesen.

Wenn sie ihn fragte, würde er ihr antworten, dass auch er nie eine so überwältigende Woge von Leidenschaft erfahren habe? Sie würde ihn fragen, sobald sie ihre Stimme wiederfand.

Als sie sich setzte und nach Atem rang, kehrten die Ereignisse des Tages zurück. Abrupt sprang Maggie auf.

„Himmel, was machen wir da?" fragte sie. Mit bebender Hand strich sie sich die Haare aus dem Gesicht. „Wie können wir hier so einfach sitzen, wenn dieses ... dieses Ding nur ein paar Meter entfernt liegt?"

Cliff ergriff sie am Arm und drehte sie wieder zu sich herum. „Was hat das eine mit dem anderen zu tun?"

„Nichts. Ich weiß nicht." Aufgewühlt sah sie ihn an. Ihre Gefühle waren immer zu vorherrschend gewesen. Obwohl sie es wusste, hatte Maggie das nie ändern können. Es war schon Jahre her, dass sie es wirklich versucht hatte. Verwirrung, Beunruhigung und Leidenschaft strahlten von ihr fast greifbar aus. „Was wir gefunden haben, ist schrecklich, unglaublich schrecklich, aber vor ein paar Momenten habe ich hier gesessen und mich gefragt, wie es wäre, wenn wir uns liebten."

Etwas blitzte in seinen Augen auf und wurde schnell unter Kontrolle gebracht. Anders als Maggie hatte Cliff vor langer Zeit gelernt, seine Emotionen einzudämmen und für sich selbst zu behalten. „Sie halten offenbar nichts davon, dem springenden Punkt auszuweichen."

„Ausweichen erfordert zu viel Zeit und Mühe." Nachdem sie tief ausgeatmet hatte, schaffte es Maggie, sich seinem ruhigen, lässigen Ton anzuschließen. „Hören Sie, ich habe nicht mit diesem ... Ausbruch gerechnet", erklärte sie. „Vermutlich bin ich wegen dieser ganzen Sache zu angespannt und ein wenig zu empfänglich."

„Empfänglich." Ihre Wortwahl brachte ihn zum Lächeln. Wenn sie kühl und ruhig wurde, geriet er in Versuchung, sie zu reizen. Langsam hob er die Hand und strich mit den Fingerspitzen über die Wange. Ihre Haut war noch immer warm vor Verlangen. „Ich hätte Sie nicht so beschrieben. Sie scheinen eine Frau zu sein, die weiß, was sie will und wie sie es bekommt."

Falls er sie hatte aufstacheln wollen, hatte er das perfekte Mittel gefunden. „Aufhören!" Mit einer scharfen Bewegung fegte sie seine Hand von ihrem Gesicht. „Ich habe es bereits gesagt. Sie kennen mich nicht. Und je öfter wir zusammen sind, desto sicherer werde ich, dass ich das auch gar nicht will. Sie sind ein attraktiver Mann, Cliff. Und sehr unsympathisch. Ich halte mich von Leuten fern, die ich nicht sympathisch finde."

„In einer kleinen Gemeinde wie dieser ist es schwer, sich von irgendjemandem fern zu halten."

„Ich werde mich mehr als bisher bemühen."

„Nahezu unmöglich."

Sie zog die Augen schmal zusammen und kämpfte darum, nicht zu lächeln. „Darin, mich für etwas zu entscheiden, bin ich sehr gut."

„Ja." Er setzte seine Sonnenbrille wieder auf. Als er grinste, war seine unverschämte Frechheit nahezu unwiderstehlich. „Ich wette, das sind Sie."

„Versuchen Sie geistreich zu sein, oder versuchen Sie charmant zu sein?"

„Ich hatte weder das eine noch das andere je nötig."

„Darüber sollten Sie vielleicht noch einmal nachdenken." Weil sie Schwierigkeiten hatte, das Lächeln zu unterdrücken, wandte Maggie sich ab. Ihr Blick richtete sich auf den Graben. Gänsehaut rieselte über ihren Rücken. Mit einer Verwünschung verschränkte sie die Arme. „Unglaublich", murmelte sie. „Ich stehe hier und führe eine alberne Unterhaltung, während dort ein ..." Sie konnte das Wort nicht aussprechen und verachtete sich dafür. „Ich glaube, die ganze Welt ist verrückt geworden."

Er wollte nicht, dass sie noch einmal schwach wurde. Wenn sie verletzbar war, war sie viel gefährlicher. „Das war schon lange da unten." Seine Stimme war knapp, beinahe hart. „Es hat nichts mit Ihnen zu tun."

„Es ist mein Land", gab Maggie zurück. Sie wirbelte mit funkelnden Augen herum. „Darum hat alles etwas mit mir zu tun."

„Dann sollten Sie lieber aufhören, jedes Mal zu zittern, wenn Sie daran denken."

„Ich zittere nicht."

Wortlos zog er ihre Hand von ihrem Arm, so dass sie beide das Zittern sehen konnten. Wütend entriss Maggie ihm die Hand. „Wenn ich von Ihnen berührt werden will, lasse ich es Sie wissen", stieß sie zwischen zusammengebissenen Zähnen hervor.

„Das haben Sie bereits getan."

Bevor ihr eine passende Antwort einfiel, sprang ihr Hund auf und begann wütend zu bellen. Sekunden später hörten sie beide das Geräusch eines näher kommenden Wagens.

„Er könnte tatsächlich einen guten Wachhund abgeben", sagte Cliff sanft. Der Welpe jagte wie verrückt im Kreis herum und versteckte sich dann hinter einem großen Stein. „Andererseits ..."

Als das Polizeiauto in Sicht kam, bückte Cliff sich und streichelte dem Hund über den Kopf, bevor er an das Ende der Auffahrt eilte. Maggie folgte ihm. Ihr Land, ihr Problem, ihre Verantwortung, sagte sie sich. Sie wollte den Bericht abgeben.

Ein Polizist stieg aus dem Wagen, rückte seinen Hut zurecht und begann zu lächeln. „Cliff, mit dir habe ich hier draußen nicht gerechnet."

„Bob." Da zu der Begrüßung kein Händedruck gehörte, nahm Maggie an, dass die Männer einander gut kannten und sich oft sahen. „Meine Firma hat die Gartengestaltung übernommen."

„Der alte Morgan-Besitz." Der Polizist sah sich interessiert um. „Ist schon eine Weile her, dass ich hier war. Du hast etwas ausgegraben, worüber wir Bescheid wissen sollten?"

„Sieht so aus."

„Jetzt ist es der Fitzgerald-Besitz", warf Maggie knapp ein.

Der Polizist tippte an die Hutkrempe und setzte

89

zu einer höflichen Antwort an. Seine Augen weiteten sich, als er sie das erste Mal genauer ansah. „Fitzgerald", wiederholte er. „Hey, sind Sie nicht Maggie Fitzgerald?"

Sie lächelte. „Ja, die bin ich."

„Hol mich der Teufel! Sie sehen genau wie auf den Fotos in den Illustrierten aus. Ich kann jeden Ihrer Songs summen. Sie haben den Morgan-Besitz gekauft?"

„Stimmt."

Er schob den Hut auf seinem Kopf zurück, was Maggie an Cowboys erinnerte. „Wenn ich das meiner Frau erzähle! Wir haben ‚Forever' auf unserer Hochzeit spielen lassen. Du erinnerst dich, Cliff? Cliff war Trauzeuge."

Maggie sah den Mann neben sich an. „Wirklich?"

„Wenn du damit fertig bist, beeindruckt zu sein", sagte Cliff sanft, „könntest du dir vielleicht ansehen, was da unten in dem Graben liegt."

Bob lächelte liebenswürdig. „Dafür bin ich hier." Gemeinsam gingen sie zu dem Graben. „Nur vom Ansehen ist es schwer festzustellen, was von einem Menschen und was von einem Tier stammt. Könnte sein, Ma'am, dass Sie ein Reh ausgegraben haben."

Maggie blickte zu Cliff. Sie konnte noch immer fühlen, wie ihre Hand in die Öffnung des vermeintlichen Steins geglitten war. „Ich wünschte, ich könnte das glauben."

„Da unten", sagte Cliff, ohne auf ihren Blick zu reagieren. „Der Abstieg ist etwas schwierig." Mit einer schnellen Bewegung versperrte er Maggie den Weg. „Warum warten Sie nicht hier?"

Das wäre leicht gewesen. Viel zu leicht. „Es ist mein Land." Maggie schob sich an ihm vorbei und zeigte den Weg. „Der Hund hat in diesem Haufen gegraben." Sie hörte die Nervosität in ihrer Stimme und kämpfte dagegen an. „Ich kam hier herunter und wollte ihn wegziehen, und da sah ich ..." Ihre Stimme erstarb, als sie darauf deutete.

Der Polizist kauerte sich hin und stieß einen leisen Pfiff aus. „Verdammt", murmelte er, wandte den Kopf und sah Cliff an, nicht Maggie. „Sieht nicht nach einem Reh aus."

„Nein." Lässig versperrte Cliff Maggie die Sicht. „Was jetzt?"

Bob stand auf. Jetzt lächelte er nicht mehr, aber Maggie glaubte, ein erregtes Schimmern in seinen Augen zu erkennen. „Ich muss die Ermittlungsabteilung anrufen. Die Jungs werden sich das ansehen wollen."

Maggie schwieg, während sie den Hang wieder hinaufkletterten. Sie wartete, bis der Polizist zu sei-

91

nem Wagen gegangen war, um seinen Bericht über Funk durchzugeben. Als sie endlich sprach, verdrängte sie bewusst den Grund, warum sie alle mitten am Nachmittag hier draußen standen.

„Ihr kennt euch also", hob sie an, als wäre das eine ganz normale Bemerkung an einem ganz normalen Tag.

„Bob und ich sind zusammen zur Schule gegangen." Cliff beobachtete eine große schwarze Krähe, die über die Bäume dahinzog. Er erinnerte sich an Maggies Gesichtsausdruck, kurz bevor sie zu schreien begonnen hatte. „Vor zwei Jahren hat er eine Cousine von mir geheiratet."

Sie bückte sich, pflückte eine Blume und begann sie zu zerpflücken. „Sie haben eine Menge Cousins und Cousinen."

Er zuckte die Schultern. „Genug."

„Ein paar Morgans."

Das ließ ihn stutzen. „Ein paar, ja", sagte er langsam. „Warum?"

„Ich habe mich gefragt, ob es an Ihrer Verbindung mit den Morgans liegt, dass Sie mir den Erwerb dieses Grundstücks übel nehmen."

Cliff fragte sich, wieso ihn ihre Offenheit ärgerte, während er sie normalerweise respektierte. „Nein."

„Aber Sie haben es mir übel genommen", beharrte Maggie. „Sie haben es mir schon übel genommen, bevor Sie mich überhaupt zum ersten Mal sahen."

Das hatte er, und sein Groll war noch gewachsen, seit er erfahren hatte, wie sie schmeckte. „Joyce hatte das Recht, diesen Besitz wann immer und an wen immer zu verkaufen."

Maggie nickte und blickte zu dem Welpen, der über die frische Erde krabbelte. „Ist Joyce auch eine Cousine?"

„Worauf wollen Sie hinaus?"

Maggie begegnete seinem ungeduldigen Blick. „Ich versuche lediglich, Kleinstädte zu verstehen. Immerhin werde ich hier leben."

„Dann sollten Sie als Erstes lernen, dass die Leute keine Fragen mögen. Wahrscheinlich werden die Leute mehr Informationen liefern, als Sie hören wollen, aber man mag es nicht hier, wenn man ausgefragt wird."

Maggie hob eine Augenbraue. „Ich werde daran denken." Befriedigt darüber, dass sie ihn geärgert hatte, wandte Maggie sich an den näher kommenden Polizisten.

„Sie schicken ein Team." Er blickte von ihr zu Cliff und über die Schulter seines Freundes zu dem Graben. „Wahrscheinlich werden sie eine Weile hier bleiben und dann mitnehmen, was sie finden."

93

„Was dann?"

Bob lenkte seine Aufmerksamkeit wieder auf Maggie. „Gute Frage. Um Ihnen die Wahrheit zu sagen, ich hatte noch nie mit so etwas zu tun. Aber ich schätze, sie werden alles dem Gerichtsmediziner in Baltimore schicken. Er muss die ... äh ... alles untersuchen, bevor die Ermittlungen anfangen können."

„Ermittlungen?" Etwas schnürte ihre Kehle zu. „Was für Ermittlungen?"

Der Polizist fuhr mit Daumen und Zeigefinger über seinen Nasenrücken. „Nun, Ma'am, wie ich das sehe, gibt es keinen Grund, warum so etwas in dem Graben verbuddelt sein sollte, es sei denn ..."

„Es sei denn, jemand hat es da verbuddelt", beendete Cliff den Satz.

Maggie blickte zu dem friedvollen Wald auf der anderen Seite der Straße. „Ich glaube, wir alle könnten jetzt einen Kaffee gebrauchen", murmelte sie. Ohne auf Zustimmung zu warten, ging sie zum Haus zurück.

Bob nahm seinen Hut ab und wischte sich den Schweiß von der Stirn. „Das ist vielleicht was für ein Protokoll."

Cliff folgte dem langen Blick seines Freundes zu der Frau, die über die wackeligen Stufen vor dem

Haus hinaufging. „Was? Sie oder das dort?" Mit einer Hand deutete er zu dem Graben.

„Beides." Bob holte ein Päckchen Kaugummi hervor und wickelte sorgfältig einen Streifen aus. „Was macht eine Frau wie sie, eine Berühmtheit, hier draußen in den Wäldern?"

„Vielleicht mag sie Bäume."

Bob schob den Kaugummi in den Mund. „Muss zehn, zwölf Morgen Bäume hier geben."

„Zwölf."

„Sieht aus, als hätte sie mehr gekauft, als dass sie jetzt damit umgehen könnte. Zum Teufel, Cliff! So etwas hatten wir nicht mehr in dieser Ecke des County, seit der verrückte Mel Stickler die Ställe angezündet hatte. Ja, in einer Großstadt ..."

„Du magst jetzt die schnellere Gangart, nicht wahr?"

Bob kannte Cliff gut genug, um sowohl den Stich als auch den Humor zu hören. „Ich mag Action", sagte er leichthin. „Da wir gerade davon sprechen, die Lady duftet himmlisch."

„Wie geht es Carol Anne?"

Bob lächelte bei der Erwähnung seiner Frau. „Gut. Sieh mal, Cliff, wenn ein Mann nicht hinsieht und nicht mehr zu schätzen weiß, sollte er lieber zum Arzt gehen. Du willst mir doch nicht erzählen,

95

dass du nicht bemerkt hast, wie nett diese Lady gebaut ist."

„Ich habe es bemerkt. Ich bin ja nicht blind." Er blickte auf den Stein neben sich. Hier hatte sie gesessen, als er sie küsste. Es würde ihm nicht schwer fallen, sich an alle Empfindungen zu erinnern, die ihn in diesem Moment erfüllt hatten. „Ich bin mehr an ihrem Land interessiert."

Bob stieß ein trockenes Lachen aus. „Wenn du das tust, hast du dich seit der High School sehr verändert. Erinnerst du dich noch, als wir hierher kamen – diese blonden Zwillinge, die Cheerleader, deren Eltern das Haus für eine Weile gemietet hatten? Dein alter Chevy hat seinen Auspuff genau an der Kurve dort verloren."

„Ich erinnere mich."

„Wir haben dort in den Wäldern ein paar interessante Spaziergänge unternommen", fuhr Bob fort. „Das waren die hübschesten Mädchen in der Schule, bis ihr Daddy versetzt wurde und sie wegzogen."

„Wer ist danach hierher gezogen?" fragte Cliff.

„Dieses alte Paar aus Harrisburg – die Faradays. Sie waren lange hier, bis der alte Mann starb und die Frau zu ihren Kindern zog."

Cliff kniff die Augen zusammen, während er versuchte, sich zu erinnern. „Das war zwei Monate, bevor Morgan von der Brücke stürzte. Seither hat hier niemand gewohnt."

Bob zuckte die Schultern. Sie beide blickten zu dem Graben. „Ist wohl zehn Jahre her, seit hier jemand gewohnt hat."

„Zehn Jahre", wiederholte Cliff. „Eine lange Zeit."

Beide blickten bei dem Geräusch eines Wagens zur Zufahrt.

„Die Ermittler", sagte Bob und rückte wieder seinen Hut zurecht. „Die übernehmen jetzt."

Von der Ecke der Veranda aus beobachtete Maggie die geschäftigen Aktivitäten. Sie kam zu dem Schluss, wenn die Polizei sie brauchte, würde man sich schon bei ihr melden.

Sie sah zu, wie die Leute schaufelten und Erdreich siebten und systematisch einpackten, was nützlich sein konnte. Maggie redete sich ein, sobald das alles von ihrem Grund und Boden entfernt war, würde sie es vergessen. Es würde sie nicht länger bedrücken.

Sie wünschte sich nur, sie könnte das glauben! Was jetzt in Plastikbehälter verfrachtet wurde, war einst ein lebendes Wesen gewesen. Ein Mann oder eine Frau, einst ausgestattet mit Gedanken und Gefühlen, hatte nur wenige Meter von ihrem neuen Zu-

hause entfernt gelegen. Nein, das konnte sie bestimmt nicht vergessen.

Sie musste wissen, wer diese Person gewesen war,
warum sie gestorben war und warum sich ihr Grab
auf Maggies Land befand, sonst war es nicht vorüber.
Sie brauchte die Antworten, wenn sie weiterhin
friedlich in dem Haus wohnen wollte, das sie für sich
ausgesucht hatte. Sie leerte ihre Kaffeetasse, als sich
jemand von der Polizistengruppe löste und zu der
Veranda kam. Maggie ging ihm an die Stufen entgegen, um ihn zu begrüßen.

„Ma'am." Er nickte ihr zu und zeigte ihr kurz
eine Dienstmarke. „Ich bin Lieutenant Reiker."

Sie fand, dass er wie ein Buchhalter mittleren Alters aussah, und fragte sich, ob er eine Waffe unter
seinem Jackett trug. „Ja, Lieutenant?"

„Wir sind fast fertig. Entschuldigen Sie die Störung."

„Das ist schon in Ordnung." Sie legte ihre Hände
um die Kaffeetasse und wünschte sich, zu ihrer Musik hineingehen zu können.

„Ich habe den Bericht des Streifenpolizisten, aber
vielleicht könnten Sie mir schildern, wie Sie die
Überreste gefunden haben."

Überreste, dachte Maggie schaudernd. Das war
ein sehr kaltes Wort. Zum zweiten Mal schilderte sie,

wie der Welpe gegraben hatte. Sie tat es jetzt ruhig und ohne zu zittern.

„Sie haben den Besitz eben erst gekauft?"

„Ja, ich bin erst vor wenigen Wochen hier eingezogen."

„Und Sie haben Delaney für die Landschaftsarchitektur angestellt."

„Ja." Sie blickte zu Cliff, der mit einem anderen Mitglied des Teams sprach. „Der Handwerker, den ich zuerst einstellte, hat ihn empfohlen."

„Mhm." Der Ermittler machte sich sehr lässig Notizen. „Delaney sagt, Sie wollen den Graben zu einem Teich umgewandelt haben."

Maggie befeuchtete ihre Lippen. „Richtig."

„Hübscher Platz für einen Teich", bemerkte er nebenbei. „Ich möchte Sie allerdings bitten, damit eine Weile zu warten. Vielleicht müssen wir wiederkommen und uns noch einmal umsehen."

„In Ordnung."

„Wir möchten dieses Gebiet absperren." Er stellte einen Fuß auf eine Stufe. „Maschendraht", meinte er beiläufig, „um Ihren Hund oder herumstreunende Tiere am Graben zu hindern."

So wie auch Menschen, dachte Maggie und fand, dass man kein Genie sein musste, um zwischen den Zeilen zu lesen. Noch bevor der Tag vorüber war, würde dies die größte Neuigkeit im County werden. „Tun Sie, was Sie tun müssen."

„Wir sind Ihnen für Ihr Entgegenkommen dankbar, Miss Fitzgerald." Er drehte seinen Stift zwischen den Fingern und zögerte.

„Gibt es noch etwas?"

„Ich weiß, es ist ein schlechter Zeitpunkt", sagte er mit einem verlegenen Lächeln, „aber ich kann mir die Gelegenheit nicht entgehen lassen. Könnten Sie mir auf meinem Block ein Autogramm geben? Ich war ein großer Fan Ihrer Mutter, und ich kenne die meisten von Ihren Songs."

Maggie lachte. Es tat gut zu lachen. Der Tag hatte aus einer Reihe unglaublicher Ereignisse bestanden. „Möchten Sie, dass ich etwas Bestimmtes schreibe?"

„Vielleicht könnten Sie einfach schreiben: ‚Für meinen guten Freund Harvey'."

Bevor sie den Wunsch erfüllen konnte, blickte sie auf und fand Cliffs Augen auf sich gerichtet. Seine Lippen waren zu einem leicht abfälligen Grinsen verzogen. Mit einer lautlosen Verwünschung unterschrieb sie auf dem Block und gab ihn zurück.

„Ich weiß nicht viel über diese Sache", erklärte sie knapp, „aber ich wäre Ihnen dankbar, wenn Sie mich auf dem Laufenden hielten, was sich ergibt."

„Wir werden den Bericht des Gerichtsmediziners in zwei, drei Tagen haben." Der Ermittler steckte seinen Block weg und wurde wieder ganz professionell. „Dann werden wir alle mehr wissen und Sie werden unterrichtet. Danke, dass Sie sich Zeit genommen haben, Miss Fitzgerald. Wir ziehen uns so bald wie möglich zurück."

Obwohl sie noch immer Cliffs Blick auf sich gerichtet fühlte, sah Maggie nicht mehr zu ihm hinüber. Stattdessen drehte sie sich um und ging ins Haus. Gleich darauf drang Musik aus den offenen Fenstern.

Cliff blickte stirnrunzelnd zu dem Fenster des Musikzimmers. Die Ermittler begannen abzuziehen. Bald würde Maggie allein sein. Die Musik klang angespannt, fast verzweifelt. Fluchend schob Cliff seine Autoschlüssel wieder in die Tasche und ging zu den Stufen.

Maggie reagierte nicht auf sein Klopfen. Die Musik spielte weiter. Ohne zu überlegen, stieß Cliff die Haustür auf. Das Haus vibrierte unter dem Sturm, den das Klavier entfesselte. Er folgte den Klängen zu dem Musikzimmer und beobachtete Maggie von der Tür aus.

Ihre Augen waren dunkel, der Blick war konzentriert auf die Tasten gerichtet. Talent? Unbestreitbar. Genauso unbestreitbar wie ihre Anspannung und ihre Verletzbarkeit. Später konnte er sich fragen, warum ihm all dies Unbehagen verursachte.

Vielleicht wollte er sie einfach nur trösten. Unter den gegebenen Umständen würde er das für jeden tun. Sie musste ihm nichts bedeuten, damit er ihr eine Ablenkung bot. Verirrte Tiere und verletzte Vögel waren immer seine Schwäche gewesen. Mit seiner eigenen Logik unzufrieden, wartete Cliff, bis sie das Stück beendet hatte.

Maggie blickte hoch und schrak zusammen, als sie ihn in der Tür entdeckte. Verdammte Nerven, dachte sie und faltete die Hände im Schoß. „Ich dachte, Sie wären längst weg."

„Nein. Nur die Polizei ist weg."

Sie schleuderte die Haare aus ihrem Gesicht zurück und hoffte, gefasst zu wirken. „Gibt es noch etwas?"

„Ja." Er kam näher und strich mit einem Finger über die Tasten. Kein Staub, stellte er fest, und das in einem Haus, das fast unter Staub erstickte. Ihre Arbeit war offenbar das Wichtigste für sie.

Als er keine weiteren Ausführungen machte, runzelte Maggie die Stirn. Cliff bevorzugte die Ungeduld, die er jetzt in ihren Augen bemerkte. „Was ist?"

„Ich dachte an ein Steak."

„Wie bitte?"

Bei ihrer kühlen Antwort lächelte er. Ja, so war sie ihm eindeutig lieber. „Ich habe heute noch keinen einzigen Bissen gegessen."

„Das tut mir Leid." Maggie sammelte ihre Notenblätter ein. „Ich habe keines."

„Ungefähr zehn Meilen außerhalb der Stadt gibt es ein Lokal." Er nahm sie am Arm und zog sie auf die Beine. „Ich habe das Gefühl, dass man dort ein Steak ohnedies besser zubereitet, als Sie das tun würden."

Sie zog sich zurück und betrachtete ihn. „Wir gehen zum Abendessen aus?"

„Richtig."

„Warum?"

Er ergriff wieder ihren Arm, um sich nicht selbst dieselbe Frage zu stellen. „Weil ich hungrig bin", sagte Cliff schlicht.

Maggie wollte sich schon widersetzen, als ihr klar wurde, wie sehr sie wenigstens für kurze Zeit weg wollte. Früher oder später musste sie allein im Haus sein, aber jetzt ... Nein, jetzt wollte sie nirgendwo allein sein.

Er wusste und verstand es und bot ihr genau das an, was sie brauchte.

Obwohl keiner von ihnen besonders ruhige Gedanken hegte, schwiegen sie, als sie zusammen hinausgingen.

103

5. KAPITEL

Maggie reservierte den ganzen nächsten Tag, um den Titelsong ihrer Filmmusik fertig zu stellen. Sie bemühte sich ganz bewusst, alles zu vergessen, was am Vortag geschehen war. Alles. Sie wollte nicht daran denken, was so nahe an ihrem Haus vergraben gewesen und ausgegraben worden war, und sie wollte auch nicht an Polizei und Gerichtsmediziner denken.

Genauso weigerte sie sich, an Cliff zu denken, an diesen einen wilden, erregenden Kuss oder an das seltsam zivilisierte Abendessen. Es war schwer zu glauben, dass sie beides mit demselben Mann erlebt hatte.

Heute war sie Maggie Fitzgerald, Komponistin, Songschreiberin, die Erschafferin von Musik. Wenn sie das in Erinnerung behielt und nur das war, konnte sie sich vielleicht davon überzeugen, dass alles, was gestern geschehen war, einer anderen Person passierte.

Sie wusste, dass da draußen Männer säten und pflanzten. Büsche wurden gepflanzt, Strohabdeckungen ausgelegt, Sträucher abgeholzt. Balken für ihre Stützmauer waren angeliefert worden.

Nichts davon betraf sie. Die Filmmusik musste vollendet werden, und Maggie würde sie vollenden. Ein Job musste erledigt werden, ganz gleich, was um sie herum vor sich ging. Sie hatte gesehen, wie ihr Vater in einem Film Regie führte, obwohl die technische Ausrüstung zusammenbrach und seine Schauspieler Tobsuchtsanfälle bekommen hatten. Ihre Mutter war mit Fieber aufgetreten. Einen großen Teil ihres Lebens hatte sie in einer plüschigen Traumwelt zugebracht, aber sie hatte Verantwortung gelernt.

Sie schrieb gerade Noten nieder, als es an der Haustür klopfte. Das ruhige Landleben! Sie fragte sich, wo sie jemals diesen Ausdruck gehört hatte, während sie zur Tür ging.

Beim Anblick des Revolvers an der Hüfte des Mannes krampfte sich ihr Magen zusammen. Der kleine Stern an seinem Khakihemd verriet ihr, dass er der Sheriff war. Als sie den Blick auf sein Gesicht richtete, war sie von seinem Aussehen überrascht. Blond, gebräunt, blaue Augen mit Fältchen, die von Humor und Sonne stammten. Einen Moment hatte sie den verrückten Gedanken, dass C.J. ihn von einer Schauspieleragentur geschickt hatte.

„Miss Fitzgerald?"

Sie befeuchtete die Lippen, während sie versuchte, vernünftig zu sein. C.J. machte sich viel zu viele Sorgen, um ihr einen solchen Streich zu spielen. Außerdem sah der Revolver sehr, sehr echt aus. „Ja."

„Ich bin Sheriff Agee. Hoffentlich störe ich Sie nicht."

„Nein." Sie bemühte sich um ein höfliches Lächeln. Revolver und Dienstmarken. Zu viel Polizei in zu kurzer Zeit.

„Wenn es nicht zu sehr stört, möchte ich gern ein paar Minuten mit Ihnen sprechen."

Es störte sie. Sie wollte es sagen und dann die Tür schließen. Feigling, schalt sie sich und trat zurück, um ihn einzulassen. „Ich nehme an, Sie sind wegen des gestrigen Fundes hier." Maggie drückte die Tür mit ihrer Schulter zu. „Ich wüsste nicht, was ich Ihnen erzählen könnte."

„Es war sicher ein hässliches Erlebnis, Miss Fitzgerald, das Sie gern vergessen möchten." In seiner Stimme schwang die genau richtige Menge Mitgefühl, gemischt mit beruflicher Sachlichkeit mit. Sie fand, dass er sein Geschäft verstand. „Ich hätte das Gefühl, meine Pflicht als Sheriff und Nachbar nicht zu erfüllen, wenn ich Ihnen nicht alle Hilfe anbiete, die ich Ihnen geben kann."

Maggie sah ihn wieder an. Diesmal fiel ihr das Lächeln leichter. „Vielen Dank. Ich kann Ihnen Kaffee anbieten, wenn Sie sich nicht an der Unordnung in der Küche stören.“

Er lächelte zurück und wirkte so solide, so freundlich, dass Maggie beinahe den Revolver an seiner Hüfte vergessen hätte. „Kaffee lehne ich nie ab.“

„Die Küche ist hier“, setzte sie an und lachte. „Das brauche ich Ihnen wohl nicht zu sagen, oder? Sie kennen dieses Haus so gut wie ich.“

Er ging neben ihr her. „Ich war öfter vor dem Haus und habe Unkraut entfernt oder gejagt, aber ich war nur ein paar Mal im Haus selbst. Die Morgans zogen weg, als Joyce noch ein Kind war.“

„Ja, das hat sie mir erzählt.“

„Seit mehr als zehn Jahren wohnt keiner mehr hier. Louella kümmerte sich nicht mehr darum, nachdem ihr Mann gestorben war.“ Er blickte zu der abblätternden Farbe an der Decke hoch. „Sie hielt das Haus als Treuhänderin, bis Joyce es mit fünfundzwanzig erbte. Sie haben wahrscheinlich gehört, dass ich Joyce vom Verkaufen abgehalten habe.“

„Nun ja ...“ Maggie beschäftigte sich am Herd, weil sie nicht wusste, was sie antworten sollte.

„Ich dachte, wir würden das Haus irgendwann herrichten und wieder vermieten.“ Er klang wie ein Mann, der Träume hatte, aber nie Zeit für sie fand. „Aber ein großer alter Besitz wie dieser hier verlangt viel Zeit und Geld, das man hineinsteckt. Joyce hat es wahrscheinlich richtig gemacht, dass sie verkauft hat."

„Ich bin froh, dass sie es getan hat." Nachdem sie die Kaffeemaschine eingeschaltet hatte, deutete Maggie auf einen Stuhl.

„Mit Bog für die Reparaturen und Delaney für den Garten haben Sie sich die Richtigen ausgesucht." Als Maggie ihn nur ansah, lächelte der Sheriff wieder. „In Kleinstädten bewegt sich nichts schnell, ausgenommen Neuigkeiten."

„Ja, vermutlich."

„Sehen Sie, was gestern passierte ..." Er räusperte sich. „Ich weiß, es muss für Sie hart sein. Ich kann Ihnen sagen, Joyce hat sich vielleicht aufgeregt. Viele Leute würden auf der Stelle wegziehen, wenn man so etwas einen Steinwurf von seinem Haus entfernt findet."

Maggie holte Tassen aus dem Schrank. „Ich gehe nicht weg."

„Freut mich." Er schwieg einen Moment und sah zu, wie sie den Kaffee einschenkte. „Ich habe gehört, dass Cliff gestern auch hier war."

„Richtig. Er hat irgendwelche Arbeiten beaufsichtigt."

„Und Ihr Hund grub ..."

108

„Ja." Maggie stellte beide Tassen auf den Tisch und setzte sich. „Er ist noch ein Welpe. Im Moment schläft er oben. Zu viel Aufregung."

Der Sheriff winkte ab, als sie ihm Sahne anbot, und trank seinen Kaffee schwarz. „Ich bin nicht hier, um Sie nach Einzelheiten zu befragen. Die Staatspolizei hat mich informiert. Ich wollte Sie nur wissen lassen, dass ich Ihnen so nahe bin wie Ihr Telefon, falls Sie etwas brauchen."

„Danke. Ich bin mit diesen Dingen nicht vertraut, aber ich hätte gestern vermutlich Sie anrufen sollen."

„Ich kümmere mich gern selbst um mein Gebiet", sagte er langsam. „Aber bei so einer Sache ..." Er zuckte die Schultern. „Ich hätte ohnedies die State Police rufen müssen." Sein Ehering schimmerte im Sonnenschein. Maggie erinnerte sich daran, dass Joyce genauso einen Ring hatte. Einen schlichten, soliden Goldreif. „Sie machen den Fußboden neu?"

Maggie blickte verständnislos nach unten. „Ach so, ja, ich habe das alte Linoleum herausgenommen. Jetzt muss ich ihn schleifen lassen."

„Rufen Sie George Cooper an", riet der Sheriff. „Er steht im Telefonbuch. Er besorgt Ihnen eine elektrische Schleifmaschine, mit der das im Handumdrehen zu erledigen ist. Sagen Sie ihm nur, dass Sie seinen Namen von Stan Agee haben."

„In Ordnung." Sie wusste, dass die Unterhaltung sie hätte beruhigen sollen, aber ihre Nerven waren wieder angespannt. „Danke."

„Wann immer Sie etwas brauchen, rufen Sie uns an. Joyce möchte Sie zum Abendessen einladen. Sie backt den besten Schinken im County."

„Das wäre nett."

„Sie kann noch gar nicht begreifen, dass es jemanden wie Sie nach Morganville zieht." Er nippte an seinem Kaffee, während Maggie den ihren kalt werden ließ. Er entspannte sich auf seinem Stuhl. Sie dagegen saß verkrampft aufrecht. „Ich höre nicht viel Musik, aber Joyce kennt alle Ihre Songs. Sie liest auch alle Zeitschriften, und jetzt wohnt jemand in ihrem alten Haus, von dem in den Zeitschriften berichtet wird." Er warf einen Blick zur Hintertür. „Sie sollten mit Bog sprechen, damit er ein paar Riegel anbringt."

Sie erinnerte sich daran, dass die Angeln geölt werden mussten. „Riegel?"

Lachend trank er seinen Kaffee aus. „Das passiert, wenn man Sheriff ist. Man denkt immer an die Sicherheit. Wir haben hier eine nette, ruhige Gemeinde, Miss Fitzgerald. Ich möchte nicht, dass Sie etwas anderes glauben. Aber ich würde mich besser fühlen, wenn Sie ein paar solide Schlösser an den Türen haben, wo Sie doch allein sind." Er stand auf und zupfte gedankenverloren an seinem Halfter. „Danke für den Kaffee. Vergessen Sie nicht, mich anzurufen, wenn Sie etwas brauchen."

„Ich vergesse es nicht."

„Ich überlasse Sie wieder Ihrer Arbeit. Rufen Sie gleich George Cooper an."

„In Ordnung." Maggie ging mit ihm zur Tür. „Danke, Sheriff."

Einen Moment blieb sie an der Tür stehen und lehnte den Kopf gegen den Türrahmen. Sie hasste es, dass sie so leicht aus dem inneren Gleichgewicht zu bringen war. Der Sheriff war zu ihr gekommen, um sie zu beruhigen und ihr zu zeigen, dass die Gemeinde, in der sie jetzt lebte, einen aufmerksamen, fähigen Gesetzeshüter hatte. Doch von dem vielen Sprechen mit Polizisten war sie nervös geworden. So viele Polizisten – genau wie bei Jerrys Tod. All diese Polizisten, all diese Fragen. Sie hatte gedacht, darüber hinweg zu sein, aber die Erinnerungen waren auf einmal wieder da ...

„Ihr Mann ist mit dem Wagen von der Straße abgekommen, Mrs. Browning. Wir haben seine Leiche noch nicht gefunden, aber wir tun alles, was wir können. Es tut mir Leid."

Ja, zuerst hatte es Mitgefühl gegeben, erinnerte

sich Maggie. Sie hatte Mitgefühl von der Polizei erhalten, von ihren Freunden, von Jerrys Freunden. Dann Fragen: „Hat Ihr Mann getrunken, bevor er das Haus verließ?" - „War er erregt, wütend?" - „Hatten Sie Streit?"

War es nicht schlimm genug, dass er tot war? Warum hatten sie sich auf alle möglichen Gründe gestürzt? Wie viele Gründe konnte es für einen achtundzwanzig Jahre alten Mann geben, seinen Wagen über eine Klippe hinauszusteuern?

Ja, er hatte getrunken. Er hatte viel getrunken, als seine Karriere abzurutschen begann, während die ihre weiterhin anstieg. Ja, sie hatten einen Streit gehabt, weil keiner von ihnen verstand, was aus den Träumen geworden war, die sie einst gehabt hatten. Maggie hatte die Fragen der Polizisten beantwortet. Und sie hatte die Presse erduldet, bis sie geglaubt hatte, verrückt zu werden.

Sie presste die Lider fest zu. Das war vorüber. Sie konnte Jerry nicht zurückbringen und seine Probleme lösen. Er hatte seine eigene Lösung gefunden. Sie wandte sich von der Tür ab und ging langsam in das Musikzimmer zurück. Wie immer fand sie Zuflucht in ihrer Musik.

Der Titelsong musste leidenschaftlich sein, voller Bewegung und Erotik. Wenn er erklang, sollte er

Sinne ansprechen, Bedürfnisse anrühren, Verlangen erzeugen.

Bisher war noch niemand bestimmt worden, den Song zu singen, so dass sie stilmäßig frei war. Sie wollte etwas Bluesartiges, und in ihren Gedanken hörte sie das Stöhnen eines Saxofons. Sexy, schwül. Sie wollte die ruhigen Töne der Blechbläser und das rauchige Pulsieren des Basses. Als sie am Vorabend ruhelos gewesen war, hatte sie ein paar Phrasen niedergeschrieben. Jetzt experimentierte sie damit und verwob Worte mit Musik.

Nahezu sofort wusste sie, dass sie den Schlüssel gefunden hatte. Dieser Schlüssel war unerklärte Leidenschaft, kaum kontrolliert. Es war Verlangen, das alles Zivilisierte hinwegzufegen versprach. Es war die Raserei und die Hitze, die ein Mann und eine Frau zueinander führten, bis sie davon besinnungslos wurden. Sie hatte jetzt den Schlüssel, weil sie es selbst erlebt hatte. Gestern. Mit Cliff.

Irrsinn. Das war das Wort, das ihr durch den Kopf schoss. Verlangen war Irrsinn. Sie schloss die Augen, als Worte und Melodien sie durchströmten. Hatte sie nicht diesen Irrsinn verspürt, diese Süße und das schmerzliche Sehnen, als sein Mund den ihren eroberte? Hatte sie ihn nicht fühlen wollen, Haut an Haut? Er hatte sie an dunkle Nächte denken las-

113

sen, schwüle, mondlose Nächte, in denen die Luft so schwer war, dass man sie auf der Haut pulsieren fühlte. Dann hatte sie überhaupt nicht mehr gedacht, weil Verlangen Irrsinn war.

Sie ließ die Worte kommen, leidenschaftliche, lustvolle Versprechungen, die über der Hitze der Musik siedeten. Verführerisch, viel versprechend ergossen sich die Worte aus ihrem eigenen Verlangen. Die Worte von Liebenden, verzweifelte Worte, mit ihrer leisen, heiseren Stimme geflüstert, bis der Raum mit ihnen aufgeladen war. Niemand, der sie hörte, konnte unberührt bleiben. Das war ihr Ehrgeiz.

Als sie fertig war, fühlte Maggie sich atemlos und bewegt und begeistert. Sie streckte die Hand nach dem Tonbandgerät aus, um das Band zurücklaufen zu lassen, und sah Cliff zum zweiten Mal in der Tür stehen.

Ihre Hand erstarrte, und ihr bereits schnell schlagender Puls raste. Hatte sie ihn mit ihrem Song gerufen? War die Magie so stark? Als er einfach nur schweigend dastand, schaltete sie das Gerät ab und sagte mit erzwungener Ruhe: „Ist es auf dem Land Brauch, dass die Leute einfach uneingeladen hereinplatzen?"

„Sie scheinen das Klopfen nicht zu hören, wenn Sie arbeiten."

Sie neigte leicht den Kopf. „Das könnte bedeuten, dass ich nicht bei der Arbeit gestört werden möchte."

„Könnte sein." Gestört. Das Wort brachte ihn beinahe zum Lachen. Vielleicht hatte er ihre Arbeit gestört, doch das war nichts im Vergleich zu dem, was der Song mit ihm angestellt hatte ... Was es ihm angetan hatte, sie beim Singen zu beobachten. Es hatte ihn seine gesamte Selbstbeherrschung gekostet, um sie nicht von dem Klavierhocker zu reißen und sie auf dem staubigen Fußboden zu nehmen. Er kam näher, wusste, dass ihr Duft auf ihn wartete und ihren Reiz erhöhte

„Ich habe gestern ziemlich viel Zeit verloren." Maggie schluckte herunter, was immer ihre Stimme zu blockieren drohte. Ihr Körper pulsierte noch, war viel zu verletzbar von der Leidenschaft, die sie freigesetzt hatte. „Ich habe einen festen Abgabetermin für diese Filmmusik."

Er blickte auf ihre Hände. Er wollte fühlen, wie diese Hände mit der gleichen Geschicklichkeit über ihn streichelten, die sie auf den Tasten gezeigt hatten. Langsam ließ er den Blick an ihren Armen hochgleiten, über ihre Schulter zu ihrem Gesicht. Für sie beide war es, als würde er sie berühren.

Maggies Atem war nicht ruhig. Ihr Blick war

nicht gelassen. So wollte er das jetzt haben. Ganz gleich, wie oft oder wie entschlossen er sich auch sagte, er solle sich von ihr zurückziehen, Cliff wusste, dass er unaufhaltsam auf einen Punkt zusteuerte, an dem es unmöglich sein würde. Sie war nichts für ihn ... davon konnte er sich überzeugen. Aber sie hatten beide etwas, das sie befreien und kosten mussten.

„Nach dem, was ich gehört habe", murmelte er, „sind Sie fertig."

„Das muss ich entscheiden."

„Spielen Sie die Aufnahme ab." Es war eine Herausforderung. An ihren Augen sah er, dass sie es wusste. „Der letzte Song ... ich möchte ihn noch einmal hören."

Gefährlich. Maggie erkannte die Gefahr. Als sie zögerte, verzogen seine Lippen sich zu einem Lächeln. Das reichte. Wortlos drückte sie den schnellen Rücklauf. Der Song ist nur Fantasie, sagte sie sich selbst, als das Band zurücklief. Genau wie der Film eine Fantasie war. Der Song war für die Personen in einer Geschichte bestimmt und hatte nichts, absolut nichts mit ihr zu tun. Oder mit ihm. Sie schaltete das Gerät auf Wiedergabe.

Maggie beschloss, objektiv zuzuhören, als die Musik den Raum zu erfüllen begann. Sie wollte als

Musikerin, als Technikerin zuhören. Das verlangte ihr Job. Doch als ihre eigene Stimme begann, sie in Versuchung zu führen, entdeckte sie, dass sie als Frau zuhörte. Sie erhob sich, trat ans Fenster und blickte hinaus. Wenn ein Sehnen so stark war, konnte Abstand alles entscheiden.

Erwarte die Nacht, wenn die Luft heiß ist vor Irrsinn

Ich bringe dein Blut zum Sieden

Erwarte die Nacht, wenn die Leidenschaft sich erhebt und auf der Flutwelle tanzt

wenn Verlangen befreit strömen kann.

Cliff hörte genau wie vorhin zu und fühlte, wie sein Körper auf die Musik reagierte und auf die Versprechungen, die diese leise Stimme machte. Er wollte alles haben, was der Song andeutete. Alles und noch mehr.

Als Cliff den Raum durchquerte, sah er, wie sie sich anspannte. Er meinte, in der Luft die Hitze zischen zu hören, die der Song angefacht hatte. Bevor er Maggie erreichte, drehte sie sich um. Die Sonne in ihrem Rücken erzeugte einen Lichthof um sie. Als Kontrast dazu waren ihre Augen dunkel. Wie die Nacht, dachte er. Wie ihre Nachtmusik. Die Worte, die sie geschrieben hatte, erfüllten den Raum.

Er sprach nicht, sondern legte seine Hand um ihren

Nacken. Sie sprach nicht, sondern widerstand ihm, indem sich ihr Körper verkrampfte. Ärger brannte jetzt in ihren Augen – über sich selbst genau wie über ihn. Sie hatte sich selbst so weit gebracht, indem sie ihren eigenen Wünschen und Fantasien erlaubt hatte, den Weg zu bereiten. Es war nicht Irrsinn, was sie wollte, redete Maggie sich selbst ein, als sie sich zurückzog. Es war Stabilität. Sie suchte nicht Wildheit, sondern Ausgeglichenheit. So etwas bot Cliff nicht.

Seine Finger spannten sich an, als sie sich zurückzog. Das überraschte sie beide. Er hatte die Regeln einer zivilisierten Verführung vergessen, genau wie er vergessen hatte, dass er nur hergekommen war, um nachzusehen, wie es ihr ging. Die Musik und die Worte machten die Verletzbarkeit, die ihm Sorge bereitet hatte, zu etwas Vergangenem. Jetzt fühlte er Kraft, als seine Finger sich in ihre Haut drückten. Er sah Herausforderung in ihrer Haltung und in ihren Augen, vermischt mit Zorn. Cliff wollte nichts anderes, nicht weniger von ihr.

Er trat näher. Als sie protestierend die Hand hob, ergriff er ihr Handgelenk. Ihr Puls pochte unter seiner Hand so heftig, wie die Musik in der Luft pulsierte. Ihre Blicke prallten aufeinander, Leidenschaft auf Leidenschaft. In einer fließenden Bewegung zog er sie an sich und eroberte ihren Mund.

Sie sah die lebhaften Farben und Lichter, die sie sich vorgestellt hatte. Sie schmeckte das drängende Verlangen. Während sie Cliff noch näher an sich heranzog, hörte Maggie ihr eigenes Stöhnen.

Hatte sie darauf gewartet? Auf diese alles verzehrende Lust? Waren dies die Empfindungen und Gefühle, die sie so lange Zeit in ihre Musik hatte einfließen lassen? Sie fand keine Antworten, nur noch mehr Verlangen.

Cliff hatte aufgehört zu denken. Er wusste, dass er die Fähigkeit zu klarem Denken verloren hatte. Maggie ließ ihn so heftig fühlen, dass kein Platz für Vernunft blieb. Seine Hände erforschten Maggie, glitten unter ihr Shirt, um die weiche, erhitzte Haut zu finden, von der er geträumt hatte. Sie bog sich ihm entgegen, bot mehr an. Er fühlte, wie ihre Lippen an seinem Mund seinen Namen formten. Etwas Wildes, Ungestümes brach in ihm los.

Er war nicht sanft, obwohl er als Liebhaber noch nie grob gewesen war. Er sehnte sich zu sehr nach der Berührung, um zu begreifen, dass er vielleicht zu fest zupackte. Der Kuss wurde ungezügelt. Er konnte gar nicht genug von ihr bekommen. Mehr und immer mehr wollte er, obwohl ihr Mund genauso fordernd war wie der seine.

Er trieb sie zum Irrsinn. Niemand hatte ihr je zuvor solches Verlangen gezeigt. Hunger entfachte Hunger, bis sie darunter litt. Sie wusste, dass sie davon aufgezehrt werden konnte, vielleicht sogar sie beide. Ein so heißes Feuer konnte sie beide ausbrennen und mit nichts zurücklassen. Der Gedanke brachte sie erneut zum Stöhnen. Sie klammerte sich an ihn. Sie wollte mehr. Und doch fürchtete sie sich davor, mehr zu nehmen und sich selbst leer vorzufinden.

„Nein." Seine Lippen an ihrer Kehle ließen ihre Knie weich werden. „Nein, das ist verrückt", brachte sie hervor.

Er hob den Kopf. Seine Augen waren jetzt fast schwarz, sein Atem ungleichmäßig. Zum ersten Mal verspürte Maggie Furcht. Was wusste sie von diesem Mann?

„Du hast es Irrsinn genannt", murmelte er. „Du hattest Recht."

Ja, sie hatte Recht gehabt, und sie hatte an ihn gedacht, als sie diese Worte schrieb. Doch sie sagte sich, dass sie einen klaren Verstand brauchte. „Keiner von uns sollte sich das wünschen."

„Nein." Seine Selbstbeherrschung geriet in Gefahr, völlig zusammenzubrechen. Langsam strich er mit der Hand über ihr Haar. „Aber es ist schon viel zu spät, um aufzuhören. Ich will dich, Maggie, ob ich es sollte oder nicht."

Hätte er ihren Namen nicht benutzt ... Bis dahin hatte sie nicht gewusst, dass er ihren Namen aussprechen und sie damit schwach machen konnte. Als Verlangen erneut hochstieg, ließ sie den Kopf auf seine Brust sinken. Es war diese ungekünstelte und nicht geplante Geste, die seine hektischen Gedanken klärte und etwas anderes als Verlangen in ihm auslöste.

Sie war eine der Frauen, die einem Mann unter die Haut gehen konnten. War das einmal geschehen, würde er nie wieder frei von ihr sein. Sobald er das erkannt hatte, unterdrückte er das überwältigende Verlangen, sie wieder an sich zu ziehen. Er wollte sie, und er würde sie auch bekommen. Das bedeutete jedoch nicht, dass er sich auf eine Bindung einlassen wollte. Sie beide wussten, dass früher oder später vollzogen werden musste, was sich zwischen ihnen entzündet hatte. Es war nur natürlich, nichts Kompliziertes. Und sie beide würden unbeschadet daraus hervorgehen.

Die Erregung, die er verspürt hatte, hatte ihm keine Sorgen bereitet, die Zärtlichkeit, die er jetzt empfand, dagegen schon. Sie sollten lieber wieder auf den richtigen Weg zurückfinden. Er packte Maggie an den Schultern und schob sie zurück.

„Wir begehren einander." Es klang einfach, wie er das sagte. Cliff wollte daran glauben, dass es so war.

„Ja." Sie nickte und hatte sich fast schon wieder gefasst. „Aber du hast sicher genau wie ich gelernt, dass man nicht alles haben kann, was man will."

„Ganz richtig. Aber es besteht für keinen von uns ein Grund, warum wir nicht haben sollten, was wir diesmal ersehnen."

„Mir fallen ein paar Gründe ein. Der erste ist, dass ich dich kaum kenne."

Er betrachtete stirnrunzelnd ihr Gesicht. „Spielt das für dich eine Rolle?"

Maggie zuckte so schnell zurück, dass seine Hände von ihren Schultern glitten. „Dann glaubst du also alles, was du liest." Ihre Stimme war jetzt spröde, ihre Augen kalt. „Los Angeles, Stadt der Sünde und der Sünder. Tut mir Leid, dich zu enttäuschen, Cliff, aber ich habe mein Leben nicht mit unzähligen namenlosen Liebhabern ausgefüllt. Das hier füllt mein Leben aus." Sie schlug mit der Hand auf das Klavier. Papiere glitten auf den Fußboden. „Und wenn du schon so viel über mich liest und weißt, dann weißt du auch, dass ich bis vor zwei Jahren verheiratet war. Ich hatte einen Ehemann, und so lächerlich das klingen mag, ich war sechs Jahre lang treu."

„Meine Frage hatte überhaupt nichts damit zu tun." Seine Stimme war im Gegensatz zu der ihren so sanft, dass sie sich verkrampfte. Maggie hatte gelernt, ihm am wenigsten zu trauen, wenn er diesen Ton anschlug. „Es ging nur um dich und mich."

„Dann wollen wir es so ausdrücken: Ich habe eine Grundregel, nicht mit Männern ins Bett zu hüpfen, die ich nicht kenne. Dich eingeschlossen."

Er durchquerte den Raum und legte seine Hand über die ihre auf dem Klavier. „Wie gut musst du mich denn kennen?"

„Besser, als ich dich jemals kennen werde." Sie musste gegen den Wunsch ankämpfen, ihre Hand wegzureißen. Sie hatte sich für einen Tag schon genug zur Närrin gemacht. „Ich habe noch eine Regel. Die besagt, dass ich mich von Leuten fern halte, die nicht mögen, wer und was ich bin."

Er blickte auf die Hand unter der seinen. Sie war hell, schmal und kräftig. „Vielleicht weiß ich nicht, wer und was du bist." Er blickte ihr in die Augen. „Vielleicht will ich das herausfinden."

„Dafür brauchst du meine Mitarbeit, oder?"

Er hob eine Augenbraue, als wäre er amüsiert. „Wir werden sehen."

Ihre Stimme wurde nur noch eisiger. „Ich möchte, dass du gehst. Ich habe zu arbeiten."

„Woran hast du gedacht, als du diesen Song geschrieben hast?" Etwas flackerte so schnell über ihr

123

Gesicht, dass er nicht wusste, ob es Panik oder Leidenschaft war. Beides wäre ihm recht gewesen.

„Ich sagte, du sollst gehen."

„Werde ich – nachdem du mir gesagt hast, woran
du gedacht hast."

Sie hielt ihr Kinn hoch. „An dich."

Er lächelte, ergriff ihre Hände und drückte ihre
Handfläche an seine Lippen. „Gut", murmelte er.
„Denk weiter an mich. Ich komme wieder."

Sie schloss ihre Finger über ihre Handfläche, als
er wegging. Er hatte ihr keine andere Wahl gelassen,
als seine Bitte zu erfüllen.

Spätnachts erwachte Maggie. Benommen dachte sie,
dass ein Traum sie gestört hätte. Sie verwünschte
Cliff und rollte sich auf den Rücken. Sie wollte nicht
von ihm träumen. Ganz sicher wollte sie nicht mitten in der Nacht wach liegen und an ihn denken.

Während sie zur Decke hinaufstarrte, lauschte sie
der Stille. Bei Gelegenheiten wie dieser wurde ihr bewusst, wie allein sie war. Keine Angestellten schlie-
fen unten im Haus, wie es ihr ganzes Leben lang gewesen war. Ihr nächster Nachbar war etwa fünfhun-
dert Meter entfernt und durch einen Wald von ihr
getrennt. Keine Clubs, die die ganze Nacht geöffnet
hatten, keine Drugstores. Bisher hatte sie noch nicht

einmal eine Fernsehantenne auf dem Dach. Sie war völlig allein, so wie sie es gewollt hatte.

Warum wirkte ihr Bett plötzlich so leer und die Nacht so lang? Maggie rollte sich auf die Seite und versuchte, ihre Stimmung und ihre Gedanken an Cliff abzuschütteln.

Über ihr knarrte ein Brett, doch sie achtete nicht darauf. Alte Häuser machten nachts Geräusche, Maggie hatte das schnell gelernt. Ruhelos warf sie sich in ihrem Bett hin und her und beobachtete das Licht des schwindenden Mondes.

Sie wollte Cliff nicht hier bei sich haben. Selbst der Gedanke, dass sie es wollte, war zu gefährlich. Es stimmte, dass ihr Körper heftig auf ihn reagiert hatte. Eine Frau konnte nicht immer die Bedürfnisse ihres Körpers kontrollieren, aber sie konnte die Richtung ihrer Gedanken kontrollieren. Entschlossen lenkte sie ihren Verstand auf die Aufgaben des morgigen Tages.

Als das Geräusch wieder ertönte, blickte sie automatisch zur Decke. Das Knarren und Ächzen störte sie selten, aber bisher hatte sie in diesem Haus auch sehr tief geschlafen. Bis Cliff Delaney auftauchte, dachte sie und schloss die Augen. Und riss sie wieder auf, als sie hörte, wie sich eine Tür leise schloss.

Noch bevor Panik in ihr hochschießen oder die

Vernunft sie niederkämpfen konnte, hämmerte Maggie bereits das Herz in der Kehle. Sie war allein, und jemand war im Haus. Alle Albträume, die eine Frau allein in der Dunkelheit jemals geplagt hatten, tauchten drohend vor ihr auf. Ihre Finger krampften sich in die Laken, während sie erstarrt dalag und angestrengt lauschte.

Waren das Schritte auf der Treppe, oder bildete sie sich alles nur ein? Während sie von kalter Angst gepackt wurde, dachte sie an den Graben neben dem Haus. Sie biss sich auf die Lippen, um keinen Laut von sich zu geben. Ganz langsam wandte Maggie den Kopf und entdeckte den Welpen, der am Fußende des Bettes lag. Er hörte nichts. Sie schloss wieder die Augen und versuchte ihren Atem zu beruhigen.

Wenn der Hund nichts hörte, was ihn störte, dann gab es nichts, worüber man sich Sorgen machen musste. Nur Bretter, die sich setzten. Noch während sie versuchte, sich davon zu überzeugen, hörte Maggie eine Bewegung im Erdgeschoss. Ein leises Quietschen, ein leichtes Schaben.

Die Küchentür, sagte sie sich, während Panik in ihrem Kopf summte. Sie zwang sich dazu, langsam und ruhig nach dem Telefon neben ihrem Bett zu greifen. Als sie den Hörer an ihr Ohr hielt, hörte sie jenen „Besetzt"-Ton, der sie daran erinnerte, dass sie den Hörer in der Küche abgenommen hatte, um nicht mehr gestört zu werden. Ihr Telefon war völlig unbrauchbar. Hysterie brodelte hoch, wurde wieder hinuntergeschluckt.

Nachdenken, befahl sie sich. Ruhig bleiben und nachdenken. Wenn sie allein war und keine Hilfe holen konnte, musste sie sich auf sich selbst verlassen. Wie oft hatte sie in den letzten Wochen behauptet, gerade das zu können?

Sie presste eine Hand auf den Mund, damit ihr eigener Atem ihr angestrengtes Lauschen nicht störte. Jetzt war nichts zu hören, kein Quietschen, keine leisen Schritte auf Holz.

Behutsam, um kein Geräusche zu machen, glitt sie aus dem Bett und fand den Schürhaken. Mit angespannten Muskeln setzte Maggie sich in den Sessel, der zur Tür gewandt stand, packte den Schürhaken fest mit beiden Händen und betete, dass der Morgen recht bald käme.

6. KAPITEL

Nach ein paar Tagen hatte Maggie die Geräusche in ihrem Haus fast vergessen. Schon am Morgen nach dem Vorfall hatte sie sich wie eine Närrin gefühlt. Aufgewacht war sie, weil der Welpe ihre nackten Füße leckte, während sie steif und verspannt von der Nacht in dem Sessel saß. Der Schürhaken hatte wie ein mittelalterliches Schwert quer über ihrem Schoß gelegen. Heller Sonnenschein und Vogelgezwitscher hatten sie davon überzeugt, dass sie sich alles eingebildet und dann jeden kleinsten Laut aufgebauscht hatte, wie ein Kind, das Schatten in der Dunkelheit sieht. Vielleicht war sie ja doch nicht ganz so auf das Alleinsein eingestellt, wie sie angenommen hatte. Wenigstens konnte sie froh sein, dass sie den Hörer im Erdgeschoss abgenommen hatte. Andernfalls hätte jetzt jedermann in der Stadt gewusst, dass sie eine übernervöse Närrin war.

Wenn sie nervös war, so war das unter den gegebenen Umständen verständlich. Neben ihrem Haus wurde ein Skelett ausgegraben, der Sheriff schlug Schlösser für ihre Türen vor, und Cliff Delaney hielt sie nachts wach. Das einzig Gute dieser Woche war die fertig gestellte Filmmusik. C.J. würde mit dem fertigen Produkt bestimmt zufrieden sein, so dass er sie nicht weiter bedrängen würde, nach L.A. zurückzukommen. Zumindest für eine kleine Weile.

Maggie entschied, dass sie als nächste konstruktive Tätigkeit das eingepackte Band samt Noten zum Postamt bringen und losschicken sollte. Später würde sie dann vielleicht ihren ersten Song, der in ihrem neuen Haus entstanden war, feiern.

Sie genoss die Fahrt in die Stadt. Die schmalen Straßen wurden von Bäumen flankiert, die in wenigen Wochen Schatten spenden würden. Jetzt schien die Sonne zwischen den feinen Blättern hindurch und ergoss sich hell auf die Straße. Ab und zu wurden die Wälder von Feldern unterbrochen. Was hier wohl angebaut wurde? Maggie sah Kühe, die ihre Kälber säugten. Eine Frau trug einen Eimer zu einem Hühnerstall. Ein Hund jagte an dem Lattenzaun entlang und verbellte hektisch Maggies Wagen.

Ihre Panik von vor wenigen Nächten wirkte so lächerlich, dass sie sich weigerte, daran zu denken.

Sie kam an ein paar Häusern vorbei, von denen einige kaum mehr waren als Hütten, während andere so offensichtlich neu und modern waren, dass sie fast das Auge beleidigten. Sie ertappte sich dabei, dass sie sich über die makellosen Häuser auf Grundstücken, von denen die Bäume entfernt worden waren, ärgerte. Warum hatten die Leute nicht mit dem Vorhandenen gearbeitet, anstatt es zu zerstören? Gleich darauf lachte sie über sich selbst. Sie dachte schon wie Cliff Delaney. Die Menschen hatten ein Recht darauf zu leben, wo und wie sie wollten. Sie konnte jedoch nicht leugnen, dass ihr die alten Häuser aus verwitterten Ziegeln oder Holz und von Bäumen umgeben lieber waren.

Während sie nach Morganville hineinfuhr, stellte sie fest, dass die Häuser enger beisammen standen. Das ist städtisches Leben, dachte sie. Es gab hier Bürgersteige, und ein paar Wagen parkten am Randstein. Die Leute mähten ihren Rasen. So wie es wirkte, gab es unter den Blumengärtnern viel Stolz und Konkurrenz. Das erinnerte sie daran, dass sie nach ihren eigenen Petunien sehen musste.

Das Postamt war ein kleines Eckgebäude aus roten Ziegeln mit einem Parkplatz für zwei Autos. Daneben befand sich, nur durch einen halben Meter Gras getrennt, die Bank von Morganville. Zwei Männer standen neben dem Briefkasten im Freien, rauchten und redeten. Sie sahen zu, als Maggie auf den Parkplatz fuhr, aus dem Wagen stieg und zu dem Postamt ging. Sie beschloss, ihr Glück zu versuchen, wandte den Kopf und lächelte den beiden zu.

„Guten Morgen."

„Morgen", sagten sie wie aus einem Mund. Der eine schob seine Fischermütze zurück. „Schöner Wagen."

„Danke."

Sie betrat den Postraum und freute sich, dass sie etwas gehabt hatte, das als Unterhaltung durchgehen konnte.

Eine Frau hinter dem Schalter war in Klatsch mit einer jungen Frau mit einem Baby auf dem Arm verwickelt.

„Keiner weiß, wie lange sie da draußen waren", meinte die Postangestellte, während sie Marken abzählte. „Seit den Faradays hat niemand da draußen gewohnt, und das war letzten Monat zehn Jahre. Die alte Faraday kam pünktlich wie ein Uhrwerk einmal die Woche für Briefmarken für einen Dollar. Natürlich waren sie damals noch billiger." Sie schob die Marken über die Theke. „Das macht fünf Dollar, Amy."

„Also, ich finde es unheimlich." Die junge Mutter schaukelte ihr Baby, sammelte die Marken ein und steckte sie in ihre Schultertasche. „Würde ich in meinem Garten einen Haufen alter Gebeine finden, stünde am nächsten Tag das Schild ‚Zu Verkaufen' vor dem Haus. Billy sagt, dass vielleicht ein Landstreicher in den Graben gefallen ist und es niemand mitbekam."

„Kann sein. Die State Police wird es bald herausfinden." Die Postangestellte beendete die Unterhaltung, indem sie sich an Maggie wandte. „Kann ich
Ihnen helfen?"

„Ja." Maggie trat an den Schalter. Die junge Frau
warf ihr einen langen, neugierigen Blick zu, ehe sie
mit ihrem Baby hinausging. „Ich möchte das als Ein-
schreiben aufgeben."

„Nun, mal sehen, wieviel es wiegt." Die Postangestellte legte das Päckchen auf die Waage. „Wollen
Sie einen Rückschein?"

„Ja, bitte."

„In Ordnung." Sie nahm den Bleistift hinter ihrem Ohr hervor und fuhr eine Liste entlang, die an
der Waage klebte. „Kostet Sie etwas mehr, aber Sie
wissen, dass es angekommen ist. Mal sehen, das ist
die Zone ..." Sie brach ab, als ihr Blick auf den Ab-
sender in der Ecke des Päckchens fiel. Sie hob den
Blick und richtete ihn scharf auf Maggie, bevor sie
das Formular auszufüllen begann. „Sie sind die
Songschreiberin aus Kalifornien. Sie haben den Morgan-Besitz gekauft."

„Stimmt." Weil Maggie nicht wusste, was sie nach
der belauschten Unterhaltung sagen sollte, beließ sie
es dabei.

„Hübsche Musik." Die Postangestellte schrieb

132

mit penibel gemalten Buchstaben. „Vieles von dem Zeug, das Sie spielen, verstehe ich nicht einmal. Ich habe ein paar Platten von Ihrer Mom. Sie war die Beste. Keine kommt ihr auch nur nahe."

Maggies Herz erwärmte sich wie jedes Mal, wenn jemand von ihrer Mutter sprach. „Ja, das finde ich auch."

„Unterschreiben Sie hier. Großes, altes Haus, der Morgan-Besitz." Die Frau rechnete die Endsumme auf einem kleinen weißen Block aus. „Kommen Sie da draußen zurecht?"

„Es ist noch viel zu tun."

„So ist das nun mal, wenn man einzieht, besonders wenn ein Haus lange leer gestanden hat. Muss für Sie was ganz Neues sein."

Maggie hob den Kopf. „Ja. Es gefällt mir."

Die Postangestellte nickte, und Maggie hatte das Gefühl, als wäre sie zum ersten Mal voll akzeptiert worden. „Bog ist gut. Auch der junge Delaney."

Maggie lächelte in sich hinein, während sie nach ihrem Portmonee griff. Kleinstadt, dachte sie. Keine Geheimnisse.

„Sie hatten einen ganz schönen Schock."

Weil sie mit einer solcher Bemerkung gerechnet hatte, nahm Maggie es leicht. „Ich möchte so etwas nicht noch einmal erleben."

133

„Nein, wahrscheinlich niemand. Entspannen Sie sich und genießen Sie das alte Haus", riet die Postangestellte. „Zu seiner Zeit war es ein Schmuckkästchen. Louella hat es immer schön in Schuss gehalten. Die Polizei soll sich um alles kümmern."

„So versuche ich es zu halten." Maggie steckte ihr Wechselgeld ein. „Danke."

„Wir schicken das gleich für Sie weg. Einen schönen Tag!"

Maggie war sehr zufrieden mit sich selbst, als sie das Postamt verließ. Sie atmete die laue Frühlingsluft tief ein, lächelte noch einmal den beiden Männern zu, die sich noch immer neben dem Briefkasten unterhielten, und wandte sich dann zu ihrem Wagen um. Ihr Lächeln verschwand, als sie Cliff an ihrer Motorhaube lehnen sah.

„Zeitig unterwegs", sagte er lässig.

Er hatte ihr gesagt, dass es schwer sei, in einer so kleinen Stadt jemandem auszuweichen. Maggie ärgerte sich darüber, dass er Recht hatte. „Solltest du nicht irgendwo arbeiten?"

Er lächelte und bot ihr die Flasche Limonade an, die er in der Hand hielt. „Ich komme gerade von einer Baustelle und bin zu einer anderen unterwegs." Als sie nicht nach der Limonade griff, setzte er die Flasche an seine Lippen und nahm einen tiefen

Schluck. „Davon sieht man nicht viele in Morganville." Er tippte mit einem Finger auf ihren Aston Martin.

Sie wollte an ihm vorbei zur Fahrertür. „Wenn du mich entschuldigst", sagte sie kühl. „Ich bin beschäftigt."

Er hielt sie mühelos am Arm zurück, kümmerte sich um ihren finsteren Blick genauso wenig wie um das Interesse der beiden Männer, die ein paar Meter entfernt standen. Cliff betrachtete ihr Gesicht. „Du hast Ringe unter den Augen. Hast du nicht geschlafen?"

„Ich habe sehr gut geschlafen."

„Nein." Er hielt sie noch einmal auf und hob eine Hand zu ihrem Gesicht. Obwohl sie es nicht zu wissen schien, verlor er jedes Mal an Boden, wenn sich ihre zerbrechliche Seite zeigte. „Ich dachte, du hältst nichts von Ausflüchten."

„Hör mal, ich bin beschäftigt."

„Du hast dir diese Geschichte mit dem Graben zu Herzen genommen."

„Na, und wenn schon!" explodierte Maggie. „Ich bin auch nur ein Mensch. Das ist eine normale Reaktion."

„Ich habe nicht behauptet, deine Reaktion sei nicht normal." Die Hand an ihrem Gesicht hob ihr

Kinn etwas weiter an. „Du gehst ganz schön schnell hoch. Bist du nur wegen dieser Geschichte verkrampft, oder gibt es da noch etwas?"

Maggie gab ihre Befreiungsversuche auf und stand ganz still. Vielleicht hatte er nicht bemerkt, dass die Männer und die Postangestellte am Fenster sie beobachteten, aber sie hatte es gesehen. „Es geht dich nichts an, ob ich verkrampft bin oder nicht. Also, wenn du jetzt aufhörst, eine Szene zu machen, kann ich heimfahren und arbeiten."

„Stören dich Szenen?" Amüsiert zog er sie an sich heran. „Das hätte ich nicht gedacht angesichts der unzähligen Gelegenheiten, bei denen du dich hast fotografieren lassen."

„Cliff, hör auf." Sie legte beide Hände an seine Brust. „Um Himmels willen, wir stehen auf der Main Street."

„Ja. Und wir sind soeben zu den Zehn-Uhr-Nachrichten geworden."

Sie lachte, bevor sie sich dessen überhaupt bewusst wurde. „Das macht dir richtig Spaß, nicht wahr?"

„Nun ..." Er nutzte es aus, dass sie sich ein wenig entspannte, und schlang seine Arme um sie. „Vielleicht. Ich wollte mit dir sprechen."

Eine Frau ging mit einem Brief in der Hand vorbei. Maggie bemerkte, dass sie sich mit dem Einwerfen sehr viel Zeit ließ. „Wir sollten uns einen besseren Ort suchen." Bei seinem Grinsen kniff sie die Augen zusammen. „Das habe ich nicht gemeint. Also, lässt du mich jetzt los?"

„Gleich. Erinnerst du dich daran, wie wir zum Abendessen ausgegangen sind?"

„Ja, ich erinnere mich. Cliff ..." Sie wandte den Kopf und sah, dass die beiden Männer noch immer da waren und sie beide nicht aus den Augen ließen. Die Frau hatte sich ihnen jetzt angeschlossen. „Das ist wirklich nicht lustig."

„Tatsache ist", fuhr er leichthin fort, „dass wir hier einen Brauch haben. Ich führe dich zum Dinner aus, dann erwiderst du die Einladung."

Ihre Geduld war erschöpft. Sie versuchte sich aus seinem Griff zu entwinden und entdeckte, dass davon nur ihr Blutdruck stieg. „Ich habe im Moment keine Zeit, um zum Dinner auszugehen. Ich werde mich in ein paar Wochen wieder bei dir melden."

„Ich bin mit allem zufrieden, was es gerade zu essen gibt."

„Was es gerade zu essen gibt?" wiederholte sie. „In meinem Haus?"

„Gute Idee."

„Warte einen Moment! Ich habe nicht gesagt ..."

137

„Es sei denn, du kannst nicht kochen."

„Natürlich kann ich kochen", entgegnete sie empört.

„Fein. Sieben Uhr?"

Sie richtete ihren vernichtendsten Blick auf ihn. „Ich tapeziere heute Abend."

„Irgendwann musst du etwas essen." Bevor sie etwas dazu sagen konnte, gab er ihr einen kurzen, aber festen Kuss. „Wir sehen uns um sieben", flüsterte er und schlenderte zu seinem Pick-up. „Maggie", fügte er durch das offene Fenster hinzu, „nichts Aufwändiges. Ich bin nicht anspruchsvoll."

„Du ...", setzte sie an, doch das Dröhnen des Motors übertönte sie. Außer sich vor Wut, blieb sie allein mitten auf dem Parkplatz zurück. In dem Bewusstsein, dass mindestens ein halbes Dutzend Augenpaare auf sie gerichtet waren, hielt Maggie ihren Kopf hoch, während sie sich in ihren Wagen hinter das Steuer setzte.

Sie verwünschte Cliff mehrmals und mit sehr gezielten Ausdrücken, während sie die drei Meilen zu ihrem Haus zurückfuhr. Maggie hatte erwartet, dass Cliffs Arbeiter da waren. Den diskreten schwarzen Wagen am Ende ihrer Zufahrt dagegen erwartete sie nicht. Als sie daneben hielt, war sie nicht in der Stimmung für Besucher. Sie wollte allein sein mit der

Schleifmaschine, die sie von George Cooper gemietet hatte

Als sie aus dem Wagen stieg, entdeckte sie den schlaksigen Mann mit den grau melierten Haaren, der aus der Richtung des Grabens auf sie zukam. Und sie erkannte ihn.

„Miss Fitzgerald."

„Guten Morgen. Lieutenant Reiker, nicht wahr?"

„Ja, Ma'am."

„Kann ich etwas für Sie tun?"

„Ich muss Sie um Ihre Mitarbeit bitten, Miss Fitzgerald." Der Lieutenant verlagerte sein Gewicht auf einen Fuß, als würde ihm seine Hüfte Schwierigkeiten machen. „Sie wollen sicher weitermachen, aber wir möchten Sie bitten, mit dem Teich noch eine Weile zu warten."

„Verstehe. Können Sie mir den Grund verraten?"

„Wir haben den vorläufigen Bericht des Gerichtsmediziners erhalten und werden ermitteln."

„Lieutenant, ich weiß nicht, wieviel Sie mir sagen können, aber ich denke, ich habe ein Recht, gewisse Dinge zu erfahren. Dies hier ist mein Besitz."

„Sie selbst werden mit der Sache nicht wirklich etwas zu tun haben, Miss Fitzgerald. Diese Sache liegt lange Zeit zurück."

„Sofern mein Grund und Boden betroffen sind,

habe ich etwas damit zu tun. Es wäre für mich leichter, Lieutenant, wenn ich wüsste, was hier vor sich geht."

Reiker fuhr sich mit der Hand über das Gesicht. Die Ermittlung hatte gerade erst begonnen, und er hatte schon einen schlechten Geschmack im Mund. Vielleicht sollte man Dinge, die so lange begraben gewesen waren, besser begraben lassen.

„Der Gerichtsmediziner hat festgestellt, dass die Überreste von einem männlichen Weißen Anfang Fünfzig stammen."

Maggie schluckte. Das machte es real. Viel zu real. „Wie lange ...", setzte sie an und musste noch einmal schlucken. „Wie lange lag er schon da?"

„Der Gerichtsmediziner ist der Meinung, ungefähr zehn Jahre."

„So lange, wie mein Haus leer gestanden hat", murmelte sie. Sie nahm sich zusammen und sagte sich, dass es sie nicht persönlich traf. Logischerweise hatte es nichts mit ihr zu tun. „Man konnte wohl nicht feststellen, wie er starb?"

„Erschossen", sagte Reiker tonlos und beobachtete, wie Entsetzen in ihre Augen stieg. „Es dürfte ein Gewehr gewesen sein, wahrscheinlich aus nächster Nähe."

„Grundgütiger!" Mord. Aber hatte sie es nicht

vom ersten Moment an gefühlt? Maggie starrte zum Wald hinüber und sah zwei Eichhörnchen, die einen Baumstamm hinaufjagten. Wie konnte das hier passiert sein? „Nach so vielen Jahren ...", setzte sie an, musste aber wieder schlucken. „Ist es denn nach so vielen Jahren nicht praktisch unmöglich ... ihn ... zu identifizieren?"

„Er wurde heute Vormittag identifiziert", erwiderte der Lieutenant. „Wir haben auch einen Ring gefunden, einen alten Ring mit Gravierungen und drei kleinen Diamantsplittern. Vor einer Stunde hat Joyce Agee den Ring als ihrem Vater gehörend identifiziert. William Morgan wurde ermordet und in diesem Garten versteckt."

Aber das konnte unmöglich stimmen. Sie versuchte zu denken. „Das kann nicht sein. Ich habe gehört, dass William Morgan einen Unfall hatte – irgendetwas mit dem Wagen."

„Vor zehn Jahren durchstieß sein Wagen die Leitplanke der Brücke, die nach West Virginia führt. Sein Wagen wurde aus dem Potomac gezogen, nicht jedoch seine Leiche. Seine Leiche wurde nie gefunden ... bis vor ein paar Tagen."

Durch die Leitplanke ins Wasser, dachte Maggie benommen. Genau wie Jerry. Sie hatten Jerrys Leiche auch nicht gefunden. Eine ganze Woche lang. In

141

dieser Woche hatte sie jede nur erdenkliche Hölle durchlebt. Während sie jetzt dastand und vor sich hin starrte, kam sie sich vor wie zwei Menschen zu zwei verschiedenen Zeiten. „Was werden Sie jetzt tun?"

„Es wird eine offizielle Untersuchung geben. Das hat nichts mit Ihnen zu tun, Miss Fitzgerald, abgesehen davon, dass in diesem Teil Ihres Besitzes nichts gemacht werden sollte. Heute Nachmittag wird ein Ermittlerteam kommen, das noch einmal alles durchcheckt für den Fall, dass wir etwas übersehen haben."

„In Ordnung. Wenn Sie sonst nichts brauchen ..."

„Nein, Ma'am."

„Ich bin im Haus."

Während sie über den Rasen zu dem Haus ging, sagte sie sich, dass etwas, das sich vor zehn Jahren zugetragen hatte, nichts mit ihr zu tun hatte. Vor zehn Jahren hatte sie ihre eigene Tragödie durchlebt, den Verlust ihrer Eltern. Sie konnte nicht widerstehen und warf noch einen Blick zurück auf den Graben, während sie die Stufen zu der Veranda hinaufstieg.

Joyce Agees Vater, dachte Maggie schaudernd. Joyce hatte ihr Haus verkauft, ohne zu wissen, was hier entdeckt werden würde. Sie dachte an die hübsche, verlegene junge Frau, die für eine schlichte Freundlichkeit ihrer Mutter gegenüber dankbar gewesen war. Maggie schaute auf den Block neben dem Telefon, auf den sie Namen und Nummern gekritzelt hatte. Ohne zu zögern, rief sie Joyce Agees Nummer an. Die Stimme, die antwortete, war leise, kaum mehr als ein Wispern. Maggie verspürte Mitleid.

„Mrs. Agee ... Joyce, hier ist Maggie Fitzgerald."

„Oh ... ja, hallo."

„Ich möchte nicht stören. Ich wollte Ihnen nur sagen, dass es mir schrecklich Leid tut, und wenn ich etwas tun kann ... Ich würde gern helfen."

„Danke, aber da gibt es nichts, was Sie tun könnten." Ihre Stimme brach. „Es war so ein Schock. Wir glaubten die ganze Zeit ..."

„Ja, ich weiß. Bitte, denken Sie nicht, Sie müssten mit mir sprechen oder höflich sein. Ich habe nur angerufen, weil irgendwie ..." Sie brach ab und strich sich über die Haare. „Ich weiß nicht ... ich habe das Gefühl, als hätte ich das alles ausgelöst."

„Es ist besser, die Wahrheit zu wissen." Joyces Stimme wurde plötzlich ruhig. „Es ist immer besser, man weiß Bescheid. Ich mache mir Sorgen um Mutter."

„Wie geht es ihr?"

„Ich ... ich bin nicht sicher. Sie ist jetzt hier. Der Arzt ist bei ihr."

„Dann will ich Sie nicht aufhalten. Joyce, wir kennen einander kaum, aber ich würde gern helfen. Bitte, lassen Sie es mich wissen, wenn ich etwas tun kann."

„Das mache ich. Danke für den Anruf."

Maggie legte auf. Damit hatte sie gar nichts erreicht, weil sie Joyce Agee nicht kannte. Wenn man trauerte, brauchte man jemanden, den man kannte, genau wie sie Jerry gebraucht hatte, als ihre Eltern ums Leben kamen. Obwohl sie wusste, dass Joyce einen Mann hatte, dachte Maggie an Cliff und daran, wie er die Hände der Frau ergriffen hatte, wie besorgt er sie angesehen hatte, als er mit ihr sprach. Er war für sie da gewesen, und Maggie wünschte sich zu wissen, was die beiden füreinander bedeuteten.

Um ihrer überschüssigen Energie ein Ventil zu verschaffen, schaltete sie das gemietete Schleifgerät ein.

Die tief stehende Sonne färbte den Himmel rosig, als Cliff zu dem alten Morgan-Besitz fuhr. Als er auf die Haustür zuging, erinnerte er sich selbst daran, dass er es mit einer Frau zu tun hatte, die sich von allen anderen Frauen unterschied, die er jemals gekannt

144

hatte. Vorsichtig vorgehen, mahnte er sich und klopfte.

Von der anderen Seite packte Maggie den Türknauf mit beiden Händen und zerrte. Erst nach zwei Versuchen öffnete sich die Tür, und zu diesem Zeitpunkt bellte Killer bereits ununterbrochen.

„Du solltest das von Bog richten lassen", schlug Cliff vor. Er bückte sich und streichelte den Hund. Killer warf sich auf den Rücken und bot seinen Bauch dar.

„Ja." Maggie war froh, Cliff zu sehen. Sie sagte sich zwar, dass sie sich über jeden gefreut hätte, aber als sie ihn ansah, wusste sie, dass es eine Lüge war. Sie hatte den ganzen Nachmittag über gewartet. „Ich bin noch nicht dazu gekommen."

Er sah die Anspannung in ihrer Haltung. Bewusst zeigte er ihr ein herausforderndes Lächeln. „Also, was gibt es zu essen?"

Sie stieß ein knappes Lachen aus. „Hamburger."

„Hamburger?"

„Du hast dich selbst eingeladen", erinnerte sie ihn. „Und du hast gesagt, ich solle nichts Aufwändiges machen."

„Das habe ich gesagt." Er kraulte Killer ein letztes Mal hinter den Ohren und stand auf.

„Nun, da es sich um meine erste Dinnerparty

handelt, dachte ich, ich halte mich an meine Spezialität. Entweder das oder Dosensuppe und kalte Sandwiches."

„Wenn das seit deinem Einzug deine Hauptnahrungsmittel waren, ist es kein Wunder, dass du so dünn bist."

Stirnrunzelnd blickte Maggie an sich hinunter. „Ist dir eigentlich bewusst, dass du gewohnheitsmäßig kritisierst?"

„Ich habe nicht gesagt, dass ich keine dünnen Frauen mag."

„Darum geht es nicht. Du kannst mitkommen und dich weiter beschweren, während ich die Hamburger mache."

Während sie den Korridor durchquerten, bemerkte Cliff ein paar nackte Stellen, wo sie die Tapete abgerissen hatte. Offenbar meinte sie es ernst, dass sie die überwältigende Aufgabe, das Haus zu renovieren, selbst in die Hand nehmen wollte. Als sie an dem Musikzimmer vorbeikamen, warf er einen Blick auf das Klavier und fragte sich, warum sie sich nicht eine Flut von Dekorateuren und Handwerkern leistete. Der Job könnte innerhalb von Wochen erledigt werden und nicht erst nach Monaten oder womöglich Jahren, die es auf diese Weise dauern konnte. Der frisch geschliffene Küchenboden überraschte ihn.

„Gute Arbeit." Automatisch kauerte er sich hin und strich mit den Fingern über das glatte Holz. Der Hund nahm das als Einladung, ihm das Gesicht zu lecken.

Maggie hob eine Augenbraue. „Vielen Dank."

„Die Frage ist", sagte er und stand wieder auf, „warum du es machst."

„Der Fußboden brauchte es." Sie wandte sich zu der Theke und begann das Hackfleisch zu formen.

„Ich habe gemeint, warum du es selbst machst."

„Es ist mein Haus."

Er trat neben sie, beobachtete erneut ihre Hände. „Hast du in Kalifornien auch deine Fußböden selbst geschliffen?"

„Nein." Verärgert legte sie die Hamburger auf den Grill. „Wie viele kannst du essen?"

„Einer reicht. Warum schleifst du Fußböden und tapezierst Wände?"

„Weil es mein Haus ist." Maggie schnappte sich einen Salatkopf aus dem Kühlschrank und machte sich an den Salat.

„Es war auch in Kalifornien dein Haus."

„Nicht so wie hier." Sie legte den Salat weg und sah Cliff an. Ungeduld, Ärger, Frustration – alle Emotionen lagen deutlich sichtbar an der Oberfläche. „Ich erwarte nicht, dass du mich verstehst. Es ist mir auch egal, ob du mich verstehst. Dieses Haus ist etwas Besonderes. Selbst nach allem, was passiert ist, ist es etwas Besonderes."

Nein, er verstand es nicht, aber er entdeckte, dass er es verstehen wollte. „Dann hat sich also die Polizei mit dir in Verbindung gesetzt."

„Ja." Sie schnitt mit heftigen Bewegungen den Salat. „Dieser Ermittler, Lieutenant Reiker, war heute Vormittag hier." Ihre Finger gruben sich in die kalten, nassen Blätter. „Verdammt, Cliff, ich fühle mich schrecklich. Ich habe Joyce angerufen und fühlte mich wie eine Idiotin ... wie ein Eindringling. Es gab nichts für mich zu sagen."

„Du hast angerufen?" murmelte er. Sonderbar, dass Joyce nichts erzählt hatte. Andererseits erzählte Joyce sehr wenig. „Da kannst du auch nichts sagen." Er legte seine Hände auf ihre Schultern und fühlte die Verspannung. „Damit müssen Joyce und ihre Mutter und die Polizei fertig werden. Das hat nichts mit dir zu tun."

„Das habe ich mir auch gesagt", erwiderte sie ruhig. „Verstandesmäßig weiß ich, dass das stimmt, aber ..." Sie drehte sich um, weil sie jemanden brauchte. Weil sie ihn brauchte. „Es ist gleich da draußen geschehen. Ich bin darin verwickelt, ob ich will oder nicht. Ein Mann wurde ein paar Meter von meinem Haus entfernt ermordet. Er wurde an einer Stelle getötet, an der ich einen hübschen, stillen Teich anlegen wollte, und jetzt ...“

„Und jetzt“, unterbrach Cliff, „ist es schon zehn Jahre später.“

„Was spielt das für eine Rolle?“ fragte sie. „Meine Eltern sind vor zehn Jahren umgekommen. Die Zeit macht keinen Unterschied.“

„Das hatte nun wirklich etwas mit dir zu tun“, entgegnete er.

Seufzend erlaubte sie sich die Schwäche, ihren Kopf an seine Schulter zu lehnen. „Ich weiß aber, wie Joyce sich jetzt fühlt. Wohin ich auch sehe, irgendetwas zieht mich immer in diese Sache hinein.“

Je mehr Maggie über Joyce sprach, desto weniger dachte Cliff an die stille Brünette und dafür umso mehr an Maggie. Seine Finger schoben sich in ihre Haare. Er verspürte jetzt kein Verlangen, sondern einen heftigen Beschützerinstinkt, mit dem er nie gerechnet hätte. Vielleicht gab es etwas, das er tun konnte. Er schob sie ein Stück von sich.

„Du hast William Morgan nicht gekannt.“

„Nein, aber ...“

„Ich schon. Er war ein kalter, rücksichtsloser Mann, dem Worte wie Mitgefühl oder Großzügigkeit fremd waren.“ Bewusst ließ er Maggie los und kümmerte sich selbst um das Fleisch auf dem Grill. „Die halbe Stadt hätte vor zehn Jahren gejubelt, wäre es nicht wegen Louella gewesen. Sie liebte den alten Mann. Joyce liebte ihn auch, aber beide fürchteten ihn auch genauso sehr. Die Polizei wird es schwer haben herauszufinden, wer ihn getötet hat, und den Leuten in der Stadt wird es gleichgültig sein. Ich selbst habe ihn aus zahlreichen Gründen verabscheut."

Es gefiel ihr nicht, dass er so ruhig und kühl über die Ermordung eines Menschen sprechen konnte. Andererseits kannten sie einander tatsächlich nicht. Um ihre Hände zu beschäftigen, kümmerte Maggie sich wieder um den Salat. „Joyce?" warf sie beiläufig hin.

Er warf ihr einen scharfen Blick zu und lehnte sich wieder an die Theke. „Morgan glaubte an Disziplin. Altmodische Disziplin. Joyce war wie eine kleine Schwester für mich. Als ich Morgan dabei erwischte, wie er mit dem Gürtel auf sie losging, als sie sechzehn war, habe ich selbst ihm angedroht, ihn umzubringen."

Er sagte das so lässig, dass Maggie das Blut in den Adern gefror. Er sah die Zweifel und die Fragen in ihren Augen, als sie ihn betrachtete.

„Und man erzählt sich", fügte Cliff hinzu, „dass

150

die Hälfte der Einwohner von Morganville das Gleiche getan hat. Keiner hat getrauert, als sie William
Morgans Wagen aus dem Fluss fischten." Er erinnerte sich daran, dass man auch den Wagen ihres Mannes aus dem Wasser gezogen hatte. Er erinnerte sich
daran, dass letztlich auf Selbstmord entschieden
worden war. „Du solltest keine Vergleiche anstellen", sagte er rau.

„Die Vergleiche scheinen sich von selbst anzustel-
len."

„Was mit Jerry Browning passierte, war ein tragi-
scher Verlust an Leben und Talent. Willst du auch
dafür die Schuld auf dich nehmen?"

„Ich habe nie die Schuld auf mich genommen",
erwiderte Maggie matt.

„Hast du ihn geliebt?"

Ihre Augen waren beredt, doch ihre Stimme war
fest. „Nicht genug."

„Genug, um ihm sechs Jahre lang treu zu sein",
stellte Cliff fest.

Sie lächelte, als sie ihre eigenen Worte wieder hörte. „Ja, genug dafür. Dennoch gehört mehr zur Liebe
als Loyalität, nicht wahr?"

Seine Hand war wieder sanft, als er ihr Gesicht
berührte. „Du hast gesagt, du hättest die Schuld
nicht auf dich genommen."

„Verantwortung und Schuld sind zwei verschiedene Dinge."

„Nein." Er schüttelte den Kopf. „Hier gibt es weder Verantwortung noch Schuld. Meinst du nicht, dass es der Gipfel des Egoismus wäre, sich für die Taten einer anderen Person verantwortlich zu fühlen?"

Sie wollte ihn schon anfauchen, doch dann begriff sie seine Worte. „Vielleicht. Vielleicht ist es das." Es fiel ihr nicht leicht, aber sie schüttelte die Stimmung ab und lächelte. „Ich glaube, die Hamburger sind fertig. Lass uns essen."

7. KAPITEL

Maggie fand, dass ihre Küche gemütlich war. Es roch nach heißem Essen, und Regentropfen begannen an die Fensterscheiben zu schlagen. Wenn sie darüber nachdachte, so hatte sie nie zuvor wirkliche Gemütlichkeit erlebt. Ihre Eltern hatten in großem Stil gelebt. Riesige, elegante Räume und riesige, elegante Partys sowie bestechende, exzentrische Freunde.

In ihrem eigenen Heim in Beverly Hills war Maggie weit gehend demselben Muster gefolgt. Extravaganz mochte in dieser Phase ihres Lebens eine Notwendigkeit gewesen sein, vielleicht auch nur eine Gewohnheit. Sie wusste nicht, wann dieser Stil angefangen hatte, ihr auf die Nerven zu gehen, genau wie sie nicht wusste, ob sie jemals zuvor so entspannt gewesen war wie in diesem Moment, wo sie in ihrer halb fertigen Küche mit einem Mann aß, dessen sie sich nicht ganz sicher war.

Er war stark. Vielleicht hatte sie nie zuvor einen starken Mann in ihrem Leben zugelassen. Ihr Vater war stark gewesen. Er war der Typ Mann gewesen, der tun und lassen konnte, was er wollte, und auch immer alles bekam, weil er es wollte. Seine Stärke war nicht körperlich gewesen, sondern lag in seiner

153

Persönlichkeit und Willenskraft. Ihre Mutter hatte durch ihre eigene Energie und ihr überschäumendes Wesen mit ihm gleichgezogen. Maggie hatte nie eine perfektere Beziehung gesehen als die der beiden.

Eine allumfassende, verständnisvolle Liebe hatte ihre Eltern verbunden, zusammen mit einem praktischen Verstand, Mitgefühl und Temperament. Sie hatten nie miteinander im Wettstreit gelegen, einander nie den Erfolg geneidet. Unterstützung, dachte Maggie. Vielleicht war das der Schlüssel für die Qualität und die andauernde Kraft ihrer Beziehung gewesen. Bedingungslose Unterstützung. In ihrer eigenen Ehe hatte Maggie das nicht gefunden und war daher zu der Überzeugung gekommen, dass ihre Eltern einmalig gewesen waren.

Irgendetwas war in ihrer Beziehung mit Jerry passiert, das sie beide aus dem inneren Gleichgewicht gebracht hatte. Während er schwächer wurde, war sie stärker geworden. Irgendwann waren sie an einen Punkt gelangt, an dem alle Unterstützung bei ihr gelegen und er nur noch Hilfe gebraucht hatte. Dennoch war sie geblieben, weil es unmöglich war zu vergessen, dass sie Freunde gewesen waren. Freunde brachen keine Versprechen.

Während sie Cliff betrachtete, fragte sie sich, was für ein Freund er sein würde. Und sie fragte sich, auch wenn sie das nicht wollte, wie er als Liebhaber sein würde.

„Woran denkst du?"

Die Frage kam so abrupt, dass Maggie fast ihr Glas umwarf. Rasch ging sie ihre Gedanken durch und wählte den unpersönlichsten aus. Sie konnte ihm kaum sagen, was ihr zuletzt durch den Kopf gegangen war. „Ich habe darüber nachgedacht", sagte sie und griff nach ihrem Wein, „wie gemütlich es ist, hier in der Küche zu essen. Ich werde wahrscheinlich das Esszimmer auf die letzte Stelle meiner Liste setzen."

„Das hast du gedacht?" Daran, wie er ihren Blick festhielt, erkannte sie, dass er sie durchschaute.

„Mehr oder weniger." Eine Frau, die ihr ganzes Leben interviewt worden war, wusste, wie man Ausflüchte machte. Sie griff nach der Flasche und füllte Cliffs Glas nach. „Der Bordeaux ist auch ein Geschenk von meinem Agenten. Oder ein weiterer Bestechungsversuch", fügte sie hinzu.

„Bestechungsversuch?"

„Er will, dass ich diesen verrückten Plan aufgabe, mich in der Wildnis niederzulassen, und in die Zivilisation zurückkehre."

„Er will dich mit Welpen und französischem Wein überreden?"

Sie lachte und nippte an ihrem Glas. „Würde ich nicht so an diesem Besitz hängen, hätte eines von beidem wirken können."

„Hängst du wirklich an dem Besitz?" fragte Cliff nachdenklich.

Bei der Frage hörten ihre Augen auf zu leuchten, und ihr weicher Mund nahm einen nüchternen Zug an. „In deinem Beruf solltest du wissen, dass manche Dinge sehr schnell Wurzeln schlagen."

„Manche", stimmte er zu. „Und manche können in einem neuen Gebiet nie heimisch werden."

Sie tippte mit einer Fingerspitze gegen ihr Glas und hätte gern verstanden, warum seine Zweifel so tief in ihr nagten. „Du hast nicht viel Vertrauen zu mir, nicht wahr?"

„Vielleicht nicht." Er zuckte die Schultern, als wollte er ein Thema auflockern, dessen er sich nicht mehr so sicher war. „Jedenfalls finde ich es interessant zuzusehen, wie du dich anpasst."

Sie beschloss, auf seine Stimmung einzugehen. „Und wie passe ich mich an?"

„Besser, als ich dachte." Er hob sein Glas. „Aber es ist noch sehr früh, um es endgültig zu beantworten."

Sie lachte, weil Streit nur Zeitverlust wäre. „Bist du als Zyniker auf die Welt gekommen, Cliff, oder hast du Unterricht genommen?"

„Bist du als Optimist auf die Welt gekommen?"

„*Touché*", sagte Maggie. Sie interessierte sich nicht mehr für das Essen, sondern betrachtete Cliff und fand, dass sie zwar sein Gesicht sehr mochte, dass sie ihn aber noch immer nicht nach seinen Augen beurteilen konnte. Zu beherrscht, dachte sie. In seine Gedanken gelangte man nur, wenn man eingeladen wurde. „Weißt du", begann sie nachdenklich, „nachdem ich aufgehört hatte, mich zu ärgern, war ich froh, dass du heute Abend kommst." Jetzt lächelte sie. „Ich weiß nicht, wann ich sonst den Wein geöffnet hätte."

Das brachte ihn zu Grinsen. „Ich ärgere dich?"

„Das weißt du sehr gut", entgegnete Maggie trocken. „Und aus deinen ganz persönlichen Gründen macht dir das auch Spaß."

Cliff kostete erneut den Wein. „Das stimmt tatsächlich."

Er sagte das so unbekümmert dahin, dass Maggie wieder lachen musste. „Liegt das nur an mir, oder ist es dein Hobby, Leute zu ärgern?"

„Es liegt nur an dir." Über den Rand seines Glases hinweg betrachtete er sie. Sie hatte ihr Haar hochgesteckt, was ihre zarten klassischen Züge betonte. Ein dunkles Make-up ließ ihre Augen noch größer erscheinen, aber ihr Mund war ungeschminkt. Das war eine Frau, die es verstand, ihr Aussehen zu ihrem Vorteil zu betonen, so dezent, dass ein Mann schon gefangen genommen wurde, bevor er feststellte, was die reale Maggie und was Illusion war. „Ich mag es, wie du reagierst", fuhr Cliff fort. „Du verlierst nicht gern deine Beherrschung."

„Und du provozierst mich gern, bis ich sie verliere. Warum?" fragte sie mit genervter Belustigung.

„Ich bin nicht immun gegen dich", antwortete Cliff so ruhig, dass ihre Finger sich um den Stiel ihres Glases spannten. „Ich möchte nicht glauben, dass du gegen mich immun bist."

Einen Moment saß sie aufgewühlt und verblüfft da. Bevor ihre Emotionen weiter an die Oberfläche steigen konnten, stand sie auf und begann den Tisch abzuräumen. „Nein, ich bin nicht immun. Möchtest du noch Wein oder Kaffee?"

Seine Hände schlossen sich um die ihren. Langsam stand er auf, seinen Blick auf ihr Gesicht gerichtet. Maggie kam es so vor, als wäre die Küche geschrumpft. Das Klopfen der Regentropfen schien zu einem Trommelwirbel anzuwachsen.

„Ich möchte dich lieben."

Ich bin kein Kind mehr, sagte sich Maggie. Nein, sie war eine erwachsene Frau, und Männer hatten sie schon früher begehrt. Sie hatte bereits früher Versuchungen widerstanden. Aber war jemals eine Versuchung so stark gewesen? „Das haben wir doch schon hinter uns gebracht."

Er hielt sie an den Händen zurück, als sie sich abwenden wollte. „Wir haben keine Lösung gefunden."

Nein, sie konnte sich von einem solchen Mann nicht abwenden und weglaufen. Sie musste sich gegen ihn behaupten. „Ich bin sicher, wir haben eine Lösung gefunden. Vielleicht wäre Kaffee das Beste, da du heute Abend noch fahren musst. Und ich muss arbeiten."

Cliff nahm das Geschirr und stellte es auf den Tisch zurück. Mit leeren Händen kam Maggie sich hilflos vor. Sie verschränkte die Arme, eine Gewohnheit, die Cliff bei ihr bemerkt hatte, wann immer sie verwirrt oder beunruhigt war. Im Moment war es ihm gleichgültig, was sie war, solange sie sich nicht endgültig von ihm abwandte.

„Wir haben nichts gelöst", wiederholte er und zog eine Nadel aus ihrem Haar. „Wir haben mit der Lösung noch nicht einmal begonnen."

Obwohl ihre Augen ihn ruhig anblickten, wich sie zurück. Es erzeugte in ihm das Gefühl, als würde er sie verfolgen – ein sonderbar erregendes Gefühl.

„Ich dachte, ich hätte mich klar ausgedrückt",

brachte Maggie in einem, wie sie meinte, festen und abweisenden Ton vor.

„Es ist klar, wenn ich dich berühre." Cliff drängte sie gegen die Theke und zog wieder eine Nadel aus ihrem Haar. „Es ist klar, wenn du mich so ansiehst wie jetzt."

Maggies Herz schlug heftig. Sie wurde allmählich schwach. Sie merkte es daran, wie ihre Glieder schwer, wie ihr Kopf leicht wurde. Verlangen war Versuchung, Versuchung eine Verführung in sich. „Ich habe nicht gesagt, dass ich dich nicht will ..."

„Nein, das hast du nicht getan", unterbrach Cliff sie. Als er die nächste Nadel herauszog, fiel ihr Haar schwer auf ihre Schultern. „Ich glaube nicht, dass dir das Lügen leicht fällt."

Wie konnte sie noch vor ein paar Momenten so locker gewesen sein und jetzt so verspannt? Jeder Muskel in ihrem Körper schien verkrampft zu sein, während sie das scheinbar Unvermeidliche bekämpfte. „Nein, ich lüge nicht." Ihre Stimme war noch leiser, noch heiserer. „Ich sagte, ich kenne dich nicht. Ich sagte, du verstehst mich nicht."

Etwas flammte in ihm auf. Vielleicht war es Wut, vielleicht war es Verlangen. „Es ist mir verdammt egal, wie wenig wir einander kennen oder wie wenig wir einander verstehen. Ich weiß, dass ich dich will."

Er fasste mit einer Hand in ihr Haar. „Ich brauche dich nur zu berühren, um zu wissen, dass du mich auch willst."

Ihre Augen wurden dunkler. Wieso war ihr Verlangen immer mit Ärger vermischt und mit einer Schwäche, die sie verabscheute und doch nicht kontrollieren konnte? „Kannst du wirklich glauben, dass es so einfach ist?"

Er musste es glauben. Um zu überleben, musste er alles zwischen ihnen absolut körperlich halten. Sie würden sich die ganze Nacht über lieben, bis sie erschöpft waren. Am Morgen würden dann Verlangen und Bindung verschwunden sein. Er musste es glauben. Andernfalls ... Er wollte sich mit dieser anderen Möglichkeit nicht beschäftigen.

„Warum sollte es kompliziert sein?" fragte er zurück.

Ärger und Verlangen durchdrangen sie. „Ja, warum auch?" murmelte sie.

Der Raum hatte seine Gemütlichkeit verloren. Jetzt hatte Maggie das Gefühl zu ersticken, wenn sie nicht floh. An ihren Augen erkannte er, wie aufgewühlt sie war. Er blieb dagegen fast brutal ruhig, aber sie hielt den Blick auf ihn gerichtet, während ihre Gedanken in ihrem Kopf herumwirbelten. Warum sollte sie das Verlangen verspüren, etwas zu begründen und romantisch zu verklären, fragte sie sich. Sie war kein unschuldiges junges Mädchen mit vernebelten Träumen, sondern eine erwachsene Frau, Witwe, eine erfolgreiche berufstätige Frau, die gelernt hatte, mit der Realität zu leben. Und in dieser Realität nahmen sich die Leute, was sie wollten, und kümmerten sich später um die Folgen. Und das würde sie jetzt auch tun.

„Das Schlafzimmer ist oben", teilte sie ihm mit und verließ an ihm vorbei die Küche.

Verwirrt sah Cliff ihr nach. Genau das hatte er gewollt. Keine Komplikationen. Doch ihre abrupte Zustimmung war so unerwartet, so kühl gekommen. Nein, erkannte er, während er hinter ihr her blickte, das hatte er nicht gewollt.

Maggie hatte schon die Treppe erreicht, als er sie einholte. Als sie über ihre Schulter zurückblickte, sah er die Wut in ihren Augen. Sobald er ihren Arm ergriff, spürte er, wie sie erschauerte. Das war es, was er wollte. Er wollte nicht ihre kühle, emotionslose Zustimmung oder ein desinteressiertes Einverständnis. Er wollte, dass Zorn und Spannung wuchsen, bis die Leidenschaft, die beides in Gang setzte, durchbrach. Bevor die Nacht um war, wollte er ihr alles entzogen und sich selbst befreit haben.

Schweigend stiegen sie die Treppe zum ersten Stock hinauf.

Der Regen trommelte beständig gegen die Fenster. Das Geräusch ließ Maggie an das dezente rhythmische Schlagzeug denken, das sie sich für das Arrangement des Songs vorgestellt hatte, mit dem sie soeben fertig geworden war. Kein Mond schien, um ihnen den Weg zu weisen. Sie richtete sich nach ihrer Erinnerung. Die Dunkelheit war tief und ohne Schatten. Maggie sah sich nicht um, als sie das Schlafzimmer betrat, aber sie wusste, dass Cliff dicht hinter ihr war.

Was jetzt, dachte sie in plötzlicher Panik. Was tat sie da nur? Wie kam sie dazu, ihn an den einzigen Ort zu bringen, den sie als absolut privat betrachtete? Er mochte mehr herausfinden, als ihr lieb sein konnte, und vielleicht wurde ihr nicht mehr klar, als sie sowieso schon wusste. Doch sie begehrten einander. Es war unverständlich. Es war nicht zu verleugnen.

Maggie war für die Dunkelheit dankbar. Sie wollte nicht, dass Cliff die Zweifel sah, die sich deutlich in ihrem Gesicht zeigen mussten. Sie hätte auch das stärker werdende Verlangen nicht verbergen können. Dunkelheit war besser, weil sie anonym war. Als er sie berührte, erstarrte ihr Körper unter einem Dutzend widerstreitender Empfindungen.

Cliff fühlte es und strich mit den Händen über

ihre Schultern bis zu ihrer Taille hinunter. Er wollte nicht, dass sie zu entspannt, zu nachgiebig war. Noch nicht. Er wollte, dass sie gegen etwas Tieferes, etwas Namenloses ankämpfte, genau wie er.

„Du willst dich diesem Gefühl nicht ergeben", sagte Cliff ruhig. „Und mir auch nicht."

„Nein." Doch sie fühlte das lustvolle – nicht ängstliche – Beben ihren Körper durchrieseln, als er seine Hände unter ihren dünnen Wollsweater schob. „Nein, ich will nicht."

„Was für eine andere Wahl hast du?"

Sie konnte sein Gesicht in der fast undurchdringlichen Dunkelheit ganz nahe ausmachen. „Zum Teufel mit dir", flüsterte sie. „Ich habe keine Wahl."

Er schob seine Hände an ihrem bloßen Rücken höher und durch die Halsöffnung ihres Sweaters, bis seine Finger ihr Haar fanden. „Nein, keiner von uns hat eine Wahl."

Sein Körper fühlte sich fest an. Seine Stimme, sanft und leise, war von Ärger durchsetzt. Maggie fing den Duft von Seife auf, der seiner Haut anhaftete. Sein Gesicht war geheimnisvoll und in der Dunkelheit nicht zu erkennen. Er hätte irgendjemand sein können. Während Maggie sich der nächsten Woge heftigen Verlangens ausgeliefert fand, wünschte sie sich das fast.

164

„Liebe mich", verlangte sie. Eine schnelle und frei getroffene Entscheidung ließ keinen Raum für Bedauern. „Nimm mich jetzt. Das ist alles, was jeder von uns will."

War es das? Die Frage war kaum aufgekommen, als sein Mund sich auf den ihren senkte. Dann gab es keine Fragen mehr, nur noch Feuer und Kraft. Falls es zuvor Verständnis gegeben hatte, wurde es jetzt schwächer. Vernunft schwand. Empfindung und nur Empfindung herrschte. Auch wenn sie beide damit gerechnet hatten, wurden sie dennoch von einem Strudel mitgerissen, über den keiner von ihnen Kontrolle hatte.

Gemeinsam fielen sie auf das Bett und ließen das Feuer wüten. Cliff fand keine Sanftheit, die er ihr schenken konnte, aber sie schien auch keine zu verlangen oder zu erwarten. Er wollte sie nackt, aber nicht verletzbar, weich, aber nicht nachgiebig. Hätte er seine Wünsche laut ausgesprochen, hätte Maggie ihnen nicht besser entsprechen können. Als sie sich ihm entgegenbog, verschmolzen Maggies Lippen mit den seinen in einem drängenden Kuss, der nur ein Vorspiel der Leidenschaft war. Er zog an ihren Kleidern, vergaß jegliche Finesse und hielt dann den Atem an, als Maggie genauso wild versuchte, ihn auszuziehen.

165

Kleidungsstücke wurden beiseite geworfen, als wären sie bedeutungslos. Er atmete den Duft von Maggies Haut ein. Das nahm den letzten Rest von Logik, die er vielleicht hätte wiedergewinnen können. Die Matratze schwankte unter ihnen, als sie darauf herumrollten, ohne auf den Regen, die Dunkelheit, die Zeit oder den Ort zu achten.

Dann waren sie nackt, erhitzte Haut an erhitzter Haut. Die Verzweiflung wuchs in beiden, von dem anderen alles zu bekommen, was es überhaupt gab. Geflüsterte Forderungen, heftiges Atmen, Stöhnen und Lustseufzer übertönten die Geräusche des fallenden Regens. Maggies Körper war zierlich und geschmeidig und überraschend stark. Alles zusammen trieb Cliff zum Wahnsinn.

So war das also, wenn man verzehrt wurde. Maggie wusste es, als seine Hände über sie strichen und Schauer um Schauer auslösten. Sie hungerte, nein, lechzte nach jeder neuen Forderung. In ihrer Gier nach der Lust, die er gab und die sie nahm, erlaubte sie ihm alles, was immer er auch wollte. Sie kannte keine Scham, kein Zögern, wenn es um Schmecken und Berühren und Nehmen und Geben ging.

Wäre sein Körper nach ihren Wünschen geschaffen worden, hätte er nicht perfekter sein können. Sie genoss seine Muskeln, seine schmalen Hüften, die schlanke Figur. Wo immer sie ihn berührte, fühlte sie das Blut unter seiner Haut pochen.

Sie wollte wissen, dass er nicht mehr Selbstbeherrschung besaß als sie. Sie wollte wissen, dass sie beide Opfer ihrer vereinigten Kraft waren. Die Zündschnur, die zwischen ihnen mit dem Blick entzündet worden war, brannte rasch. Verlangen war Irrsinn, und wenn die Worte, die sie geschrieben hatte, stimmten, hatte sie dafür ihre Vernunft aufgegeben.

Mit einer Wildheit, die sie beide genossen, kamen sie zusammen, kämpften darum, eine ungeheure Leidenschaft zu verlängern, gierten danach, diesen endgültigen Augenblick der Lust festzuhalten.

Maggie dachte an Whirlpools und Stürme und rollenden Donner. Sie fühlte den Wirbel, das Tempo, und hörte das Dröhnen. Dann erschauerten ihr Körper und ihre Seele unter dem letzten heftigen Aufbäumen.

Lieben? dachte Maggie irgendwann später, als ihre Gedanken sich zu klären begannen. Wenn das Lieben war, dann war sie ihr Leben lang unschuldig gewesen. Konnte etwas mit einem so sanften Namen eine so heftige Auswirkung auf den Körper haben? In ihrem Körper pulsierte und pochte es, als wäre sie auf der einen Seite eines Berges hinaufgejagt und auf der anderen heruntergefallen. Sie hatte Songs über Liebe geschrieben, Songs über Leidenschaft, doch bis jetzt hatte sie ihre eigenen Worte nie völlig verstanden.

Bis jetzt. Der Mann, der neben ihr lag, hatte sie dazu getrieben, ihre eigenen Fantasien auszuleben. Mit ihm hatte sie die Antwort auf das dunkel treibende Verlangen gefunden, das ihrer Musik den Biss oder die Sehnsucht gab. Sie verstand jetzt, doch Verstehen öffnete die Tür für Dutzende von Fragen.

Maggie strich mit der Hand über ihren eigenen Körper und staunte über das noch immer vorhandene Gefühl der Macht. Wie lange hatte sie auf diese Nacht gewartet? Vielleicht war es möglich, dass Leidenschaft so lange unerforscht schlief, bis sie von einer bestimmten Person in einem bestimmten Moment ausgelöst wurde.

Maggie dachte an den Film, den ihre Musik untermalen sollte. So war es für die weibliche Hauptperson gelaufen. Sie war mit ihrem Leben zufrieden gewesen, bis eines Tages ein Mann aufgetaucht war, mit dem sie nur wenig gemeinsam hatte, ein Mann, der einen Funken entzündete, der alles veränderte. Es hatte keine Rolle gespielt, dass die Frau intelligent, erfolgreich und unabhängig war. Allein durch seine

Existenz hatte der Mann den Blickwinkel und das Muster ihres Lebens verändert.

Wenn mit ihr jetzt das Gleiche passierte, war noch Zeit, es aufzuhalten, bevor auch sie von Verlangen verzehrt wurde und von Begierde gelenkt, so dass nichts mehr so sein würde wie zuvor.

In dem Film hatte die Beziehung zu Gewalttätigkeit geführt. Der Instinkt sagte ihr, dass zwischen ihr und Cliff etwas bestand, das dasselbe auslösen könnte. Beide besaßen sie nur wenig Mäßigung. Es waren die Extreme, die die menschliche Natur in Chaos stürzten.

Vielleicht hatte das Schicksal sie zu diesem heiteren kleinen Flecken Erde mit der unterschwelligen Gewalttätigkeit geführt. Dasselbe Schicksal mochte sie mit diesem schweigsamen, sinnlichen Mann zusammengebracht haben, der sowohl mit der Stille als auch mit der Gefahr in Verbindung stand. Die Frage war jetzt, ob sie stark genug war und mit den Folgen umgehen konnte.

Was wird als Nächstes passieren, fragte Maggie sich, während sie in die Dunkelheit starrte.

Weil nichts so war, wie er es erwartet hatte, schwieg Cliff. Er hatte Leidenschaft gewollt, aber sich nie dieses Ausmaß vorgestellt. Er hatte sich gewünscht, wovon ihr Song geflüstert hatte, aber die

169

Wirklichkeit war viel dramatischer gewesen als Worte oder Melodien.

Er war sicher gewesen, dass sein Verlangen schwinden würde, sobald die Spannung zwischen ihnen ein Ventil gefunden hatte, sobald sie den Reiz zwischen ihnen akzeptiert hatten. Es stimmte, sein Körper war von einer Befriedigung gesättigt, wie er sie nie zuvor erfahren hatte, aber sein Geist ... Cliff schloss die Augen und wünschte sich, sein Geist würde genauso Frieden finden. Er war jedoch zu sehr von Maggie erfüllt. So sehr, dass schon eine Berührung seinen Körper wieder in Raserei versetzen würde. Diese Art von Verlangen grenzte zu sehr an Abhängigkeit, als dass er sich hätte wohl fühlen können. Er rief sich in Erinnerung, dass sie einander nichts zu bieten hatten, ein gewaltiges gegenseitiges Verlangen ausgenommen.

Und plötzlich erinnerte er sich an eine Zeile aus ihrem Song: „Verlangen ist Irrsinn".

Hätte er sich daran hindern können, hätte er sie nicht wieder berührt, doch er griff bereits nach ihr.

„Du frierst", murmelte er und zog sie automatisch an sich, um sie zu wärmen.

„Ein wenig." Sie empfand eine Befangenheit, die sie nicht mildern konnte, und ein Verlangen, das sie nicht erklären konnte.

„Hier." Er zog die zerknüllte Decke über Maggie und drückte sie dann wieder an sich. „Besser?"

„Ja." Ihr Körper entspannte sich, während ihr die Gedanken weiterhin durch den Kopf jagten.

Sie verfielen erneut in Schweigen, weil keiner von ihnen wusste, wie sie mit dem umgehen sollten, was zwischen ihnen aufgelodert war. Cliff lauschte auf den Regen, dessen Trommeln am Fenster das Gefühl der Abgeschiedenheit verstärkte. Nicht einmal in einer klaren Nacht hätte man von einem Nachbarhaus ein Licht gesehen. „Hast du Probleme damit, dass du hier draußen allein bist?"

„Probleme?" Maggie zögerte. Sie wollte genauso bleiben, wie sie jetzt war, um ihn geschlungen, warm und sicher und ungestört. Sie wollte jetzt nicht daran denken, dass sie in diesem großen Haus allein war, allein schlief.

„Dieses Anwesen ist isolierter als die meisten in der Gegend." Wie weich sie doch war. Es verschaffte ihm eine seltsame Befriedigung, ihr Haar auf seiner Schulter zu fühlen. „Viele Leute, die hier aufgewachsen sind, hätten Schwierigkeiten damit, so weit abgeschieden und allein zu leben, besonders nach allem, was passiert ist."

Nein, sie wollte nicht darüber sprechen. Maggie schloss die Augen und erinnerte sich daran, dass sie mit der Absicht hierher gekommen war, allein auf eigenen Füßen zu stehen und mit allem fertig zu werden, was auf sie zukam. Sie holte tief Luft, doch als sie von Cliff abrücken wollte, hielt er sie fest.

„Du machst dir Sorgen."

„Nein. Nein, nicht wirklich." Ihr größtes Problem im Moment bestand darin, ihre Gedanken und ihren Körper daran zu hindern, noch mehr von ihm zu wollen. Sie öffnete wieder die Augen und blickte zu den mit Regentropfen bedeckten Fenstern. „Zugegeben, ich hatte ein paar unruhige Nächte, seit … nun ja, seit wir mit den Grabungen zu dem Teich begonnen haben. Zu wissen, was vor zehn Jahren in diesem Graben passiert ist, regt meine Fantasie unerfreulich an, und ich besitze eine sehr lebhafte Fantasie."

„Teil deines Jobs?" Er wandte sich ihr etwas mehr zu, so dass ihr Bein beiläufig zwischen seine Schenkel glitt. Ihre Haut war glatt.

„Vermutlich." Sie lachte, aber es klang ein wenig nervös. „In einer Nacht war ich sicher, dass jemand im Haus herumschlich."

Er hörte auf, ihr über das Haar zu streicheln, und zog sich so weit von ihr zurück, dass er ihr in die Augen sehen konnte. „Im Haus?"

„Nur meine Einbildung", murmelte sie und zuckte mit den Schultern. „Knarrende Dielen auf dem

Dachboden, Schritte auf der Treppe, Türen, die sich öffnen und schließen. Ich habe mich ganz schön in etwas hineingesteigert."

Es gefiel ihm gar nicht, auch wenn sie es abtat. „Hast du nicht ein Telefon in diesem Zimmer?"

„Ja, aber ..."

„Warum hast du nicht die Polizei angerufen?"

Maggie seufzte und wünschte sich, nichts erwähnt zu haben. Er hörte sich wie ein verärgerter älterer Bruder an, der seine zerstreute Schwester ausschimpfte. „Weil ich den Hörer in der Küche abgehoben hatte. Ich wollte an diesem Nachmittag arbeiten und ..." Das Wort „zerstreut" fiel ihr wieder ein. Verlegen verstummte sie. „Wie auch immer, es ist besser, dass ich nicht angerufen habe. Am Morgen habe ich mich wie ein Idiot gefühlt."

Einbildung oder nicht, dachte Cliff, sie ist eine allein und abgeschieden lebende Frau, und jeder im Umkreis von zehn Meilen wusste das. „Verschließt du deine Türen?"

„Cliff ..."

„Maggie." Er drehte sie herum, bis sie auf dem Rücken lag und er auf sie herunterblicken konnte. „Verschließt du deine Türen?"

„Ich hatte es nicht getan", antwortete sie gereizt. „Aber nachdem der Sheriff hier war, habe ich ..."

173

„Stan war hier?"

Sie stieß den Atem zischend aus. „Verdammt, weißt du eigentlich, wie oft du mich mitten im Satz unterbrichst?"

„Ja. Wann war Stan hier?"

„Einen Tag nach der State Police. Er wollte mir Mut machen." Ihr war nicht mehr kalt, nicht, wenn sein Körper sich gegen sie drückte. Verlangen regte sich wieder. „Er versteht etwas von seiner Arbeit."

„Er ist ein guter Sheriff ..."

„Aber?" drängte Maggie, als sie fühlte, dass es noch mehr gab.

„Nur eine persönliche Angelegenheit", murmelte Cliff und rückte ab. Maggie fühlte sofort, wie die Kälte zurückkam.

„Joyce", sagte sie tonlos und wollte aufstehen. Cliff legte den Arm um sie und hielt sie fest.

„Du hast die Gewohnheit, wenig zu sagen und viel anzudeuten." Seine Stimme war jetzt kühl, sein Griff fest. „Das ist ein gewisses Talent."

„Wir scheinen einander wenig zu sagen zu haben."

„Ich muss mich dir nicht erklären."

Sie lag still und steif da. „Ich habe dich auch nicht darum gebeten."

„Den Teufel hast du!" Ärgerlich setzte er sich auf

und zog sie so mit sich, dass die Bettdecke herunter-
rutschte. Ihre Haut war hell, ihr Haar wie eine
nächtliche Flut auf ihren Schultern. Trotz seines starken Willens und seines bedingungslosen Wunsches
nach Privatsphäre fühlte er sich dazu genötigt, etwas
klarzustellen. „Joyce war wie eine Schwester für
mich. Als sie Stan heiratete, war ich Trauzeuge. Ich
bin Pate ihrer ältesten Tochter. Vielleicht fällt es dir
schwer, diese Art von Freundschaft zu verstehen."

Es fiel ihr nicht schwer. So war es auch zwischen
ihr und Jerry gewesen. Die Freundschaft hatte sich
schrittweise während der Ehe verschlechtert, weil
die Heirat ein Fehler gewesen war. „Nein, ich verstehe das", sagte Maggie ruhig. „Ich verstehe allerdings
nicht, warum du ihretwegen so besorgt wirkst."

„Das ist meine Sache."

„Sicher."

Er murmelte eine Verwünschung. „Sieh mal,
Joyce hat eine schwierige Zeit durchgemacht. Sie
wollte nicht in Morganville bleiben. Als sie Kind
war, wollte sie nach New York und Schauspielerin
werden."

„Sie wollte schauspielern?"

„Vielleicht nur Wunschträume." Cliff zuckte die
Schultern. „Vielleicht auch nicht. Sie gab sie auf, als
sie Stan heiratete, aber dass sie bleiben musste, mach-

te sie nicht glücklich. Einer der Gründe, warum sie das Haus verkauft hat, war, damit sie Geld für einen Umzug hätten. Stan will aber nicht nachgeben."

„Sie könnten einen Kompromiss schließen."

„Stan versteht nicht, wie wichtig es für sie ist, von hier wegzukommen. Sie war achtzehn, als sie heiratete. Dann bekam sie innerhalb von fünf Jahren drei Kinder. Den ersten Teil ihres Lebens hat sie nach den Regeln ihres Vaters gelebt, den zweiten Teil hat sie mit der Fürsorge für ihre Kinder und ihre Mutter verbracht. Eine Frau wie du versteht das nicht."

„Jetzt reicht es mir!" explodierte Maggie und riss sich von ihm los. „Es reicht mir absolut, dass du mich in eine bestimmte Kategorie einordnest. Verwöhnte Berühmtheit ohne Ahnung, wie echte Menschen fühlen oder leben!" Ärger schoss so schnell und mächtig in ihr hoch, dass sie gar nicht daran dachte, ihn zu unterdrücken. „Was bist du für ein Mann, dass du mit einer Frau ins Bett gehst, für die du keinen Funken Respekt hast!"

Verblüfft über ihren plötzlichen Ausbruch ließ er es zu, dass sie das Bett verließ. „Warte einen Moment."

„Nein. Ich habe schon genug Fehler für einen Abend gemacht." Sie begann, unter den am Boden verstreut liegenden Kleidungsstücken nach ihren eigenen zu suchen. „Du hast dein Abendessen und

176

deinen Sex gehabt", sagte sie spröde. „Und jetzt raus!"

Er musste seine Wut unterdrücken. Sie hatte Recht. Er war gekommen, um sie ins Bett zu kriegen. Das war alles. Intimität hatte nicht immer etwas mit Nähe zu tun. Er war nicht daran interessiert, ihr nahe zu sein oder sich an mehr zu binden als an ihren Körper. Noch während er das dachte, wurde ihm die Leere bewusst. Die Befriedigung, die er kurz gefühlt hatte, schwand. Er hörte Maggies unstetes Atmen, während sie ihren Sweater anzog. Er griff nach seinen Kleidern und versuchte sich stattdessen auf das Geräusch des Regens zu konzentrieren.

„Wir sind noch nicht fertig, du und ich", murmelte er.

„Ach nein?" Erzürnt und verletzt drehte Maggie sich um. Sie fühlte, wie ihr Tränen in die Augen stiegen, betrachtete jedoch die Dunkelheit als Schutz. Der Sweater reichte bis zu ihren Schenkeln und ließ ihre Beine bloß. Sie wusste, was Cliff von ihr hielt, und diesmal würde sie ihm die Befriedigung lassen, dass er Recht hätte. „Wir sind ins Bett gegangen, und es war gut für uns beide", sagte sie leichthin. „Nicht alle Affären für eine Nacht sind so erfolgreich. Als Liebhaber bekommst du Bestnoten, Cliff, falls das deinem Ego hilft."

Diesmal konnte er sich nicht beherrschen. Er packte sie an den Armen und zog sie an sich. „Zum Teufel mit dir, Maggie!"

„Warum?" fuhr sie ihn an. „Weil ich es als Erste gesagt habe? Geh nach Hause und leg dich mit deinem zweierlei Maß ins Bett, Cliff. Ich brauche das nicht."

Alles, was sie sagte, traf, und es traf hart. Wenn er blieb, wusste er nicht, was er tun würde. Sie erdrosseln? Es war verlockend. Sie wieder ins Bett schleppen und sich des zornigen Verlangens entledigen, das in ihm hämmerte? Noch verlockender. Er wusste, wenn er blieb, würde etwas in ihm bersten.

Er ließ die Hände sinken und verließ den Raum. „Verschließ deine Türen!" rief er und verwünschte sie, während er die Treppe hinunterging.

Maggie schlang die Arme um sich und ließ ihren Tränen freien Lauf. Es ist viel zu spät, um irgend etwas zu verschließen, dachte sie.

8. KAPITEL

In den nächsten Tagen arbeitete Maggie wie besessen. Ihr Küchenboden war versiegelt und stellte somit ihr erstes voll und erfolgreich abgeschlossenes Projekt dar. In ihrem Schlafzimmer brachte sie drei Bahnen Tapete an, fand einen Teppich für das Musikzimmer und säuberte die Deckenverzierungen im Korridor des Erdgeschosses.

Abends arbeitete sie an ihrem Klavier, bis sie zu müde war, um die Tasten zu sehen oder ihre eigene Musik zu hören. Den Hörer ließ sie neben dem Telefon liegen. Alles in allem fand sie, dass das Leben einer Einsiedlerin seine Vorteile hatte. Sie war produktiv, und niemand störte den Fluss ihrer Tage. Sie konnte beinahe glauben, dass sie nur das wollte und sonst nichts.

Vielleicht trieb sie sich zu sehr an. Das mochte sie sich eingestehen, aber nicht, dass sie es tat, um nicht an ihre Nacht mit Cliff zu denken. Das war ein Fehler gewesen. Und es war nicht klug, sich lange bei Fehlern aufzuhalten.

Sie sah niemanden, sprach mit niemandem und redete sich ein, dass sie zufrieden wäre, wenn das für immer so weiterginge.

Aber völlige Einsamkeit konnte natürlich nur eine gewisse Zeit dauern. Maggie strich gerade die Fensterrahmen im Musikzimmer, als sie einen Wagen die Auffahrt heraufkommen hörte. Sie erwog, den Besucher zu ignorieren, bis er wieder wegfuhr. Als beginnende Einsiedlerin hatte sie ganz sicher das Recht dazu. Dann erkannte sie den alten Lincoln. Maggie stellte die Lackdose ab und ging Louella Morgan entgegen.

Diesmal wirkte Louella noch zerbrechlicher, fand Maggie. Ihre Haut war fast durchscheinend gegen das weiße Haar. Eine sonderbare, beinahe unheimliche Verbindung von Jugend und Alter. Louella blickte zu dem Graben. Einen Moment wirkte sie wie eine Statue. Als sie einen Schritt auf das abgezäunte Gebiet zutat, räusperte Maggie sich.

„Guten Morgen, Mrs. Morgan."

Louella brauchte einen Moment, ehe ihre Augen sich voll auf Maggie richteten. Mit leicht zitternder Hand betastete sie ihr Haar. „Ich wollte herkommen."

„Natürlich." Maggie lächelte und hoffte, sich richtig zu verhalten. „Kommen Sie bitte ins Haus. Ich wollte gerade Kaffee machen."

Louella ging über die durchhängenden Stufen hinauf, über die Maggie noch mit Bog sprechen musste. „Hier hat sich schon einiges verändert."

Maggie entschied sich für leichtes Geplauder. „Ja,
drinnen und draußen. Die Landschaftsgärtner arbeiten schneller als ich." Killer stand in der Tür und
wich knurrend zurück. Maggie brachte ihn mit einem Tätscheln zum Schweigen.

„Diese Tapete war schon hier, als wir einzogen",
murmelte Louella, als sie sich im Korridor umsah.
„Ich wollte sie immer erneuern."

„Wirklich?" Maggie ging ihr zum Wohnzimmer
voraus. „Vielleicht hätten Sie ein paar Vorschläge für
mich. Ich habe mich noch nicht entschieden."

„Etwas Warmes", sagte Louella leise. „Etwas
Warmes mit gedämpften Farben, damit sich die Leute willkommen fühlen. Das wollte ich."

„Ja, das würde gut passen." Sie wollte ihren Arm
um die Frau legen und ihr versichern, dass sie alles
verstand. Aber vielleicht war es rücksichtsvoller, es
nicht zu tun.

„Ein Haus wie dieses sollte nach Möbelpolitur
und Blumen duften."

„Das wird es", versicherte Maggie und wünschte
sich, den Geruch nach Staub und Farbe ändern zu
können.

„Ich fand immer, das Haus sollte mit Kindern erfüllt sein." Louella sah sich mit jener wirren Kon-
zentration in dem Raum um, bei der Maggie glaubte,

dass sie alles so sah, wie es vor mehr als zwanzig Jahren gewesen war. „Kinder verleihen einem Haus seine Persönlichkeit, wissen Sie, mehr als die Innenausstattung. Sie prägen dem Haus einen Stempel auf."

„Sie haben Enkelkinder, nicht wahr?" Maggie steuerte sie zu dem Sofa.

„Ja. Joyces Kinder. Der Jüngste ist jetzt schon in der Schule. Die Zeit vergeht so schnell für die Jugend. Haben Sie sich die Fotos angesehen?" fragte Louella plötzlich.

„Die Fotos?" Maggie runzelte die Stirn. „Ach ja, ich hatte nur für einen flüchtigen Blick Gelegenheit. Ich bin im Moment recht beschäftigt." Sie ging an den Kamin und holte den Umschlag von dem Sims. „Ihre Rosen waren wunderschön. Ich weiß nicht, ob ich dieses Talent hätte."

Louella nahm den Umschlag und starrte darauf. „Rosen brauchen Liebe und Disziplin. Genau wie Kinder."

Maggie entschied, nicht noch einmal Kaffee anzubieten. Stattdessen setzte sie sich neben Louella. „Vielleicht würde es helfen, wenn wir die Fotos zusammen durchsehen."

„Alte Bilder." Louella öffnete den Umschlag und zog sie heraus. „Es gibt so viel auf alten Bildern zu sehen, wenn man weiß, wo man nachsehen muss.

Frühlingsanfang", murmelte sie, während sie den ersten Schnappschuss betrachtete. „Sehen Sie, die Hyazinthen blühen und die Märzbecher."

Maggie betrachtete das Schwarzweißbild, doch nicht die Blumen erregten ihre Aufmerksamkeit, sondern der Mann und das kleine Mädchen. Er war groß, mit breiter Brust und einem grobknochigen Gesicht. Sein Anzug war konservativ. Das kleine Mädchen neben ihm trug ein Rüschenkleid mit Stoffgürtel, schwarze Riemchenschuhe und ein Hütchen mit Blumen.

Es musste Ostern sein, schloss Maggie. Das kleine Mädchen lächelte in die Kamera. Joyce musste damals ungefähr vier gewesen sein, und vielleicht hatte sie sich ein wenig unbehaglich gefühlt in Organza und Volants. William Morgan wirkte nicht grausam, fand Maggie, während sie sein entschlossenes, undurchdringliches Gesicht betrachtete. Er sah einfach nur ... unnahbar aus. Sie unterdrückte einen Schauer und schlug einen leichten Tonfall an.

„Ich möchte selbst Zwiebeln setzen. Bis zum Herbst sollten die Dinge sich soweit beruhigt und eingespielt haben."

Louella sagte nichts, als sie zu dem nächsten Bild überging. Diesmal betrachtete Maggie eine junge Louella. Der Stil von Frisur und Kleid verrieten ihr, dass das Bild mehr als zwanzig Jahre alt war. Der schiefe Winkel des Bildes ließ sie vermuten, dass Joyce als Kind die Aufnahme gemacht hatte.

„Die Rosen", murmelte Louella und strich mit einem Finger da über das Bild, wo sie im Überfluss wuchsen. „Sie sind dahin, weil sich niemand um sie gekümmert hat."

„Haben Sie jetzt einen Garten?"

„Joyce hat einen." Louella legte das Bild beiseite und griff nach einem anderen. „Ich kümmere mich gelegentlich darum, aber das ist nicht das Gleiche wie ein eigener."

„Nein, aber Joyce ist bestimmt dankbar für Ihre Hilfe."

„Sie hat sich hier in der Stadt nie wohl gefühlt", sagte Louella halb zu sich selbst. „Nie. Ein Jammer, dass sie mehr nach mir geraten ist als nach ihrem Vater."

„Sie ist reizend", versicherte Maggie und suchte nach etwas, das sie noch sagen könnte. „Hoffentlich sehe ich sie öfter. Ihr Mann hat davon gesprochen, dass wir zusammen zu Abend essen."

„Stan ist ein guter Mann. Solide. Er hat sie immer geliebt." Dieses traurige, flüchtige Lächeln huschte über ihre Lippen. „Er war sehr freundlich zu mir."

Als sie zu dem nächsten Foto kam, verkrampfte

sie sich. Ihr Lächeln gefror. Maggie blickte auf das Bild und sah William Morgan und Stan Agee als Teenager. Dieses jüngere Foto war in Farbe, und die Bäume im Hintergrund leuchteten herbstlich. Die beiden Männer trugen Flanellhemden und Baseball-Kappen, und beide hatten braune Westen mit kleinen Gewichten am Saum an. Jeder hatte ein Gewehr in der Hand.

Patronen, nicht Gewichte, erkannte Maggie, als sie sich die Westen noch einmal ansah. Die beiden waren wohl auf der Jagd gewesen. Und sie standen nahe dem Abhang, der zu dem Graben führte.

„Das muss Joyce aufgenommen haben", murmelte Louella. „Sie ging mit ihrem Vater jagen. Er brachte ihr bei, wie man mit Gewehren umgeht, bevor sie zwölf war. Es spielte keine Rolle, dass sie Gewehre hasste. Sie lernte, ihrem Vater Freude zu machen. William sieht erfreut aus", fuhr Louella fort, obwohl Maggie nichts dergleichen sehen konnte. „Er jagte gern auf diesem Land. Jetzt wissen wir, dass er hier starb. Hier", wiederholte sie und legte ihre Hand auf das Bild. „Und nicht drei Meilen entfernt im Fluss. Er hat sein Land nie verlassen. Ich glaube, irgendwie habe ich es immer gewusst."

„Mrs. Morgan." Maggie legte ihr die Hand auf den Arm. „Ich weiß, es muss schwierig für Sie sein.

Es muss so sein, als würden Sie alles noch einmal durchmachen. Ich wünschte, ich könnte etwas für Sie tun."

Louella wandte den Kopf und musterte Maggie mit starrem Blick, ohne zu lächeln. „Legen Sie Ihren Teich an", sagte sie tonlos. „Pflanzen Sie Ihre Blumen. So sollte es sein. Der Rest ist vorbei."

Als sie aufstand, fühlte Maggie sich von der emotionslosen Antwort beunruhigter, als sie es über einen Weinkrampf gewesen wäre. „Ihre Fotos", sagte sie hilflos.

„Behalten Sie sie." Louella war schon an der Tür, als sie sich noch einmal umdrehte. „Ich brauche sie nicht mehr."

Maggie fragte sich, ob sie deprimiert sein sollte, während sie den Wagen wegfahren hörte. War ihre Reaktion normales Mitgefühl für die Tragödie anderer Menschen, oder ließ sie zu, dass sie wieder persönlich in die Sache verwickelt wurde? In den letzten Tagen hatte sie sich beinahe selbst überzeugt, dass sie nichts mit der Sache der Morgans zu tun habe. Jetzt begann es nach einer kurzen Begegnung erneut.

Doch es war mehr als das Gefühl, verwickelt zu sein, räumte Maggie ein, während sie ihre Arme rieb, um sich zu wärmen. Es war irgendwie unheimlich gewesen, wie Louella die Fotos betrachtet hatte. Als hätte sie die Menschen darauf zur Ruhe gebettet, obwohl nur einer tot war.

Einbildung, tadelte sie sich. Dazu gänzlich übertrieben. Aber war es denn nicht merkwürdig gewesen, wie Louella dieses letzte Bild angesehen hatte? Als hätte sie Details gesucht. Irgendetwas. Stirnrunzelnd nahm Maggie die Fotos auf und sah sie durch, bis sie zu dem Farbbild kam.

Da war wieder William Morgan, sein Haar etwas dünner, seine Augen etwas ernster als auf dem Osterfoto. Sheriff Agee stand neben ihm, kaum mehr als ein Junge, die Gestalt noch nicht ganz ausgewachsen, das Haar ein wenig lang. In seiner Jugend hatte er noch mehr ausgesehen, als wäre er an einem Strand zu Hause, obwohl er das Gewehr hielt, als wäre er mit Feuerwaffen vertraut. Während Maggie ihn betrachtete, konnte sie gut verstehen, warum Joyce sich so sehr in ihn verliebt hatte, dass sie ihre Träume von Ruhm und Vermögen aufgegeben hatte. Er war jung und attraktiv, mit einem übermütigen, sinnlichen Zug um den Mund.

Sie konnte auch verstehen, warum Joyce den Mann neben ihm gefürchtet und ihm gehorcht und sich bemüht hatte, ihm Freude zu bereiten. William Morgan blickte direkt in die Kamera, die Beine gespreizt, das Gewehr in beiden Händen. Cliff hatte ihn als harten, kalten Mann beschrieben. Maggie konnte das ohne Schwierigkeiten glauben, doch das erklärte nicht, warum Louella von diesem einen Foto so betroffen gewesen war. Oder warum, fügte Maggie hinzu, sie selbst beim Betrachten solches Unbehagen empfand.

Über ihre Dünnhäutigkeit verärgert, wollte sie das Foto in den Umschlag zurückstecken, als das Brummen vor dem Haus sie vor der Ankunft eines weiteren Wagens warnte.

Manchmal kommt es faustdick, dachte sie übellaunig, warf das Foto achtlos beiseite und ging ans Fenster. Als Cliffs Pick-up in Sicht kam, war sie über die aufflammende Erregung betroffen.

Oh nein, warnte Maggie sich. Nicht noch einmal! Eine Frau, die denselben Fehler zweimal begeht, verdient, was sie bekommt! Entschlossen griff sie nach ihrem Pinsel und begann mit langen Strichen zu lackieren. Sollte er doch klopfen, so viel er wollte. Sie schüttelte ärgerlich den Kopf. Sie hatte zu arbeiten.

Minuten vergingen, aber er kam nicht an die Tür. Maggie strich weiterhin an und sagte sich, dass es für sie überhaupt keine Rolle spiele, was er da draußen machte.

Cliff Delaney war ihr verdammt egal. Aber es war ihr nicht egal, wenn irgendwelche Leute auf ihrem

Grund und Boden herumwanderten. Es war ihr Recht, nach draußen zu gehen und nachzusehen, was er da tat, und ihn wegzuschicken. Sie legte den Pinsel ab. Wenn er nur nachsehen kam, wie ihr Gras wuchs, hätte er wenigstens die Höflichkeit besitzen können, sich anzukündigen. Indem er sich nicht ankündigte, beraubte er sie der Befriedigung, ihn zu ignorieren.

Wütend riss sie die Tür auf, sah ihn aber nicht wie erwartet über die kleinen grünen Halme gebeugt, die aus der Erde sprossen. Vielleicht war er hinter das Haus gegangen, um sich das letzte Projekt anzusehen, das noch abgeschlossen werden musste – die Wicken auf ihrem abbröckelnden Hang.

Verärgert, dass sie nicht gleich daran gedacht hatte, wollte sie wieder ins Haus zurück, als sie eine Bewegung nahe dem Graben entdeckte. Für einen Moment erwachte in ihr schlummernde Angst. Ihr fielen alte Geschichten über Geister und Legenden von Schatten ein, die keine Ruhe fanden. Im nächsten Moment erkannte sie Cliff. Genauso wütend wie beschämt über ihre Reaktion, marschierte sie hin, um ihn zu stellen.

Als sie näher kam, sah Maggie die schlanke, kleine und zartgrüne Weide. Cliff senkte den Wurzelballen in ein Loch, das er mit Hacke und Schaufel in den steinigen Boden gegraben hatte. Er stand vielleicht zwei Meter von dem Hang des Grabens entfernt. Das Hemd hatte er achtlos zu Boden geworfen. Die Muskeln an seinem Rücken spannten sich an, als er die Erde wieder zurück in das Loch schaufelte. Dass sich ihr Magen bei dem Anblick zusammenzog, bestätigte Maggie nur, dass sie auch jetzt nicht weniger heftig auf Cliff reagierte als noch vor der Nacht, in der sie sich geliebt hatten.

Sie straffte ihre Schultern und reckte ihr Kinn vor. „Was machst du da?"

Da er weiterschaufelte, ohne seine Arbeit zu unterbrechen, musste er wohl gewusst haben, dass sie kam. „Ich pflanze einen Baum", antwortete Cliff locker.

Ihre Augen zogen sich gefährlich zusammen. „Das sehe ich. Soweit ich mich erinnere, habe ich keine Weide bestellt."

„Nein." Er kniete sich hin, um die Erde glatt zu streichen. Maggie beobachtete die Hände, von denen sie jetzt wusste, was sie mit ihrem Körper anstellen konnten. Er schien dasselbe Talent für Erde zu besitzen. „Kommt nicht auf die Rechnung."

Ungeduldig über seine nichts sagenden Antworten und ihre eigene wachsende Erregung verschränkte sie die Arme. „Warum pflanzt du einen Baum, den ich nicht gekauft habe?"

Sobald die Weide sicher in der Erde stand, erhob er

sich zufrieden, lehnte sich gelassen auf die Schaufel und betrachtete Maggie. Nein, er hatte sich nicht von ihr befreit. Das Wiedersehen mit ihr löste nicht die Anspannungen, mit denen er nun seit Tagen lebte. Irgendwie hatte er gewusst, dass es so sein würde, aber er hatte es versuchen müssen. „Man könnte es ein Friedensangebot nennen", erklärte er endlich und beobachtete, wie sich ihr Mund öffnete und wieder schloss.

Maggie blickte auf den Baum. Er war so jung, so zerbrechlich, doch eines Tages würde sie ihn in voller Pracht sehen, wie er sich über ihren Teich neigte und ... Sie stockte, als sie erkannte, dass sie zum ersten Mal seit der Entdeckung daran dachte, den Teich zu vollenden. Cliff musste gewusst haben, dass die Weide ausreichte, um Maggie wieder die Schönheit und Heiterkeit sehen zu lassen. Ihr Ärger war zum größten Teil bereits verraucht, ehe sie sich bemühte, etwas davon festzuhalten.

„Ein Friedensangebot", wiederholte sie und strich mit ihrem Finger über ein zartes Blatt. „So nennst du das also?"

Ihre Stimme klang kühl, aber ihre Augen erwärmten sich bereits. Cliff fragte sich, wie viele starke Männer sie schon mit diesem Blick erledigt hatte. „Vielleicht." Er rammte die Schaufel ins Erdreich. „Hast du etwas Kaltes zu trinken?"

Es ist eine Entschuldigung, dachte Maggie, vielleicht die einzige Art von Entschuldigung, zu der dieser Mann fähig ist. Sie brauchte nur fünf Sekunden, um zu entscheiden, dass sie die Entschuldigung annahm. „Vielleicht", antwortete sie ruhig, wandte sich dann ab und ging zum Haus. Ein Lächeln umspielte ihre Lippen, als er sich ihrem Schritt anpasste. „Deine Männer haben ausgezeichnete Arbeit geleistet", fuhr sie fort, während sie beide zum hinteren Teil des Hauses gingen. „Ich bin gespannt, wie dieses Zeug über der Stützmauer aussehen wird."

„Kronenwicken", erklärte Cliff, ehe er stehen blieb, um die Arbeit zu überprüfen, wie sie das vermutet hatte. „In vier oder fünf Tagen werden sie sich bereits zeigen. Sie werden sich schnell ausbreiten und diesen Hang bedecken, bevor der Sommer vorüber ist." Er behielt seine Hände in den Gesäßtaschen, während er die Arbeit seiner Männer betrachtete und an die Frau neben ihm dachte. „Du warst beschäftigt?"

Maggie hob eine Augenbraue. „Allerdings. Das Haus verlangt viel Arbeit."

„Hast du die Zeitung gelesen?"

„Nein", antwortete sie verwirrt. „Warum?"

Cliff zuckte die Schultern und ging voraus, um die Fliegengittertür zu öffnen. „Es gab einen großen

Bericht darüber, wie William Morgan auf seinem ehemaligen Besitz vergraben gefunden wurde. Auf Grund und Boden", fuhr er fort, während Maggie an ihm vorbei in die Küche ging, „der vor kurzem von einer berühmten Songschreiberin gekauft wurde."

Sie wandte sich scharf um. „Hatten sie meinen Namen?"

„Ja, er wurde erwähnt – mehrmals."

„Verdammt", flüsterte sie, vergaß, dass er sie um einen Drink gebeten hatte, und ließ sich auf einen Stuhl fallen. „Das wollte ich vermeiden." Ein wenig hoffnungsvoll blickte sie zu ihm auf. „Die Lokalzeitung?"

Cliff ging an den Kühlschrank und bediente sich selbst. „Morganville hat keine Zeitung. Es gab Berichte in der ‚Frederick Post' und in der ‚Herald Mail'." Während er die Limonadenflasche öffnete, deutete er mit dem Kopf auf den neben dem Telefon liegenden Hörer. „Hättest du das nicht gemacht, hättest du bereits eine Flut von Anrufen von Reportern bekommen." Und von mir, dachte Cliff. In den letzten vierundzwanzig Stunden hatte er ein Dutzend Mal versucht, sie anzurufen. Er trank einen Schluck aus der Flasche. „Ist das deine Art von Flucht?"

Abwehrend stand Maggie auf und knallte den Hörer zurück auf den Apparat. „Ich brauche vor nichts zu fliehen. Du hast selbst gesagt, dass diese ganze Geschichte nichts mit mir zu tun hat."

„Das habe ich gesagt." Er betrachtete die restliche Flüssigkeit in der Flasche. „Vielleicht bist du vor etwas anderem geflohen." Er richtete den Blick auf sie. „Hast du dich vor mir versteckt, Maggie?"

„Sicher nicht." Sie eilte an das Spülbecken und begann unwirsch die Farbe von ihren Händen zu reiben. „Ich habe dir bereits gesagt, dass ich beschäftigt war."

„Zu beschäftigt, um dich am Telefon zu melden?"

„Das Telefon lenkt ab. Wenn du einen Streit anfangen willst, Cliff, kannst du dein Friedensangebot nehmen und ..." Das Telefon klingelte hinter ihr, so dass sie ihren Vorschlag mit einer Verwünschung beendete. Bevor sie sich jedoch melden konnte, hatte Cliff abgehoben.

„Ja?" Er beobachtete den Zorn, der in ihren Augen aufblitzte, als er sich an die Theke lehnte. Das hatte er vermisst, genau wie den subtilen Reiz ihres Duftes. „Nein, tut mir Leid, Miss Fitzgerald ist nicht für einen Kommentar zu sprechen." Er legte auf, während Maggie ihre feuchten Hände an ihrer Jeans abwischte.

„Ich kann meine eigenen Anrufe entgegennehmen, vielen Dank."

Er trank wieder aus der Flasche. „Ich wollte dir nur etwas Ärger ersparen."

„Ich will nicht, dass du oder sonst jemand mir Ärger erspart", fuhr sie auf. „Es ist mein Ärger, und ich mache damit, was immer ich will." Er grinste, aber bevor ihr etwas Passendes einfiel, klingelte das Telefon wieder. „Wage es ja nicht", warnte sie, schob ihn beiseite und meldete sich selbst. „Hallo."

„Verdammt, Maggie, du hast schon wieder den Hörer neben dem Telefon liegen lassen!"

Sie stieß den Atem aus. Mit einem Reporter hätte sie leichter fertig werden können. „Hallo, C.J.! Wie geht es dir?"

„Ich werde dir sagen, wie es mir geht!"

Maggie nahm den Hörer vom Ohr und schoss Cliff einen finsteren Blick zu. „Kein Grund für dich, noch hier zu bleiben."

Er nahm noch einen Schluck aus der Flasche, ehe er sich bequem zurücklehnte. „Es macht mir nichts aus."

„Maggie!" C.J.'s Stimme vibrierte in ihrem Ohr. „Mit wem sprichst du da, zum Teufel?"

„Mit niemandem", murmelte sie und wandte Cliff bewusst den Rücken zu. „Du wolltest mir sagen, wie es dir geht."

„In den letzten vierundzwanzig Stunden habe ich

hektisch versucht, zu dir durchzukommen. Maggie, es ist unverantwortlich, den Hörer nicht aufzulegen, wenn die Leute versuchen, dich zu erreichen."

Auf der Theke stand eine Tüte mit Plätzchen. Maggie fasste hinein und biss energisch in ein Keks. „Offenbar habe ich das Telefon abgenommen, um nicht erreicht zu werden."

„Hätte ich dich diesmal nicht erwischt, hätte ich dir ein Telegramm geschickt, und dabei bin ich nicht einmal sicher, ob man an diesem Ort Telegramme zustellt. Was hast du denn gemacht?"

„Gearbeitet", stieß sie zwischen zusammengebissenen Zähnen hervor. „Ich kann nicht arbeiten, wenn das Telefon ständig klingelt und dauernd Leute vorbeikommen. Ich bin hier herausgezogen, um allein zu sein. Ich warte noch immer darauf, dass das endlich klappt."

„Das ist ja eine nette Einstellung", schimpfte er. „Überall im Land sorgen sich Menschen um dich."

„Verdammt, Menschen überall im Land brauchen sich nicht um mich zu sorgen. Es geht mir gut!"

„Du klingst auch so."

Mit Mühe kontrollierte Maggie ihr hochbrodelndes Temperament. Wenn sie es bei C.J. verlor, verlor sie unweigerlich auch den Kampf. „Tut mir Leid, dass ich dich angefaucht habe, C.J., aber ich bin es

leid, ständig dafür kritisiert zu werden, was ich mache."

„Ich kritisiere dich nicht", murmelte er. „Es ist
nur natürliche Sorge. Du liebe Güte, Maggie, wer
würde sich nicht Sorgen machen nach dieser Geschichte in der Zeitung?"

Sie wandte sich zu Cliff um. Er betrachtete sie
eingehend. „Was für eine Geschichte in der Zeitung?"

„Über diese männliche ... äh ... was von diesem
Mann übrig war, der auf deinem Besitz ausgegraben
wurde. Lieber Himmel, Maggie, ich hatte fast einen
Herzinfarkt, als ich das las. Und dann konnte ich
dich nicht erreichen ..."

„Tut mir Leid." Sie strich sich durch das Haar.
„Es tut mir wirklich Leid, C.J.. Ich dachte nicht, dass
es in die Zeitungen kommt, zumindest nicht bei
euch."

„Du meinst, was ich nicht weiß, macht mich nicht
heiß?"

Sie lächelte über den beleidigten Klang seiner
Stimme. „Ja, so ungefähr. Ich hätte dich angerufen
und dir die Einzelheiten geschildert, hätte ich ge-
ahnt, dass die Neuigkeit so weit wandert."

„So weit wandert?" Er war nicht befriedigt.
„Maggie, du weißt, dass alles, was mit deinem Na-

men verbunden ist, in den Zeitungen zu beiden Seiten des Atlantiks auftaucht."

Sie begann sich die Schläfe zu massieren. „Und du weißt, dass das einer der Gründe ist, warum ich weg wollte."

„Dein Wohnort ändert nichts."

Sie seufzte. „Offenbar nicht."

„Abgesehen davon hat das nichts mit dem zu tun, was jetzt passiert ist", widersprach C.J.. Er presste eine Hand auf seinen nervösen Magen und fragte sich, ob ihn ein Glas Perrier beruhigen würde. Vielleicht wäre ein Scotch eine bessere Idee.

„Ich habe die Zeitung nicht gesehen", setzte Maggie gelassen an, „aber ich bin sicher, die ganze Sache wurde übertrieben."

„Übertrieben?" Wieder musste sie den Hörer vom Ohr weghalten. Cliff konnte C.J.'s Stimme noch deutlich hören. „Bist du oder bist du nicht über einen Haufen ... Knochen gestolpert?"

Sie verzog das Gesicht. „Nicht direkt. Genau genommen war es der Hund, der sie gefunden hat. Die Polizei kam sofort und hat sich um alles gekümmert. Ich hatte wirklich nichts damit zu tun." Sie sah, wie Cliff bei ihrer letzten Feststellung eine Augenbraue hob.

„Maggie, es heißt, der Mann sei nur ein paar Meter von deinem Haus entfernt ermordet und vergraben worden."

„Vor zehn Jahren." Sie presste ihre Finger fester gegen die Schläfe.

„Maggie, komm nach Hause."

Sie schloss die Augen, weil in seiner Stimme jenes Flehen mitschwang, dem man so schwer widerstehen konnte. „C.J., ich bin zu Hause."

„Verdammt, wie soll ich nachts schlafen, wenn ich ständig daran denken muss, dass du allein mitten im Nichts sitzt? Um Himmels willen, du bist eine der erfolgreichsten, wohlhabendsten und gefeiertsten Frauen der Welt, und du lebst in der Wildnis!"

„Wenn ich erfolgreich, wohlhabend und gefeiert bin, kann ich leben, wo immer ich will." Sie kämpfte erneut gegen ihr Temperament an. Wie immer er sich auch ausdrückte und welchen Ton er auch anschlug, seine Sorge war echt. „Abgesehen davon, C.J., habe ich diesen scharfen Wachhund, den du mir geschickt hast." Sie blickte auf Killer hinunter, der friedlich zu Cliffs Füßen schlief. Als sie ihren Blick hob, lächelte sie Cliff an. „Ich könnte gar nicht sicherer sein."

„Wenn du einen Leibwächter engagieren würdest ..."

Jetzt lachte sie. „Du stellst dich wieder wie ein altes Klageweib an. Das Letzte, was ich brauche, ist ein

Leibwächter. Es geht mir gut", fuhr sie schnell fort, bevor er antworten konnte. „Ich habe die Filmmusik beendet, ich habe ein Dutzend neuer Ideen, und ich denke über ein neues Musical nach. Warum sagst du mir nicht, wie brillant die Filmmusik ist?"

„Du weißt, dass sie brillant ist", murmelte er. „Wahrscheinlich ist sie das Beste, was du je gemacht hast."

„Mehr", drängte sie. „Sag mir noch mehr. Mein Ego ist ausgehungert."

Er seufzte, als er seine Niederlage erkannte. „Als ich den Produzenten deine Musik vorspielte, gerieten sie in Ekstase. Sie haben vorgeschlagen, dass du herkommst und die Aufzeichnung überwachst."

„Vergiss es." Sie begann, auf und ab zu marschieren.

„Verdammt, wir würden ja zu dir kommen, aber es gibt kein Studio in Hicksville."

„Morganville", verbesserte sie ihn sanft. „Ihr braucht mich nicht für die Aufnahmen."

„Sie wollen, dass du den Titelsong singst."

„Was?" Überrascht unterbrach sie ihr rastloses Hin- und Hergehen.

„Hör mich an, bevor du Nein sagst." C.J. schlug seinen besten Verhandlungstonfall an. „Ich weiß, dass du es immer abgelehnt hast, aufzutreten oder

200

Platten zu machen, und ich habe dich nie bedrängt. Aber ich finde, das hier solltest du wirklich bedenken. Maggie, dieser Song ist Dynamit, absolutes Dynamit, und niemand wird so viel hineinlegen können wie du. Nachdem ich das Band gespielt hatte, brauchten alle im Raum eine kalte Dusche."

Obwohl sie lachte, konnte Maggie die Idee nicht ganz abtun. „Mir fallen ein halbes Dutzend Künstler ein, die diese Nummer bringen könnten, C.J.. Du brauchst mich nicht."

„Mir fallen auch ein Dutzend Künstler ein, aber niemand wäre so gut wie du", entgegnete er. „Der Song braucht dich, Maggie. Du könntest wenigstens darüber nachdenken."

Sie sagte sich, dass sie ihm schon genug für einen Tag abgelehnt hatte. „In Ordnung, ich werde darüber nachdenken."

„Lass es mich in einer Woche wissen."

„C.J. ...."

„Schon gut, schon gut, in zwei Wochen."

„In Ordnung. Und das mit dem Telefon tut mir Leid."

„Du könntest dir zumindest einen von diesen verabscheuungswürdigen Anrufbeantwortern anschaffen."

„Vielleicht. Pass auf dich auf, C.J.."

„Das mache ich immer. Halte du dich an deinen eigenen Rat."

„Das mache ich immer. Leb wohl!" Sie legte auf und seufzte tief. „Ich fühle mich, als wäre ich gerade vom Schuldirektor ins Gebet genommen worden."

Cliff sah zu, wie sie nach einem gefalteten Geschirrtuch griff, es zerknüllte und wieder weglegte. „Du weißt, wie du mit ihm umgehen musst."

„Ich habe eine Menge Übung."

„Wofür steht C.J.?"

„Chaotischer Jammerer", murmelte sie und schüttelte den Kopf. „Nein, um die Wahrheit zu sagen, ich habe keine Ahnung."

„Macht er dir immer das Leben schwer?"

„Ja." Sie griff wieder nach dem Geschirrtuch. „Die Nachricht ist in die Zeitungen an der Westküste gelangt. Als er mich nicht erreichen konnte ..." Sie brach ab.

„Du bist verkrampft."

Sie ließ das Tuch über den Rand der Spüle fallen. „Nein."

„Doch", widersprach Cliff. „Ich sehe es." Er streckte die Hand aus und strich über ihren Hals und ihre Schulter. „Ich fühle es."

Die Berührung seiner Finger ließ ihre Haut prickeln. Langsam wandte sie den Kopf. „Ich will nicht, dass du das machst." Langsam ließ er seine andere Hand eine ähnliche Reise antreten, um die Spannung aus ihren Schultern wegzumassieren. Wollte er ihre oder seine eigenen Nerven beruhigen? „Es ist schwer, dich nicht zu berühren."

Maggie hob ihre Hände an seine Handgelenke in dem Bewusstsein, dass sie schon schwach wurde. „Bemüh dich mehr", riet sie ihm, während sie versuchte, ihn wegzuschieben.

„Das habe ich in den letzten Tagen getan." Seine Finger drückten sich in ihre Haut und ließen los, drückten und ließen los. Der Rhythmus ließ ihre Knie nachgeben. „Ich bin zu der Ansicht gekommen, dass es eine Verschwendung von Energie ist, wenn ich dieselben Anstrengungen darauf verwenden kann, dich zu lieben."

Ihre Gedanken begannen sich zu vernebeln. „Wir können einander nichts geben."

„Wir wissen beide, dass das nicht stimmt." Er senkte den Kopf, so dass seine Lippen über ihre Schläfe glitten.

Ein Seufzer entrang sich ihr, bevor sie ihn aufhalten konnte. Das war es nicht, was sie wollte ... Das war alles, was sie wollte. „Sex ist ..."

„Ein notwendiger und erfreulicher Bestandteil

des Lebens", beendete Cliff für sie, bevor er ihre Lippen mit den seinen reizte.

Das ist also Verführung, dachte Maggie. Sie wusste, dass sie nicht widerstand, stattdessen nachgab, dahinschmolz, sich unterwarf. So wie sie wusste, dass, sollte diese Unterwerfung erst komplett sein, sie auch alle Brücken hinter sich abgebrochen haben würde.

„Wir werden nur zwei Menschen sein, die das Bett miteinander teilen", murmelte sie. „Sonst nichts."

Ob es nun eine Frage oder eine Feststellung war, Cliff versuchte zu glauben, dass es stimmte. Wenn da mehr war, würde es nicht enden, und dann hing er für den Rest seines Lebens an einer Frau, die er kaum verstand. Gab es nur Verlangen, so konnte er seine Beherrschung aufgeben und alles nehmen, ohne dass daraus Folgen entstanden. Wenn Maggie in seinen Armen weich und heiß wurde, was kümmerten ihn die Folgen?

„Lass mich dich fühlen", murmelte er an ihren Lippen. „Ich will deine Haut unter meinen Händen, glatt und heiß. Ich will dein Herz klopfen hören."

Alles, dachte sie benommen. Sie würde ihm alles geben, wenn er ihr nur so nah blieb wie jetzt, solange sein Mund mit dieser dunklen, verzweifelten, berauschenden Verführung ihrer Sinne weitermachte. Er zog ihr das T-Shirt über den Kopf und strich mit den Händen über ihre Seiten, hinunter und wieder hinauf. Dieses Streicheln machte sie fast wahnsinnig vor Verlangen nach mehr. Sein Shirt kratzte an ihren aufgerichteten Brustspitzen, bis seine Hände diese eroberten.

Jetzt konnte er ihr Herz klopfen fühlen, und sie hörte es in ihrem Kopf dröhnen. Ihre Schenkel, nur von dünnen Stoffschichten getrennt, pressten sich gegen die seinen. Sie erinnerte sich an jede Linie und Kurve seines Körpers und wie er sich warm und verlangend und nackt auf ihr angefühlt hatte.

Er roch nach Arbeit und freier Natur, mit einem Hauch von Schweiß und frisch umgegrabener Erde. Während der Duft durch ihre Sinne jagte, strich sie mit den Lippen über sein Gesicht und seinen Hals, um ihn zu schmecken.

Unzivilisiert wie das Land, auf dem sie beide standen. Lockend und nie ganz gezähmt wie die dichten Wälder, die sie umgaben. In beidem lag Gefahr und Lust. Maggie schob alle Vernunft von sich und lieferte sich aus.

„Jetzt", forderte sie heiser. „Ich will dich jetzt."

Ohne Gefühl für Zeit und Ort und ohne Zögern

sanken sie zu Boden. Der Kampf mit den Kleidern verstärkte nur die Hitze des verzweifelten und nicht nachlassenden Verlangens, das überall entstand, wo sie einander berührten. Wärme an Wärme, so fanden sie zusammen.

Als das Telefon neben ihnen an der Wand klingelte, hörte es keiner von ihnen.

Ein Beben, ein Stöhnen, raue Zärtlichkeit, Duft und Wildheit der Leidenschaft – das war ihre Welt. Drängend und immer drängender suchten sie den Geschmack und die Berührung des anderen, als würde der Hunger nie gestillt werden können. Der Boden war hart und glatt unter ihnen. Sie rollten darüber, als wäre er weich wie von Federn bedeckt. Sonnenlicht strömte herein und fiel auf sie, während sie alle Geheimnisse der Nacht erforschten.

Heiß und offen fand sein Mund den ihren. Das Verlangen, sie ganz zu besitzen, ließ ihn schier verglühen. Seine Finger gruben sich in ihre Hüften, als er sich über sie schob, ihre Haut aufreizend über die seine glitt. Er fühlte sie pulsieren, in dem gleichen Rhythmus, in dem die Flut der Leidenschaft gegen den geschwächten Damm seiner Selbstbeherrschung schlug. In dem Moment der Vereinigung bog sich ihr Körper ihm in benommener Lust entgegen. Das Tempo war hektisch und machte sie beide hilflos in ihrer Raserei. Immer weiter trieben sie einander an, gnadenlos, rücksichtslos.

Mit halb geschlossenen Augen sah Cliff sie unter dem Gipfelsturm erschauern. Dann wurde er gemeinsam mit ihr von der Kraft der unbändigen Hitze fortgerissen.

9. KAPITEL

Waren Stunden vergangen, oder war sein Zeitgefühl noch immer verzerrt? Cliff versuchte nach dem Sonnenstand die Uhrzeit zu schätzen, war sich jedoch nicht sicher. Er fühlte sich mehr als ausgeruht. Er fühlte sich wieder belebt. Er drehte den Kopf und beobachtete die neben ihm schlafende Maggie. Obwohl er sich nur vage daran erinnerte, was er getan hatte, wusste er, dass er sie nach oben getragen hatte, wo sie aufs Bett gesunken waren. Miteinander verschlungen, waren sie in einen erschöpften Schlaf gefallen. Ja, dieser Teil war vage, aber der Rest ...

Sie murmelte im Schlaf, und er runzelte die Stirn und zog sie unbewusst näher an sich heran. Obwohl er ihr gesagt hatte, dass sie nichts mit den Ereignissen von vor zehn Jahren zu tun habe, gefiel es Cliff nicht, dass sie in diesem großen, abgelegenen Haus allein war. Dass Morganville eine ruhige Stadt war, änderte nichts daran. Unter jeder Ruhe gab es unterschwellige Strömungen. Das war in den letzten zwei Wochen klar geworden.

Wer immer William Morgan getötet hatte, war ein Jahrzehnt straflos ausgegangen. Wer immer ihn ermordet hatte, war wahrscheinlich täglich in den Straßen der Stadt zu sehen, plauderte vor der Bank, feuerte die Jugendlichen bei den Baseballspielen der Little League an. Kein angenehmer Gedanke. Genauso wenig angenehm war die Schlussfolgerung, dass derjenige, der einmal getötet hatte, alles Nötige tun mochte, um sein ruhiges Leben in einer Stadt fortführen zu können, in der jeder seinen Namen und seine Vergangenheit kannte. Es mochte ein Klischee sein, dass der Mörder an den Ort des Verbrechens zurückkehrte, aber ...

Maggie wachte benommen auf und fragte sich, ob es Morgen war. Als sie das Haar mit beiden Händen zurückschob, fühlte sie die süße Schwere in ihren Gliedern, die von der erfüllten Leidenschaft stammte. Abrupt wurde sie ganz wach. Das Bett neben ihr war leer.

Sie hatten sich auf dem Küchenboden geliebt. Und sie erinnerte sich klar daran, wie Cliff sie die Treppe heraufgetragen hatte, als wäre sie eine Kostbarkeit. Das war eine warme, eine andere Erinnerung als die an die erotische Szene, die der letzten vorangegangen war. Eine derartige Erinnerung war etwas, woran sie sich in Zukunft in langen, ruhelosen Nächten festhalten konnte.

Aber er war gegangen, ohne ein Wort zu sagen.

Werde erwachsen, Maggie, befahl sie sich. Sei vernünftig. Von Anfang an hatte sie gewusst, dass dies keine Romanze war, sondern primitives Verlangen. Er liebte sie nicht, sie liebte ihn nicht. Es versetzte ihr einen Stich, aber sie beharrte darauf. Nein, sie liebte ihn nicht. Sie konnte sich das nicht leisten.

Er war ein harter Mann, auch wenn sie seine sanfteren Seiten erlebt hatte. Er war intolerant, ungeduldig und meistens unhöflich. Eine Frau sollte ihr Herz nicht an einen solchen Mann hängen. Jedenfalls hatte er klargestellt, dass er ihren Körper und nur ihren Körper wollte. Zweimal hatte sie beschlossen, ihm das Gewünschte zu geben, so dass sie kein Recht hatte, etwas zu bedauern, auch wenn er wortlos gegangen war.

Maggie legte ihre Arme über die Augen und weigerte sich, die wachsende Angst zu akzeptieren, sie könnte ihm schon mehr als ihren Körper gegeben haben, ohne dass es einer von ihnen gemerkt hatte.

Dann hörte sie es, das leise Knarren direkt über ihr. Langsam nahm sie die Arme herunter und lag ganz still. Als es ein zweites Mal ertönte, stieg Panik in ihrer Kehle auf. Sie war wach, es war mitten am Nachmittag, und die Geräusche kamen von ihrem Dachboden und nicht aus ihrer Fantasie.

Obwohl sie zitterte, verließ sie ruhig das Bett. Diesmal wollte sie sich nicht in ihrem Zimmer verkriechen, während jemand in ihrem Haus herumschlich. Diesmal, dachte sie und befeuchtete die Lippen, während sie das T-Shirt überzog, diesmal wollte sie herausfinden, wer es war und was er wollte. Kalt und mit Überlegung griff sie nach dem Feuerhaken vom Kamin und schlüpfte auf den Korridor.

Die Treppe zum Dachboden lag rechts von ihr. Als sie sah, dass die Tür am oberen Ende offen stand, wurde sie wieder von Angst gepackt. Seit ihrem Einzug war diese Tür nicht geöffnet worden. Zitternd, aber entschlossen, packte sie den Schürhaken fester und schlich die Treppe hinauf.

An der Tür blieb sie stehen und hörte drinnen das Rascheln einer Bewegung. Sie presste die Lippen aufeinander, schluckte und trat ein.

„Verdammt, Maggie, mit dem Ding könntest du jemanden verletzen."

Sie prallte zurück. „Was machst du hier oben?" fragte sie, während Cliff ihren finsteren Blick erwiderte.

„Nachsehen. Wann warst du zum letzten Mal hier oben?"

Sie stieß den Atem aus, um sich von der angestauten Spannung zu befreien. „Noch nie. Das steht auf meiner Prioritätenliste ganz unten. Seit ich eingezogen bin, war ich nie hier oben."

Er nickte und sah sich noch einmal um. „Aber irgendjemand war hier."

Zum ersten Mal blickte sie sich um. Wie vermutet, gab es nicht viel mehr als Staub und Spinnweben. Der Dachboden war hoch genug, dass Cliff aufrecht stehen konnte und noch ein paar Zentimeter Freiraum blieben. An den Seiten fiel der Dachboden, der Neigung des Daches entsprechend, ab. Es gab einen alten Schaukelstuhl, der nach einer Aufarbeitung sehr hübsch sein mochte, ein Sofa, bei dem alle Mühe umsonst sein würde, zwei Lampen ohne Schirme und einen großen, aufrecht stehenden Schrankkoffer.

„Sieht so aus, als wäre seit vielen Jahren niemand hier gewesen."

„Ich würde eher auf eine Woche tippen", verbesserte Cliff. „Sieh dir das an."

Er ging zu dem Schrankkoffer. Maggie verzog das Gesicht wegen der Staubschicht auf dem Boden und tappte barfuß hinter ihm her. „Und?" fragte sie. „Joyce erwähnte, dass hier oben ein paar Dinge sind, für die sie keine Verwendung hat. Ich habe ihr gesagt, dass sie sich keine Gedanken darum machen soll und dass ich mich selbst darum kümmern werde, wenn ich Zeit dazu finde."

„Ich würde sagen, jemand hat bereits etwas geholt." Cliff kauerte sich vor den staubbedeckten Schrankkoffer und deutete auf eine Stelle.

Maggie unterdrückte einen Niesreiz und beugte sich herunter. Dann bemerkte sie es. Neben dem Schloss und sehr schwach malte sich der Abdruck einer Hand ab. „Aber ..."

Cliff packte ihr Handgelenk, bevor sie den Abdruck berühren konnte. „Das würde ich nicht tun."

„Jemand war hier", murmelte sie. Sie bemühte sich um Ruhe und sah wieder zu Cliff. „Aber was sollte jemand hier oben in diesem Ding gesucht haben?"

„Gute Frage." Er richtete sich auf und behielt ihre Hand in der seinen.

Sie wollte es auf die leichte Schulter nehmen. „Wie wäre es mit einer guten Antwort?"

„Mal sehen, was der Sheriff davon hält."

„Du meinst, das hat etwas mit ... dieser anderen Sache zu tun?" Ihre Stimme klang ruhig, aber mit seinen Fingern an ihrem Handgelenk wusste er, dass ihr Puls es nicht war.

„Ich finde das Zusammentreffen seltsam. Zufälle sind eine sonderbare Sache. Du solltest diesen nicht unbeachtet lassen."

„Nein. Ich rufe den Sheriff."

„Ich mache es."

Sie blieb gereizt in der Tür stehen. „Das hier ist mein Haus", setzte sie an.

„Sicher", stimmte Cliff sanft zu und verblüffte sie dann damit, dass er mit den Händen über ihre nackten Schenkel zu ihren Hüften strich. „Ich habe nichts dagegen, dich nur halb bekleidet zu sehen, aber Stan könnte es ablenken."

„Sehr witzig."

„Nein, sehr schön." Während sie ihm aus großen Augen entgegensah, senkte er den Kopf und küsste sie zum ersten Mal sanft. Als er den Kopf wieder hob, bewegte sie sich nicht und sagte nichts. Ihre Augen waren noch immer geöffnet. „Ich rufe den Sheriff", sagte Cliff rau. „Du ziehst dir etwas an."

Ohne auf ihre Antwort zu warten, ging er zur Treppe und ließ sie stehen. Benommen hob Maggie einen Finger und strich sich über die Lippen. Das war so unerwartet gewesen und so schwierig zu erklären wie alles andere, das sich zwischen ihnen abgespielt hatte.

Verwirrt ließ Maggie den Feuerhaken gegen die Tür gelehnt und kehrte in ihr Zimmer zurück. Sie hatte nicht gewusst, dass er so küssen konnte – zärtlich, sanft. Sie hatte auch nicht gewusst, dass ihr Herz stehen bleiben und ihr Atem stocken konnte.

214

Dieser völlig andere Kuss hatte eine völlig andere Reaktion ausgelöst.

Einer leidenschaftlichen, aggressiven Forderung konnte sie mit ihrer eigenen Leidenschaft und Aggression begegnen. Darin waren sie einander ebenbürtig, und wenn sie keine Kontrolle besaß, so besaß Cliff auch keine. Verlangen konnte man mit Verlangen begegnen, Feuer mit Feuer. Aber Zärtlichkeit ... Was sollte sie machen, wenn er sie noch einmal so küsste? Und wie lange musste sie darauf warten, dass er es wieder tat? Eine Frau konnte sich in einen Mann verlieben, der so küsste ...

Maggie riss sich zusammen. Manche Frauen, verbesserte sie sich, während sie hastig ihre Jeans anzog. Nicht sie. Sie würde sich nicht in Cliff Delaney verlieben. Er war nichts für sie. Er wollte nicht mehr als ...

Dann erinnerte sie sich daran, dass er nicht ohne Wort gegangen war. Er war überhaupt nicht gegangen ...

„Maggie!"

Die Stimme vom Fuß der Treppe ließ sie zusammenzucken. „Ja." Sie antwortete ihm, während sie ihr erstauntes Gesicht im Spiegel anstarrte.

„Stan ist unterwegs."

„In Ordnung, ich komme." In einer Minute, fügte

sie in Gedanken hinzu. Sie setzte sich auf ihr Bett, als könnte sie ihren Beinen nicht vertrauen.

Falls sie sich in Cliff verliebte, sollte sie es lieber jetzt zugeben, solange man noch etwas dagegen machen konnte.

Konnte man denn noch etwas dagegen machen? Es traf sie, dass es vielleicht schon zu spät war. Vielleicht war es schon in dem Moment zu spät gewesen, als er aus seinem Pick-up gestiegen war und seinen Fuß auf ihr Land gesetzt hatte.

Und was jetzt? fragte sie sich. Sie hatte zugelassen, dass sie sich in einen Mann verliebte, den sie kaum kannte, den sie nur wenig verstand und den sie die meiste der gemeinsam verbrachten Zeit nicht einmal unbedingt mochte. Er verstand sie ganz sicher nicht und schien das auch nicht zu wollen.

Doch er hatte eine junge Weide in ihrem Garten gepflanzt. Vielleicht verstand er mehr, als einem von ihnen bewusst war. Natürlich konnte nicht wirklich etwas zwischen ihnen sein. Sie waren wesensmäßig durch Welten getrennt. Doch im Moment hatte sie keine andere Wahl, als ihrem Herzen zu folgen und zu hoffen, dass ihr Verstand sie irgendwie im Gleichgewicht halten würde. Während sie aufstand, erinnerte Maggie sich resigniert daran, dass das bisher auch nie der Fall gewesen war.

Unten war es still, aber sobald sie an den Treppenabsatz kam, roch sie Kaffee. Einen Moment stand sie da und fragte sich, ob sie verärgert oder erfreut sein sollte, weil Cliff sich häuslich einrichtete. Ohne sich entscheiden zu können, betrat sie die Küche.

„Willst du eine Tasse?" fragte Cliff, als sie eintrat. Er lehnte in seiner üblichen Haltung an der Theke und trank seinen Kaffee.

Maggie hob eine Augenbraue. „Tatsächlich, ich will eine Tasse. Hattest du irgendwelche Schwierigkeiten, alles zu finden, was du brauchtest?"

Er ignorierte den Sarkasmus und holte noch eine Tasse aus dem Schrank. „Nein. Du hattest kein Mittagessen."

„Für gewöhnlich esse ich nie zu Mittag." Sie trat hinter ihn, um sich den Kaffee selbst einzuschenken.

„Ich schon", sagte er schlicht. Mit einer Selbstverständlichkeit, die in Maggies Augen an Arroganz grenzte, öffnete er den Kühlschrank und begann zu suchen.

„Bedien dich ruhig", murmelte sie, bevor sie sich die Zunge an dem Kaffee verbrühte.

„Du solltest lieber lernen, dir einen Vorrat anzulegen", erklärte Cliff, als er ihre Bestände entmutigend mager fand. „Im Winter ist es nicht ungewöhnlich, dass man an einer solchen Nebenstraße für eine Woche eingeschneit wird."

„Ich werde daran denken."

„Du isst dieses Zeug?" fragte er und schob einen Karton mit Jogurt beiseite.

„Zufälligerweise mag ich ‚dieses Zeug'." Sie stellte sich neben ihn und wollte die Kühlschranktür zuschlagen, ob er mit der Hand noch drinnen war oder nicht. Cliff trickste sie aus, indem er ein gebratenes Hühnerbein herausnahm und beiseite trat. „Ich möchte dich nur wissen lassen, dass du mein Abendessen isst."

„Willst du abbeißen?" Die Liebenswürdigkeit in Person, streckte er ihr das Hühnerbein hin. Maggie konzentrierte sich darauf, ihre Lippen am Lächeln zu hindern.

„Nein."

„Komisch." Cliff nahm einen Bissen und kaute nachdenklich. „Wenn ich nur schon in diese Küche komme, scheint mein Appetit zu wachsen."

Sie schoss ihm einen Blick zu und war sich wohl bewusst, dass sie jetzt auf der Stelle stand, an der sie sich vor kurzer Zeit wild geliebt hatten. Wenn er sie erregen wollte, hatte er Erfolg. Wenn er sie von der Entdeckung auf dem Dachboden ablenken wollte, hatte er ebenfalls Erfolg. So oder so, Maggie fand, dass sie ihm nicht widerstehen konnte.

Bewusst trat sie einen Schritt näher an ihn heran und fuhr mit ihren Händen langsam an seiner Brust hinauf. Es war an der Zeit, ihm etwas mit gleicher Münze zurückzuzahlen. „Vielleicht bin ich ja doch hungrig", murmelte sie, stellte sich auf die Zehen und strich mit ihren Lippen aufreizend über die seinen.

Weil er damit nicht gerechnet hatte, tat Cliff gar nichts. Von Anfang an hatte er sie verfolgt und verführt. Sie war die Lady, die Kronprinzessin mit jener wollüstigen Leidenschaft, von der Männer an langen, dunklen Abenden oft fantasierten. Als er jetzt in diese tiefen, samtenen Augen blickte, hielt er sie mehr für eine Hexe. Während sein Blut zu sieden begann, fragte er sich, wer denn nun verfolgt und verführt worden war.

Sie raubte ihm den Atem – allein schon ihr Duft. Sie verschleierte seinen Verstand – allein schon ihre Berührung. Wenn sie ihn so mit wissenden Augen ansah, ihre geöffneten Lippen nahe, war sie die einzige Frau, die er wollte, die einzige Frau, die er kannte. In solchen Momenten begehrte er sie mit einem Feuer, das nie auszugehen versprach. Ganz plötzlich und ganz klar jagte sie ihm Angst ein.

„Maggie." Er hob eine Hand, um sie abzuwehren oder näher an sich heranzuziehen. Er sollte es nie er-

fahren, da der Hund zu bellen begann und von draußen das Dröhnen eines Wagens zu hören war, der
sich die Straße heraufquälte. Cliff ließ seine Hand
wieder sinken. „Das wird Stan sein."

„Ja." Sie betrachtete ihn mit offener Neugierde.

„Du solltest lieber die Tür öffnen."

„In Ordnung." Sie hielt noch ihren Blick für einen Moment auf seine Augen gerichtet und freute
sich über die Unsicherheit, die sie darin sah.
„Kommst du?"

„Ja, gleich." Er wartete, bis sie gegangen war, und
stieß dann tief und unbehaglich den Atem aus. Das
war zu knapp gewesen, als dass er sich hätte wohl
fühlen können. Zu knapp woran, das wusste er nicht,
aber er wusste, dass er es nicht mochte. Nachdem
sein Appetit sonderbarerweise verschwunden war,
ließ Cliff das Hühnerbein liegen und griff nach seinem Kaffee. Als er bemerkte, dass seine Hände nicht
ganz ruhig waren, stürzte er den Inhalt auf einmal
hinunter.

Maggie fand, dass es eine ganze Menge gab, worüber sie nachdenken konnte. Der Sheriff war wieder
an ihrer Tür, Cliff stand in ihrer Küche, als hätte er
einen Schlag erhalten, und ihr eigener Kopf war ganz
leicht von einem Gefühl – Macht? –, dass sie nicht
wusste, was als Nächstes passieren würde. Ihr Um-

zug aufs Land hatte ihr ganz sicher keine Ruhe gebracht. Sie hatte sich noch nie in ihrem Leben so aufgeputscht gefühlt.

„Miss Fitzgerald."

„Sheriff." Maggie hob Killer auf den Arm, denn er führte sich ziemlich verrückt auf und hörte nicht auf zu bellen.

„Da haben Sie eine ganz schöne Bestie", bemerkte er, streckte die Hand aus und ließ den Welpen vorsichtig daran schnüffeln. „Cliff hat mich angerufen", fuhr er fort. „Sagte, es sieht so aus, als sei jemand in das Haus eingebrochen."

„Das scheint die einzige Erklärung zu sein." Maggie wich zurück und kämpfte sowohl mit dem Welpen als auch mit der Tür. „Obwohl es für mich keinen Sinn ergibt. Offenbar war letzte Woche jemand auf dem Dachboden."

„Letzte Woche?" Stan kümmerte sich selbst um die Tür und legte dann seine Hand leicht und scheinbar nachlässig an den Griff seines Revolvers. „Warum haben Sie nicht schon früher angerufen?"

Maggie kam sich albern vor, setzte den Hund auf den Boden und schickte ihn mit einem ungeduldigen Schubs gegen das Hinterteil in Richtung Musikzimmer. „Ich bin irgendwann mitten in der Nacht aufgewacht und habe Geräusche gehört. Zugegeben, ich

221

geriet in Panik, aber am Morgen ..." Sie verstummte und zuckte die Schultern. „Am Morgen dachte ich, es sei meine Fantasie gewesen. Daher habe ich die ganze Sache mehr oder weniger vergessen."

Stan hörte zu, und sein Nicken drückte Verständnis aus. „Und jetzt?"

„Ich habe es zufällig Cliff gegenüber heute ... äh ... heute Morgen erwähnt. Das hat ihn neugierig genug gemacht, um auf den Dachboden hinaufzugehen."

„Verstehe." Maggie hatte das Gefühl, dass er nur zu gut verstand.

„Stan." Cliff kam von der Küche und wirkte völlig entspannt. „Danke, dass du gekommen bist."

Das hätte ich sagen sollen, dachte Maggie, aber bevor sie den Mund öffnen konnte, sprachen die Männer schon an ihr vorbei. „Gehört zu meinem Job", stellte Stan fest. „Du hast ja auch einen ganz schönen Job da draußen auf dem Grundstück."

„Es geht voran."

Stan warf ihm ein schiefes Lächeln zu. „Du hast Herausforderungen schon immer gemocht."

Sie kannten einander offensichtlich sehr gut. Die Anspielung galt sowohl der Frau als auch dem Land, ohne Zweifel. „Ohne sie wäre alles langweilig", erwiderte er sanft.

„Ich habe gehört, du hast etwas auf dem Dachboden gefunden."

„Ja. Ich glaube, jemand hat da herumgeschnüffelt."

„Das sollte ich mir lieber ansehen."

„Ich zeige es Ihnen", sagte Maggie mit ausdrucksloser Stimme, warf Cliff einen viel sagenden Blick zu und ging ihm voraus.

An der Tür zum Dachboden bemerkte Stan den Feuerhaken, der noch immer dagegen lehnte. „Jemand könnte darüber stolpern", sagte er ruhig.

„Ich muss ihn vorhin hier vergessen haben." Sie übersah Cliffs Grinsen.

„Sieht so aus, als wäre schon lange niemand hier oben gewesen", bemerkte Stan, als er sich eine Spinnwebe aus dem Gesicht wischte.

„Ich war bis heute überhaupt nicht hier oben." Maggie schauderte, als eine große schwarze Spinne gemächlich links von ihr die Wand hinaufkroch. Bisher hatte sie noch bei niemandem erwähnt, dass hauptsächlich die Aussicht auf Insekten und Mäuse sie fern gehalten hatte. „Es gab so viel anderes im Haus zu tun." Behutsam wich sie von der Wand zurück.

„Hier oben ist nicht viel." Stan rieb sich mit der Hand über das Kinn. „Joyce und ich haben alles herausgeräumt, woran wir interessiert waren, als wir es erbten. Louella hatte schon, was sie wollte. Wenn Sie noch nie hier oben waren", fuhr er fort und sah sich langsam um, „woher wissen Sie dann, dass etwas fehlt?"

„Ich weiß es nicht. Es geht um das hier." Sie zeigte auf den Schrankkoffer, kauerte sich vor ihm hin und wies auf den Handabdruck.

Stan beugte sich über sie, und sie roch das billige Aftershave aus dem Kaufhaus, das er benutzte. Mit einer Woge der Nostalgie erinnerte sie sich plötzlich, dass der Fahrer ihrer Mutter genau das gleiche benutzt hatte. Aus diesem schlichten Grund wurde ihr Vertrauen zu ihm bestätigt.

„Das ist sonderbar", murmelte Stan und achtete darauf, die schwachen Umrisse nicht zu verwischen. „Haben Sie den Koffer geöffnet?"

„Keiner von uns hat ihn auch nur angefasst", sagte Cliff von hinten.

Stan nickte und drückte den Verschluss. Seine andere Hand hob sich automatisch und stockte dort, wo sich der Handabdruck befand. „Sieht so aus, als hätte jemand zugegriffen." Vorsichtig legte er seine Hand an den Verschluss und zog. „Zugesperrt." Er kauerte sich auf die Fersen und betrachtete finster den Schrank. „Der Teufel soll mich holen, wenn ich mich erinnern kann, was sich in diesem Ding befindet oder ob es einen Schlüssel gibt. Joyce könnte es wissen – noch eher Louella. Allerdings ..." Kopfschüttelnd stand er wieder auf. „Es ergibt nicht viel Sinn, dass jemand einbricht und etwas aus diesem alten Schrankkoffer nimmt, besonders jetzt, da das Haus zum ersten Mal seit zehn Jahren wieder bewohnt ist." Er blickte Maggie an. „Sind Sie sicher, dass unten nichts fehlt?"

„Ja ... das heißt, ich glaube nicht. Fast alles, was ich mir schicken ließ, steckt noch in Kisten."

„Könnte nicht schaden, sich genauer umzusehen."

„In Ordnung." Sie kehrte in den ersten Stock zurück, wobei sie hoffte, dass etwas fehlte. Das hätte Sinn ergeben. Das wäre greifbar gewesen. Der schwache Handabdruck an dem Schrankkoffer und die fehlende Erklärung verursachten ihr ein flaues Gefühl im Magen. Ein richtiger Einbruch hätte sie nur wütend gemacht.

Die beiden Männer folgten ihr ins Schlafzimmer, wo sie zuerst nach ihrem Schmuck sah. Alles war genau, wie es sein sollte. Im nächsten Schlafzimmer standen Kisten, ganz offensichtlich unberührt und ungeöffnet.

„Das wäre hier oben alles. Unten gibt es noch

mehr Kisten und einige Gemälde, die ich noch nicht habe rahmen lassen."

„Sehen wir es uns an."

Maggie nickte und ging den Männern wieder voran zur Treppe. „Mir gefällt das nicht", sagte Cliff gedämpft zu Stan. „Und du glaubst auch nicht, dass unten etwas fehlt."

„Nur ein Einbruch ergibt einen Sinn, Cliff."

„Eine Menge Dinge haben keinen Sinn ergeben, seit wir in diesem Graben zu buddeln begonnen haben."

Stan stieß leise den Atem aus. „Ich weiß, und oft gibt es einfach keine Antworten."

„Wirst du es Joyce erzählen?"

„Vielleicht muss ich es." Stan blieb am Fuß der Treppe stehen und fuhr sich mit der Hand über den Nacken. „Sie ist eine starke Frau, Cliff. Ich glaube, ich habe gar nicht gewusst, wie stark, bis diese Sache anfing. Ich weiß, als wir geheiratet haben, dachten viele Leute, ich würde es wegen ihrer Erbschaft tun."

„Niemand, der dich kannte, dachte so."

Stan zuckte die Schultern. „Wie auch immer, das legte sich nach einer Weile, legte sich vollständig, nachdem ich Sheriff geworden war. Manchmal habe ich mich gefragt, ob Joyce auch jemals so gedacht hat."

„Hätte sie es getan, würde sie es mir erzählt haben", sagte Cliff unverblümt.

Mit einem knappen Lachen wandte Stan sich zu ihm. „Ja, das hätte sie."

Maggie kam aus dem Musikzimmer auf den Korridor zurück. „Hier fehlt auch nichts. Ich habe ein paar Sachen im Wohnzimmer, aber ..."

„Wir sollten gründlich vorgehen", meinte Stan, überquerte den Korridor und trat über die Schwelle. „Streichen Sie?" fragte er, als er die Dose und den Pinsel am Fenster entdeckte.

„Ich wollte heute die Rahmen hier drinnen streichen", erwiderte sie abwesend, während sie einige weitere Umzugskisten überprüfte, „aber dann kam Mrs. Morgan und ..."

„Louella?" unterbrach Stan sie verwundert.

Bei seinem Stirnrunzeln spielte Maggie es herunter. „Ja. Sie ist nicht lange geblieben. Wir haben uns nur die Fotos angesehen, die sie mir geliehen hat." Zerstreut griff sie nach dem Packen. „Ach ja, ich wollte sie dir zeigen, Cliff. Ich dachte, du könntest mir vielleicht einen Rat geben, wie ich Kletterrosen wie diese hier pflanzen kann."

Während die Männer sie flankierten, blätterte sie die Bilder durch. „Louella hatte ganz sicher ein Gefühl dafür, es so aussehen zu lassen, als würden die

Blumen ganz von selbst wachsen", murmelte sie. „Ich weiß nicht, ob ich das Talent dafür habe."

„Sie hat diesen Besitz hier immer geliebt", sagte Stan. „Sie ..." Er stockte, als sie an das Farbfoto von ihm und Morgan kam. „Das hatte ich ganz vergessen", sagte er nach einem Moment. „Joyce hat es am ersten Tag der Rotwildsaison gemacht."

„Louella hat erwähnt, dass sie jagen ging."

„Das hat sie getan", warf Cliff ein, „weil Morgan es wollte. Er hatte eine ... Schwäche für Waffen."

Und ist durch eine gestorben, dachte Maggie schaudernd. Sie legte die Fotos mit dem Bild nach unten. „Hier fehlt soweit nichts. Jedenfalls nicht auf den ersten Blick, Sheriff."

Er starrte auf den Packen Fotos hinunter. „Nun, dann überprüfe ich die Türen und Fenster, ob irgendetwas aufgebrochen wurde."

„Sie können nachsehen." Maggie seufzte. „Aber ich weiß nicht, ob die Türen verschlossen waren, und die Hälfte der Fenster waren zumindest nicht verriegelt."

Er warf ihr jenen Blick zu, den Eltern ihren Kindern zuwerfen, wenn sie etwas Unvernünftiges sagen. „Ich schau mich trotzdem um. Man kann nie wissen."

Nachdem er hinausgegangen war, ließ Maggie

sich auf das Sofa fallen. Als hätte er nichts Besseres zu tun, ging Cliff an die Uhr auf dem Kaminsims und begann sie aufzuziehen. Killer kam unter dem Sofa hervor und umtanzte Cliffs Beine. Die Spannung im Raum war greifbar. Maggie fragte sich schon gar nicht mehr, ob es irgendwann einmal zu einer Lösung käme.

„Nichts ist aufgebrochen worden", verkündete Stan von der Zimmertür her. „Ich fahre in die Stadt, schreibe ein Protokoll und mache mich an die Arbeit. Nur ..." Er schüttelte den Kopf. „Ich kann nichts versprechen. Ich schlage vor, Sie verschließen von jetzt an alle Türen."

„Ich bleibe die nächsten Tage hier", verkündete Cliff und verschlug damit Stan und Maggie die Sprache. „Maggie wird nicht allein sein, obwohl der Einbrecher vermutlich schon mitgenommen hat, was immer er aus dem Haus haben wollte."

„Ja." Stan kratzte sich an der Nase und verbarg beinahe ein Grinsen. „Ich fahre jetzt zurück. Ich finde allein hinaus."

Maggie war noch immer zu verblüfft, um sich zu verabschieden. Sie starrte Cliff an, bis sich die Haustür schloss. „Was meinst du damit, dass du hier bleiben wirst?"

„Zuerst müssen wir Lebensmittel einkaufen. Ich

kann nicht von den Dingen leben, die du in diesem Kühlschrank hältst."

„Niemand hat dich gebeten, davon zu leben", sagte sie scharf und sprang vom Sofa auf. „Und niemand hat dich gebeten, hier zu bleiben. Ich verstehe nicht, wieso ich dich ständig daran erinnern muss, wessen Haus und Grundstück das ist."

„Das verstehe ich auch nicht."

„Du hast es ihm erzählt", fuhr sie fort. „Du hättest genauso gut der ganzen Stadt verkünden können, dass du und ich ..."

„Dass wir genau das sind, was wir sind", beendete Cliff leichthin. „Du solltest dir lieber Schuhe anziehen, wenn wir in die Stadt fahren."

„Ich fahre nicht in die Stadt, und du bleibst nicht hier."

Er bewegte sich so schnell, dass sie völlig überrumpelt wurde. Seine Hände schlossen sich um ihre Arme. „Ich lasse nicht zu, dass du allein bist, solange wir nicht wissen, was hier vor sich geht."

„Ich habe dir bereits gesagt, dass ich auf mich selbst aufpassen kann."

„Vielleicht kannst du das, aber das wirst du nicht gerade jetzt ausprobieren. Ich bleibe."

Sie starrte ihn lange an. Die Wahrheit war, dass sie nicht allein sein wollte. Die Wahrheit war, dass sie ihn wollte, vielleicht zu sehr, als gut für sie war. Doch er war derjenige, der darauf bestand. Und da er darauf bestand, lag ihm vielleicht mehr an ihr, als er zugeben wollte. Vielleicht sollte sie dieses Wagnis eingehen.

„Wenn ich dich hier bleiben lasse …", setzte sie an.

„Ich bleibe hier."

„Wenn ich dich hier bleiben lasse", wiederholte sie kühl, „musst du heute das Abendessen kochen."

Er hob eine Augenbraue, und der Griff an seinem Arm entspannte sich leicht. „Nachdem ich deine Kochkunst genossen habe, wirst du keinen Widerspruch hören."

Ohne beleidigt zu sein, nickte sie. „Fein. Ich hole meine Schuhe."

„Später." Bevor sie wusste, worauf er aus war, nahm er sie auf den Arm und trug sie zurück auf das Sofa. „Wir haben noch den ganzen Tag vor uns."

10. KAPITEL

Maggie sah es als Ironie des Schicksals an, dass sie sich gerade daran gewöhnt hatte, allein zu leben, und jetzt nicht mehr allein lebte. Cliff führte den Übergang unauffällig durch. Kein Aufheben, kein Theater. Straffe Organisation schien ein Teil von ihm zu sein. Sie hatte organisierte Menschen immer respektiert – aus sicherer Entfernung.

Er ging frühmorgens, lange bevor sie es als menschlich erträglich betrachtete, das Bett zu verlassen. Er war leise und schnell und weckte sie nie auf. Wenn sie sich morgens die Treppe hinuntertastete, fand sie manchmal eine gekritzelte Nachricht neben der Kaffeekanne.

„Hörer war wieder neben dem Telefon", stand vielleicht darauf. Oder: „Milch ist knapp. Ich bringe welche mit."

Nicht gerade Liebesbriefe, dachte Maggie trocken. Ein Mann wie Cliff brachte seine Gefühle nicht zu Papier, wie sie das tat. Das war nur ein weiterer Gegensatz zwischen ihnen.

Dennoch begann sie, ihn zu verstehen. Je besser sie ihn verstand, desto schwerer wurde es, ihre stetig wachsende Liebe für ihn zu kontrollieren. Er war kein Mann, dessen Gefühle gedrängt oder geleitet werden konnten. Sie war eine Frau, deren Gefühle nach dem kleinsten Anstoß mit ihr in jeder beliebigen Richtung davonliefen.

Cliff hatte sich selbst zu ihrem Leibwächter erklärt, und abends, wenn die Sonne unterging und die Wälder still waren, gehörte ihr Körper ihm. Er akzeptierte ihre Leidenschaft und ihr Verlangen. Vielleicht würde er eines Tages auch ihre Gefühle akzeptieren.

Maggie war gerade in ihrem Badezimmer damit beschäftigt, neue Kacheln auf dem Boden zu verlegen, betrachtete die sechs Stück, die sie geschafft hatte, und nickte. Sie war recht geschickt geworden. Obwohl ihre Stiefmütterchen sich nie erholt hatten, waren sie ihr einziger größerer Fehler geblieben.

Maggie griff nach der nächsten Kachel, als sie sich an einer scharfen Kante schnitt. Der Preis, wenn man sein eigener Handwerker ist, befand sie, ging zum Waschbecken und ließ Wasser über ihren Finger laufen.

Als der Hund zu bellen begann, drehte sie das Wasser ab und hörte das Motorengeräusch. Vom Fenster aus sah sie, wie Lieutenant Reiker um die letzte Kurve bog.

Warum kommt er wieder, fragte sie sich stirnrunzelnd. Sie konnte ihm einfach keine Informationen mehr geben. Als er sich dem Haus nicht sofort näherte, blieb Maggie, wo sie war. Er ging den Pfad aus Steinplatten entlang, den Cliffs Leute erst diese Woche gelegt hatten. Als er das Ende erreichte, blickte er in den Graben. Langsam zog er eine Zigarette hervor und zündete sie mit einem Streichholz an. Eine Weile stand er nur da, rauchte und betrachtete Erde und Steine, als hätten sie die gewünschten Antworten. Dann drehte er sich um und blickte direkt zu dem Fenster herauf, an dem sie stand. Sie fühlte sich albern und ging nach unten.

„Lieutenant." Maggie stieg vorsichtig die Verandastufen hinunter und betrat die neuen Steinplatten.

„Miss Fitzgerald." Er schleuderte die Zigarettenkippe in ein Gebüsch nahe dem Graben. „Ihr Grundstück macht sich. Kaum zu glauben, wie es noch vor Wochen ausgesehen hat."

„Danke." Er wirkte so harmlos, so freundlich. Sie fragte sich, ob er eine Waffe in einem Schulterhalfter unter seinem Jackett trug. „Ich habe gesehen, dass Sie da drüben eine Weide gepflanzt haben." Er sah sie an und nicht zu dem Graben, den er meinte. „Es dürfte nicht mehr lange dauern, dann können Sie Ihren Teich anlegen lassen."

Wie Reiker blickte auch Maggie nicht zu dem

Graben. „Soll das heißen, dass die Untersuchung fast abgeschlossen ist?"

Reiker rieb sich das Kinn. „Ich würde das nicht so ausdrücken. Wir arbeiten daran."

Sie unterdrückte einen Seufzer. „Werden Sie den Graben noch einmal untersuchen?"

„Ich glaube nicht, dass es dazu kommen wird. Das haben wir jetzt zweimal gemacht. Tatsache ist ..." Er unterbrach sich und verlagerte sein Gewicht auf das andere Bein. „Ich mag keine losen Enden. Je mehr wir in diese Sache hineinblicken, desto mehr finden wir davon. Es ist schwer, Enden miteinander zu verknüpfen, die für zehn Jahre lose hingen."

„Lieutenant, kann ich noch etwas in dieser Sache tun?"

„Hat sich bei Ihnen jemand gezeigt, jemand, den Sie kennen, vielleicht auch jemand, den Sie nicht kennen?"

„Gezeigt?"

„Der Mord passierte hier, Miss Fitzgerald, und je mehr wir nachforschen, desto mehr Leute finden wir, die einen Grund hatten, Morgan zu töten. Viele von ihnen leben noch immer in der Stadt."

Sie verschränkte die Arme vor der Brust. „Wenn Sie versuchen, mir Unbehagen einzujagen, Lieutenant, machen Sie das wirklich sehr gut."

„Das ist nicht meine Absicht, aber ich möchte Sie auch nicht im Dunkeln lassen." Er zögerte. „Wir haben entdeckt, dass Morgan am Tag seines Verschwindens fünfundzwanzigtausend Dollar in bar von seinem Bankkonto abgehoben hat. Damals wurde sein Wagen gefunden, jetzt wurde seine Leiche gefunden, aber das Geld ist nie aufgetaucht."

„Fünfundzwanzigtausend", murmelte Maggie. Ein nettes Sümmchen, noch eindrucksvoller vor zehn Jahren. „Sie meinen, das Geld war das Motiv für den Mord?"

„Geld ist immer ein Motiv für einen Mord, und es ist ein loses Ende. Wir überprüfen eine Menge Leute, aber das kostet Zeit. Bisher hat niemand hier so viel Geld herumgezeigt." Er wollte nach einer weiteren Zigarette greifen, überlegte es sich jedoch anders. „Ich habe zwei Theorien ..."

Sie hätte gelächelt, hätte ihr Kopf nicht zu schmerzen begonnen. „Und Sie wollen sie mir mitteilen?"

„Wer immer Morgan getötet hat, war schlau genug, seine Spuren zu verwischen. Er hat wohl gewusst, dass es in einer solchen Stadt nicht unbemerkt bleibt, wenn jemand fünfundzwanzigtausend Dollar hat. Vielleicht geriet er in Panik und hat sich des Geldes entledigt. Oder vielleicht hat er es versteckt, um so lange zu warten, bis sich die Gerüchte über Morgan legten. Dann würde das Geld auf ihn warten."

„Zehn Jahre sind eine lange Zeit, Lieutenant."

„Manche Leute sind geduldiger als andere." Er zuckte die Schultern. „Es ist nur eine Theorie."

Die sie jedoch zum Nachdenken brachte. Der Dachboden und der Schrankkoffer und der Handabdruck. „Vor ein paar Nächten ...", setzte sie an und stockte.

„Ist etwas geschehen?" drängte er.

„Nun, offenbar hat jemand eingebrochen und etwas aus einem Schrankkoffer auf dem Dachboden genommen. Das ist mir erst Tage später aufgefallen. Dann habe ich es Sheriff Agee gemeldet."

„Das war genau richtig." Sein Blick hob sich zu dem Dachfenster. „Hat Agee etwas gefunden?"

„Nicht direkt. Er hat einen Schlüssel gefunden. Das heißt, seine Frau hat den Schlüssel irgendwo gefunden. Er kam wieder und öffnete den Schrankkoffer, aber der war leer."

„Haben Sie etwas dagegen, wenn ich mich selbst umsehe?"

Sie wollte, dass diese Sache endlich vorüber wäre, doch jeder Schritt, den sie unternahm, zog sie scheinbar tiefer in die Sache hinein. „Nein, ich habe nichts dagegen." Resigniert drehte Maggie sich um und ging ihm ins Haus voraus. „Erscheint mir seltsam, dass jemand Geld auf dem Dachboden verstecken sollte und dann wartet, bis jemand hier einzieht, um es sich zu holen."

„Sie haben das Haus fast sofort nach dem Aufstellen des Schildes gekauft", erinnerte Reiker sie.

„Aber es hat fast einen Monat gedauert, bis ich eingezogen bin."

„Ich habe gehört, Mrs. Agee hat über den Verkauf Stillschweigen bewahrt. Ihr Mann war davon nicht gerade begeistert."

„Sie hören eine Menge, Lieutenant."

Er zeigte ihr das gleiche leicht verlegene Lächeln, das sie bei ihm bemerkt hatte, als er sie um ihr Autogramm bat. „Das ist meine Aufgabe."

Maggie verfiel in Schweigen, bis sie den ersten Stock erreichten. „Zum Dachboden geht es dort hinauf. Ich habe nichts gefunden, was im Haus fehlt."

„Wie ist der Einbrecher hereingekommen?" fragte er, als er die steile schmale Treppe hinaufzusteigen begann.

„Ich weiß es nicht", murmelte sie. „Ich hielt meine Türen nicht verschlossen."

„Aber jetzt schon?"

„Ja, jetzt verschließe ich sie."

„Gut." Er ging direkt zu dem Schrankkoffer und betrachtete das Schloss. Der Handabdruck war wieder im Staub verschwunden. „Sie sagen, Mrs. Agee hatte den Schlüssel?"

„Ja. Oder zumindest einen davon. Der Schrankkoffer hat den letzten Mietern des Hauses gehört, einem alten Ehepaar. Die Frau hat den Koffer hier gelassen, nachdem ihr Mann gestorben und sie ausgezogen war. Es gab wohl zwei Schlüssel, aber Joyce konnte nur einen finden."

„Hmm." Reiker öffnete den jetzt unverschlossenen Schrankkoffer und blickte hinein.

„Lieutenant, Sie glauben doch nicht wirklich, dass es eine Verbindung gibt zwischen dem hier und ... Ihrer Untersuchung?"

„Ich mag keine Zufälle", murmelte er. „Sie sagen, der Sheriff kümmert sich darum?"

„Ja."

„Ich werde mit ihm sprechen, bevor ich zurückfahre. Fünfundzwanzigtausend Dollar nehmen nicht viel Platz ein", sagte er. „Und das ist ein großer Schrankkoffer."

„Ich verstehe nicht, warum jemand das Geld hier zehn Jahre lang liegen lassen sollte."

„Menschen sind seltsam." Er richtete sich auf und stöhnte leise unter der Anstrengung. „Natürlich ist das nur eine Theorie. Eine andere ist, dass Morgans Geliebte das Geld nahm und verschwand."

„Seine Geliebte?" wiederholte Maggie tonlos.

„Alice Delaney", sagte Reiker leichthin. „Sie hatte fünf oder sechs Jahre lang eine Affäre mit Morgan. Komisch, wie die Leute reden, wenn man sie erst einmal dazu gebracht hat."

„Delaney?" wiederholte Maggie ruhig und hoffte, falsch gehört zu haben.

„Richtig. Ihr Sohn macht für Sie die Landschaftsgärtnerei. Zufälle", wiederholte er. „Mein Beruf ist voll davon."

Irgendwie wahrte sie ihre Fassung, als sie nach unten gingen. Sie antwortete höflich, als er ihr sagte, wie sehr er ihre Musik bewundere. Vielleicht lächelte sie sogar, als sie hinter ihm die Tür schloss. Doch als sie allein war, fühlte Maggie, wie ihr Blut zu Eis erstarrte.

Cliffs Mutter war jahrelang Morgans Geliebte gewesen! Und dann war sie unmittelbar nach seinem Tod verschwunden? Cliff hatte vermutlich Bescheid gewusst. Sicher hatten alle Bescheid gewusst. Maggie bedeckte ihr Gesicht mit beiden Händen.

In was war sie da hineingeraten? Und wie sollte sie da je wieder herauskommen?

Vielleicht wurde er allmählich verrückt, aber Cliff

begann, die lange, gewundene Straße den Berghang hinauf als Heimweg zu betrachten. Er hätte nie gedacht, dass er den alten Morgan-Besitz als Zuhause ansehen könnte. Nicht, wenn er seine Gefühle William Morgan gegenüber in Betracht zog. Er hätte auch nicht geglaubt, dass ihn die Frau, die dort wohnte, dazu bringen könnte, so zu denken. Viel schien zu geschehen, das er weder aufhalten noch lenken konnte. Doch es war seine Wahl gewesen, bei Maggie zu bleiben, genau wie auch das Weggehen seine Wahl sein würde. Von Zeit zu Zeit hielt er es für nötig, sich daran zu erinnern, dass er wieder weggehen konnte und es auch wollte.

Doch wenn Maggie lachte, schien das Haus von Wärme erfüllt. Wenn sie zornig war, war es so voller Leben. Wenn sie sang, wenn sie abends im Musikzimmer arbeitete ... Wenn die Wälder still waren und bevor der Mond aufging, sang sie Wortfetzen, Sätze, Phrasen zu einigen Klavieruntermalungen, während sie komponierte. Lange bevor sie fertig war, war er schon rastlos vor Verlangen. Er wunderte sich, wie sie Stunde um Stunde, Tag um Tag von solcher Leidenschaft und von solchen Gefühlen angetrieben arbeiten konnte.

Es war ihre Disziplin, entschied Cliff. Er hatte nicht erwartet, dass sie in ihrer Musik so diszipliniert sein würde. Ihr Talent hatte er immer bewundert, aber in den wenigen Tagen, die er jetzt bei ihr lebte, hatte er erfahren, dass sie sich in den Arbeitsstunden hart antrieb.

Ein Kontrast, fand Cliff. Es war ein unglaublicher Kontrast für die Frau, die in diesem großen, staubigen Haus von einer Tätigkeit zur anderen sprang. Sie ließ Wände halb tapeziert, Decken halb gestrichen. Kisten und Kartons standen überall herum, von denen die meisten noch nicht angerührt worden waren. Ihre Arbeit am Haus war präzise, sogar kreativ bis zu dem Punkt, an dem sie aufhörte und sich mit etwas anderem beschäftigte.

Er hielt vor dem Haus und schaute sich um. Das neue Gras war wie ein grüner Schatten auf der Erde. Maggies Petunien waren ein leuchtender Farbfleck.

Als er aus dem Pick-up stieg, war keine Musik zu hören. Cliff runzelte die Stirn, während er die Stufen zum Haus hinaufstieg. Maggie saß um diese Zeit sonst immer am Klavier. Er warf einen Blick auf die Uhr. Halb sechs. Mit einem unguten Gefühl drehte er den Knauf an der Eingangstür.

Natürlich nicht abgeschlossen, dachte er verärgert. Er hatte ihr an diesem Morgen eine Notiz hinterlassen, dass heute niemand von seinen Leuten hier sein würde und sie die Türen verschließen solle. Kein

Verstand, diese Frau, dachte er, während er die Tür aufdrückte. Wieso bekam sie es nicht in ihren Kopf, dass sie hier völlig allein war? Zu viel war geschehen, und allein weil sie in diesem Haus wohnte, steckte sie mitten in diesem Geschehen.

Still. Zu verdammt still, erkannte Cliff, als sein Ärger schwand und Sorge den Platz einnahm. Der Hund bellte nicht. Dem Haus haftete dieses hallende, leere Gefühl an, das fast jeder spürte, aber niemand erklären konnte. Obwohl ihm sein Instinkt sagte, dass niemand hier war, ging er von Raum zu Raum und rief nach Maggie. Ihr Name schallte von den Wänden zurück, und seine eigene Stimme verspottete ihn.

Wo ist sie, zum Teufel, fragte sich Cliff, als er zwei Stufen auf einmal nahm, um im ersten Stock nachzusehen. Er gab nicht gern zu, dass er Panik fühlte, bloß weil er in ein leeres Haus heimkam, doch genau das war es, was er fühlte.

„Maggie!" Verzweifelt suchte er den ersten Stock ab, ohne zu wissen, was er erwartete oder überhaupt finden wollte. Er hatte noch nie diese rohe, ursprüngliche Angst erlebt. Er wusste nur, dass das Haus leer und sein Mädchen verschwunden war. Ein Paar von ihren Schuhen stand vergessen mitten auf dem Schlafzimmerteppich. Eine Bluse war nachlässig über einen Sessel geworfen. Die Ohrringe, von denen er am Vorabend gesehen hatte, wie Maggie sie abnahm, lagen noch immer auf der Kommode neben einer Bürste mit Silbergriff und den eingravierten Initialen ihrer Mutter. Der Raum war von ihrem Duft erfüllt. Das war er immer.

Als er die neuen Kacheln im Bad sah, versuchte er sich zu beruhigen. In ihrer unordentlichen Art hatte sie ein neues Projekt gestartet. Aber wo, zum Teufel ...

Dann entdeckte er im Waschbecken etwas, bei dem sein Herz stehen blieb. Auf dem weißen Porzellan leuchteten drei Blutstropfen. Er starrte darauf, während die Panik ihn packte, alles in seinem Kopf verschwimmen ließ und seine Haut zu Eis verwandelte.

Im Freien begann irgendwo ein Hund zu bellen. Cliff jagte die Treppe hinunter, ohne sich bewusst zu werden, dass er immer wieder ihren Namen rief.

Er sah sie, sobald er durch die Hintertür ins Freie stürzte. Sie kam langsam aus dem Wald. Der Hund umtanzte ihre Beine, hüpfte und schnappte. Sie hielt die Hände in die Taschen geschoben, den Kopf gesenkt. Cliff nahm jedes Detail auf, während die Mischung aus Angst und Erleichterung seine Beine schwach werden ließ.

Er lief auf sie zu, sah sie den Kopf heben, rief sie noch einmal. Dann hielt er sie fest in den Armen, schloss die Augen und fühlte nur noch sie, warm und unversehrt und in Sicherheit. Er war so von Emotionen überwältigt, dass er nicht bemerkte, wie starr und steif sie dastand.

Er vergrub sein Gesicht in ihrem weichen Haar. „Maggie, wo warst du?"

Dies war der Mann, von dem sie gedacht hatte, sie würde ihn allmählich verstehen. Dies war der Mann, den sie zu lieben begann. Maggie starrte über seine Schulter auf das Haus. „Ich habe einen Spaziergang gemacht."

„Allein?" fragte er überflüssigerweise und schob sie ein Stück zurück. „Du bist allein gegangen?"

Alles an ihr war kühl – ihre Haut, ihr Verhalten, ihre Augen. „Es ist mein Land, Cliff. Warum sollte ich nicht allein spazieren gehen?"

Er fing sich, bevor er toben konnte, weil sie ihm keine Nachricht hinterlassen hatte. Was passierte mit ihm? „Im Waschbecken im ersten Stock war Blut."

„Ich habe mir an einer Kachel den Finger aufgerissen."

Er wollte ihr deswegen Vorhaltungen machen. Sie durfte sich nicht selbst verletzen. „Für gewöhnlich spielst du um diese Uhrzeit."

„Ich bin genauso wenig in ein Schema eingesperrt, wie ich in diesem Haus eingesperrt bin. Wenn
du ein stilles kleines Frauchen suchst, das jeden
Abend darauf wartet, dir zu Füßen zu fallen, solltest
du lieber woanders suchen." Sie ließ ihn stehen und
ging ins Haus.

Ruhiger, wenn auch verwirrter, folgte Cliff ihr in
die Küche, wo sie sich gerade einen Drink einschenkte. Scotch, stellte er fest. Noch eine Premiere.
Jetzt fiel ihm auf, dass die Farbe auf ihren Wangen
fehlte und ihre Schultern verspannt waren.

„Was ist passiert?"

Maggie fand den Scotch zu warm, zu stark, trank
ihn dennoch. „Ich weiß nicht, was du meinst." Die
Küche war zu klein. Maggie nahm ihr Glas und ging
nach draußen. Die Luft war warm und weich.

Im Freien gab es keine Wände und Decken, durch
die sie sich eingeschlossen fühlte. Sie setzte sich auf
ein Stück des neuen Rasens. Im Sommer wollte sie
hier sitzen und lesen. Byron, wenn sie dazu in der
Stimmung war. Sie wollte sich von der Sonne be-
scheinen und von der Stille einhüllen lassen und lesen, bis sie einschlief. Maggie blickte noch zu den
Wäldern, als Cliffs Schatten über sie fiel.

„Maggie, was stimmt nicht mit dir?"

„Ich bin launisch", sagte sie tonlos. „Du erwartest

246

doch, dass verwöhnte Berühmtheiten launisch sind, oder?"

Cliff hielt sein Temperament im Zaum, setzte sich neben sie und legte seine Hand unter ihr Kinn. Er wartete, bis sie ihm in die Augen sah. „Was ist?"

Sie hatte gewusst, dass sie es ihm sagen musste. Es war diese Ungewissheit, dieses Nichtwissen, was hinterher werden würde, das sie innerlich kalt und verkrampft sein ließ. „Lieutenant Reiker war heute hier", begann sie und schob behutsam Cliffs Hand von ihrem Gesicht.

Cliff fluchte, weil er sie allein gelassen hatte. „Was wollte er?"

Maggie zuckte die Schultern und nippte wieder an ihrem Scotch. „Er ist ein Mann, der keine losen Enden mag. Offenbar hat er ziemlich viele gefunden. William Morgan hat an dem Tag seiner Ermordung fünfundzwanzigtausend Dollar von seinem Bankkonto abgehoben."

„Fünfundzwanzigtausend?"

Er klang überrascht. Ehrlich überrascht. Aber wie konnte sie in irgendeiner Hinsicht noch sicher sein? „Das Geld wurde nie gefunden. Eine von Reikers Theorien besagt, der Mörder habe das Geld versteckt und geduldig darauf gewartet, dass die Leute Morgan vergessen."

Cliffs Blick wurde schärfer. „Hier?"

„Möglich."

„Zehn Jahre sind eine verdammt lange Zeit, um auf fünfundzwanzigtausend Dollar zu sitzen", murmelte Cliff. „Hast du ihm von dem Schrankkoffer auf dem Dachboden erzählt?"

„Ja. Er hat ihn sich angesehen."

Er berührte ihre Schulter ganz leicht mit seinen Fingerspitzen. „Das hat dich aufgeregt." Maggie sagte nichts und sah ihn nicht an. Spannung breitete sich in ihm aus. „Da ist noch mehr."

„Ja, du hast Recht. Da ist noch mehr", bestätigte Maggie ruhig und musste ihn jetzt ansehen. „Er hat erwähnt, dass Morgans Geliebte gleich nach seinem Tod verschwand." Sie fühlte, wie sich Cliffs Finger krampfhaft um ihre Schultern spannten, genau wie sie unvermittelt die Wellen seines Zorns fühlen konnte.

„Sie war nicht seine Geliebte", sagte Cliff gepresst. „Meine Mutter mag dumm genug gewesen sein, sich in einen Mann wie Morgan zu verlieben, sie mag unklug genug gewesen sein, mit ihm zu schlafen, aber sie war nicht seine Geliebte."

„Warum hast du mir das nicht schon früher erzählt?" fragte Maggie. „Warum hast du gewartet, bis ich es auf diese Weise herausgefunden habe?"

„Es hat nichts mit dir zu tun oder mit den Ereignissen hier." Ruhelos vor Zorn stand er auf.

„Zufälle", sagte Maggie ruhig, als Cliff auf sie herunterblickte. „Warst nicht du derjenige, der sagte, man solle Zufällen misstrauen?"

Er fühlte sich gedrängt zu erklären, was er nie zuvor erklärt hatte. „Meine Mutter war einsam und sehr verletzbar, nachdem mein Vater gestorben war. Morgan wusste, wie er das ausnutzen konnte. Ich lebte damals in der Nähe von Washington. Wäre ich hier gewesen, hätte ich es vielleicht aufhalten können. Er verstand es, mit Schwäche zu spielen, und er spielte mit der Schwäche meiner Mutter. Als ich herausfand, dass sie ein Liebespaar waren, wollte ich ihn umbringen."

Er sagte es kalt und ruhig. Maggie schluckte. Ihre Kehle war trocken.

„Sie war bereits zu sehr an ihn gebunden, um irgendetwas dagegen zu unternehmen. Er hatte sie dazu verführt zu glauben, dass sie ihn liebte. Vielleicht liebte sie ihn auch wirklich. Schon andere intelligente Frauen hatten das getan. Sie war seit Jahren mit Louella befreundet gewesen, aber das spielte keine Rolle. Als man seinen Wagen im Fluss fand, drehte sie durch."

Es war schmerzlich, zurückzublicken, doch Maggies ernste braune Augen drängten ihn.

249

„Sie ist nicht verschwunden. Sie kam zu mir. Sie war außer sich, und zum ersten Mal, seit sie sich mit Morgan eingelassen hatte, konnte sie wieder klar sehen. Scham wirkt sich unterschiedlich auf die Menschen aus. Meine Mutter brach alle Bindungen zu Morganville und sämtlichen Einwohnern ab. Sie wusste, dass ihre Beziehung zu Morgan kein Geheimnis war, und da es damit jetzt vorbei war, ertrug sie die Gerüchte einfach nicht. Sie ist noch immer in Washington. Sie hat jetzt ein neues Leben, und ich will nicht, dass irgendetwas von dieser Sache sie erreicht."

Ob er immer so eisern als Beschützer der Frauen in seinem Leben auftrat? Joyce, seine Mutter ... Wo passte sie selbst da ins Bild? „Cliff, ich verstehe, was du fühlst. Meine Mutter war auch einer der kostbarsten Menschen in meinem Leben, aber vielleicht kannst du da gar nichts machen. Sie rekonstruieren, was vor zehn Jahren geschehen ist, und deine Mutter spielt dabei eine Rolle."

Doch das war nicht alles, was sie dachte, erkannte Cliff. Langsam setzte er sich neben sie und ergriff ihre Schultern. „Du hast dich gefragt, was für eine Rolle ich dabei gespielt habe."

„Nicht." Sie versuchte aufzustehen, doch er hielt sie fest.

„Ist doch möglich, dass ich Morgan erschossen habe, um seine zerstörerische Beziehung zu meiner Mutter zu beenden."

„Du hast ihn gehasst."

„Ja."

Ihre Augen wandten sich nicht von ihm ab, blickten ihn forschend an, drangen in die Tiefe. Logik mochte ihn zum Verdächtigen machen, genau wie sein aufbrausendes Temperament. Doch Maggie blickte in das rauchige Grau seiner Augen, und sie glaubte, was sie sah. „Nein", murmelte sie und zog ihn an sich. „Nein, ich verstehe dich zu gut."

Ihr Vertrauen vernichtete ihn beinahe. „Wirklich?" fragte er mit erstickter Stimme.

„Vielleicht zu gut", murmelte sie. „Ich hatte vorhin solche Angst." Sie schloss die Augen und atmete seinen vertrauten Duft ein. Er war real, er war solide, und solange sie ihn halten konnte, gehörte er ihr. „Nicht jetzt. Nicht jetzt, da du hier bist."

Er verspürte den Sog, diesen langsamen, sanften Sog. Wenn er nicht vorsichtig war, würde er bald vergessen, dass es außer ihr in seinem Leben noch etwas oder noch jemanden gab. „Maggie." Seine Finger schoben sich bereits in ihr Haar. „Du solltest nicht vertrauen, ohne Fragen zu stellen."

„Es ist kein Vertrauen, wenn man Fragen stellt",

entgegnete sie. Sie wollte, dass es nur noch sie beide gab und der Rest der Welt ausgesperrt und vergessen war. Sie umschmiegte sein Gesicht mit den Händen und legte die Lippen auf seinen Mund.

Sie hatte Feuer und Aggression erwartet, aber seine Lippen waren weich und süß. Verwirrt und bewegt zog Maggie sich zurück und betrachtete ihn. Die Augen, die sie von Anfang an fasziniert hatten, hielten die ihren fest, während Sekunden sich zu einer Minute aneinander reihten. Sie war in dem Nebel und Rauch verloren. Wortlos zog er sie wieder nahe an sich.

Seine Augen auf die ihren gerichtet, fuhr er mit einer Fingerspitze leicht die Form ihres Gesichts nach. Das war das einzige Gesicht, das er jemals wieder sehen musste. Behutsam umkreiste er ihre Lippen. Das waren die einzigen Lippen, die er je wieder kosten musste. Mit einer Sanftheit, die er keiner anderen Geliebten gezeigt hatte, legte er sie zurück. Dies war der einzige Körper, den er je wieder besitzen wollte.

Zärtlichkeit machte sie benommen und schwach. Sein Mund verharrte auf dem ihren. Allein schon der Kuss ließ sie dahinschmelzen. Unter ihr war das Gras kühl, über ihr war die Sonne warm. Maggie ließ sich von Emotionen treiben. Sie schloss die Augen, während seine Lippen über ihr Gesicht wanderten.

War sie je zuvor so berührt worden? Seine Hände strichen über sie, als wäre sie eine Kostbarkeit. Seine Lippen kosteten, als wäre sie eine Delikatesse. Und sie war hilflos gefangen in dem seidigen Netz, das mehr Liebe als Leidenschaft war.

„Cliff ..."

Sie hätte es ihm vielleicht gesagt, hätten seine Lippen nicht die ihren mit einer Sanftheit gefangen genommen, die sie sprachlos machte.

Er hatte nie zuvor ein stärkeres Verlangen verspürt zu genießen. Es war, als könnte jeder Moment zu einer Stunde gestreckt werden, solange sie zusammen in dem duftenden Frühlingsgras lagen. Die Farbe ihrer Wangen war zart. Sonnenlicht spielte auf ihrem Haar. Dem Blick ihrer Augen konnte kein Mann widerstehen, und er drückte deutlicher als Worte aus, dass sie ihm gehörte. Er brauchte sie nur zu begehren. In diesem Bewusstsein bewegte er sich noch langsamer und berührte sie nur noch ehrfürchtiger.

Er entkleidete sie, während seine Küsse sie weiterhin in dem süßen Gefängnis der Lust festhielten. Als sie nackt waren, beobachtete er, wie die Sonne über ihre Haut strömte. Ihre großen, ausdrucksvollen Augen waren halb geschlossen. Er fühlte die Nachgiebigkeit ihres Körpers, als sie mit einem Seufzer ihre Hände hob und ihm beim Ausziehen half.

Das raue, primitive Verlangen, das sie so oft in
ihm entzündete, stieg nicht in ihm hoch. Stattdessen
entlockte sie ihm die sanfteren Gefühle, die er normalerweise zurückhielt. Er wollte nichts weiter, als
ihr Genuss bereiten.

Sanft senkte er die Lippen auf ihre Brust. Er hörte, wie ihr Herzschlag sich beschleunigte, während
er da verharrte, seine Zunge wandern ließ, mit seinen
Zähnen reizte. Die Brustspitze versteifte sich, und
als er sie in den Mund zog, spürte er, wie Maggie erschauerte. Sie strich ihm durch das Haar, als sie sich
in Empfindungen verloren zurücklegte.

Ihr Körper war wie ein Schatz, der vor der Besitz-
ergreifung entdeckt und bewundert werden musste.
Langsam, fast träge ließ er feuchte Küsse und sanfte
Hände über sie wandern und hielt an, wenn er ihre
bebende Reaktion fühlte.

Ihre Schenkel waren schlank und lang und perl-
weiß. Er hielt sich daran auf und trieb sie beide näher
und näher an den Rand heran. Aber jetzt noch nicht.

Maggie hatte längst vergessen, wo sie war. Obwohl ihre Augen halb offen waren, sah sie nichts als
Nebel und Träume. Sie fühlte jedes Streichen seiner
Hand, jedes warme Gleiten seiner Lippen. Sie hörte
sein sanftes Murmeln, ruhige Seufzer, die von ihm
oder ihr kommen mochten. Es gab keinen Grund, je-

254

mals etwas anderes zu fühlen oder zu hören. Langsam und unvermeidlich wurde sie durch die Sanftheit in die Hitze gezogen ... die sie willkommen hieß.

Er fühlte die Veränderung in ihrem Körper, hörte die Veränderung in ihrem Atem. Er fuhr mit dem Mund an ihrem Schenkel höher, beeilte sich aber noch immer nicht. Sie sollte alles bekommen, was er zu geben hatte.

Sie bog sich ihm unter der plötzlichen Heftigkeit ihrer Lust entgegen, erreichte schnell den Gipfel, gab sich selbst auf. Er wollte und verlangte genau das. Bevor sie zur Ruhe kommen konnte, trieb er sie wieder an, bis sie beide erneut von Irrsinn gepackt wurden. Cliff hielt sich zurück, berauscht von dem Wissen, dass er ihr geben konnte, wovon eine Frau nur träumen mochte. Ihr Körper blühte unter Empfindungen auf, die nur er ihr verschaffen konnte. Ihre Gedanken kreisten nur um ihn.

Dieses Bewusstsein genießend, glitt er in sie und nahm sie mit einer Zärtlichkeit, die andauerte und andauerte und andauerte ...

11. KAPITEL

Samstagmorgen. Maggie fand, dass sie hier halb dösend liegen könnte, bis es Samstagnachmittag war. Sie fühlte das Gewicht von Cliffs Arm auf ihrer Taille, seinen warmen Atem an ihrer Wange. Ohne die Augen zu öffnen, schmiegte sie sich an ihn und versank in träger Befriedigung.

Hätte sie gewusst, dass er so sanft sein konnte, hätte sie sich bereitwillig in ihn verliebt. Wie befriedigend war diese Entdeckung nun, nachdem sie ihr Herz fast schon verloren hatte. Er hatte so viel Gefühl in sich. Vielleicht ging er damit vorsichtig um, aber sie konnte ihn viel leichter lieben, da sie nun wusste, dass dieses Gefühl in ihm war und sie es hervorlocken konnte.

Nein, sie wollte keine blumigen Sätze, sondern seine Stabilität. Sie wollte keinen glatten Charme. Wenn eine Frau einen Mann fand, der zu solcher Leidenschaft und zu solcher Zärtlichkeit fähig war, wäre sie eine Närrin gewesen, wenn sie ihn in irgendeiner Weise hätte verändern wollen. Und Maggie Fitzgerald, dachte sie mit einem kleinen zufriedenen Lächeln, ist keine Närrin.

„Warum lächelst du?"

Maggie hob die Lider und blickte direkt in Cliffs Augen, die so wach waren, dass er offenbar schon einige Zeit nicht mehr schlief. Sie versuchte die Nebel wegzublinzeln und lächelte erneut. „Es fühlt sich gut an", murmelte sie und schmiegte sich noch enger an ihn. „Du fühlst dich gut an."

Er strich mit der Hand über ihren Rücken, ihre Hüfte und ihren Schenkel. Ja, es fühlte sich sehr gut an. „Weich", sagte Cliff ruhig. „So weich und glatt." Er rollte sich herum und presste sie auf die Matratze, bis sie lachend eine Beschwerde murmelte. „Machst du Frühstück?" fragte er.

Maggie legte den Kopf auf ihre Hände und erwiderte seinen arroganten Blick mit gleicher Münze. „Du magst meine Kochkünste nicht."

„Ich habe beschlossen, heute Morgen tolerant zu sein."

„Hast du das?" Sie hob eine Augenbraue. „Hab ich vielleicht ein Glück."

„Schlaffer Frühstücksspeck und flüssige Eier", fügte er an, bevor er an ihrem Hals knabberte.

Sie genoss das Kratzen seiner Bartstoppel. „Was?"

„Ich mag meinen Speck nicht zu knusprig und meine Eier nicht zu fest."

Seufzend schloss sie die Augen, während er den Puls an ihrer Kehle küsste. Sie wollte diesen Moment festhalten, ihn einsperren, um ihn wieder hervorholen zu können, wann immer sie sich zufrieden fühlen wollte. „Ich mag meinen Speck so knusprig, dass er krümelt, und Eier mag ich überhaupt nicht."

„Sie sind gut für dich." Cliff strich mit seinen Lippen an ihrem Hals hoch und knabberte an ihrem Ohr. „Davon könntest du etwas Fleisch auf die Rippen bekommen."

„Klagen?"

„Oh nein." Er strich wieder nach oben, so dass seine Finger ihre Brust seitlich streiften. „Obwohl du zur Magerkeit neigst. Wir könnten dich mit drei richtigen Mahlzeiten pro Tag und etwas Training aufbauen."

„Niemand braucht drei Mahlzeiten pro Tag", begann sie ein wenig von oben herab. „Und was das Training angeht ..."

„Tanzt du gern?"

„Ja, aber ich ..."

„Nicht gerade viele Muskeln." Er kniff sie in den Arm. „Wie sieht es mit deiner Ausdauer aus?"

Sie warf ihm einen sinnlichen Blick zu. „Das solltest du wissen."

Lachend presste er die Lippen auf ihre. „Du hast einen sehr schnellen, sehr verdorbenen Verstand."

„Danke."

„Also, zum Tanzen. Warst du jemals bei einem Kontertanz?"

„Einem was?"

„Dachte ich es mir." Er schüttelte den Kopf und drehte sich so, dass er mitleidig auf sie herunterblicken konnte. „Ein ländlicher Tanz, Maggie."

Sie zog die Augenbrauen zusammen. „Squaredance?"

„Nein." Cliff zog sie in sitzende Stellung hoch. „Squaredance ist formeller, reglementierter als Country Dancing, obwohl es auch dabei traditionelle Musik und einen Rufer gibt."

Maggie strich mit dem Finger über seine Brust. „Wirbel den Partner herum und hopsasa?"

„Unter anderem ..."

Maggie legte die Hände um seinen Hals und ließ den Kopf nach hinten sinken, damit sie ihn unter gesenkten Wimpern hervor ansehen konnte. „Das ist alles sicher sehr faszinierend, aber ich weiß nicht, warum wir so viel reden, wenn du mich küssen könntest."

Als Antwort gab er ihr einen langen, sengenden Kuss, der ihr den Atem raubte. „Weil ich mit dir tanzen gehen will."

Zufrieden seufzend genoss Maggie das Gefühl, wie ihr Blut zu sieden begann. „Wo und wann?"

„Heute Abend, im Park vor der Stadt."

„Heute Abend?" Sie öffnete ein Auge. „Tanz im Park?"

„Das ist Tradition. Eine Feier zum Gründungstag zusammen mit dem Frühlingsfest. Es gibt Tanz bis Mitternacht, dazu ein Essen. Danach ..." Er legte die Hand auf ihre Brust und genoss es, wie ihre Augen sich verschleierten, als er mit seiner Fingerspitze über die Brustknospe strich. „Danach gibt es Tanz für jeden, der durchhält, bis zum Morgengrauen."

„Bis zum Morgengrauen?" Fasziniert und bereits hoffnungslos erregt, wand Maggie sich unter ihm.

„Ich denke, du hast schon früher bis zum Morgengrauen getanzt."

Er hatte das Falsche gesagt oder den verkehrten Ton angeschlagen. Jedenfalls verkrampfte sich ihr Körper. Nein, er wollte ihre Differenzen jetzt nicht zur Sprache bringen. Er streckte sich neben ihr aus und zog sie in die Arme. „Wir könnten den Sonnenaufgang beobachten", murmelte er. „Und das Erlöschen der Sterne."

Sie lag still neben ihm, aber ihr Verstand war jetzt klar. Die Zweifel waren zurückgekehrt. „Du hast mir bisher nichts davon erzählt."

„Ich dachte mir, dass du nicht besonders an Country Dancing interessiert bist. Aber ich habe eingesehen, dass ich mich getäuscht habe."

Das war eine andere Art von Entschuldigung. Maggie nahm sie genauso leicht an wie die erste. Sie lächelte wieder und neigte den Kopf zurück. „Bittest du mich um eine Verabredung?"

Er mochte es, wenn ihre Augen halb neckend, halb herausfordernd aufleuchteten. „Sieht so aus."

„Sehr gern."

„In Ordnung." Ihr Haar fiel ihr auf die Schultern. Abwesend schlang er die Enden um seine Hand. „Also, was ist nun mit dem Frühstück?"

Sie senkte lächelnd ihre Lippen auf seinen Mund. „Damit warten wir bis zum Mittagessen."

Maggie wusste nicht, was auf sie wartete, aber sie freute sich auf den Abend. Vielleicht war es ein kleines Fest mit Blechmusik und warmer Limonade in Pappbechern. Sie erwartete nicht, besonders beeindruckt zu sein. Sie erwartete ganz sicher nicht, bezaubert zu sein.

Die Wagenkolonne auf der gewundenen Zufahrtsstraße zu dem Park überraschte sie. Sie hatte angenommen, die meisten Leute in der Stadt würden einfach zu Fuß gehen. Sie erwähnte es Cliff gegenüber, und er zuckte nur die Schultern und quetschte seinen Pick-up hinter einen gelben Kleinbus.

„Die Leute kommen aus dem ganzen County und sogar aus Washington und Pennsylvania."

„Wirklich?" Sie stieg aus dem Pick-up. Es war eine warme, klare Nacht. Die Sonne ging gerade unter. Maggie legte ihre Hand in Cliffs Hand und spazierte mit ihm den Hügel hinauf.

Die Sonne sank tiefer hinter die Berge im Westen. Maggie hatte großartige Sonnenuntergänge am Meer erlebt und war von den Farben und dem Leuchten der Sonnenuntergänge in den schneebedeckten Alpen beeindruckt gewesen. Sie hatte gesehen, wie die Wüste in der Abenddämmerung vor Farben vibrierte und Städte im Zwielicht glühten. Doch irgendwie war sie tiefer berührt, als sie die goldenen, malvefarbenen und rosa Schichten über den Vorbergen eines großartigen Gebirges betrachtete. Vielleicht war es albern, vielleicht war es schwärmerisch, aber sie fühlte sich diesem Ort mit dem Einbruch der Nacht verbundener als je zuvor irgendeinem anderen. Impulsiv schlang sie die Arme um Cliffs Hals und hielt ihn an sich gedrückt.

Lachend legte er seine Hände an ihre Hüften. „Wofür ist das?"

„Es fühlt sich gut an."

Mit einem Knall barst die Stille, und die Musik brach los. Als Musikerin erkannte sie jedes einzelne

Instrument – Violine, Banjo, Gitarre, Piano. Als Musikliebhaberin schnellte ihre Erregung hoch.

„Das ist fantastisch!" rief sie aus und löste sich rasch von Cliff. „Absolut fantastisch. Schnell, das muss ich sehen!" Maggie packte seine Hand und jagte den Rest des Weges den Hügel hinauf.

Ihr erster Eindruck war der von zweihundert, vielleicht zweihundertfünfzig Leuten, die sich in einem Pavillon drängten. Dann sah sie, dass sie in Reihen Aufstellung genommen hatten, in Reihen zu sechst, nein, zu acht, wie sie nach einer schnellen Zählung erkannte. Eine Reihe Männer stand einer Reihe Frauen gegenüber und so weiter, bis kein Platz mehr blieb. Und sie bewegten sich zu der Musik in einer Choreografie, die gleichzeitig verwirrend und fließend wirkte.

Einige Frauen trugen Röcke, die flogen, wenn sie sich vorbeugten oder schwenkten oder herumwirbelten. Andere trugen Jeans. Die Kleidung der Männer war keineswegs formeller als die der Frauen. Manche trugen Turnschuhe, die meisten feste schwarze Lederschuhe, wieder andere orientalische Sandalen. Alle bewegten sich. Petticoats blitzten, Fersen stampften, Lachen ertönte.

Eine Frau stand am Rand einer kleinen hölzernen Bühne vor der Band und rief Anweisungen in einem singenden Tonfall. Maggie verstand zwar die meisten Worte nicht, aber sie verstand Rhythmus. Es reizte sie bereits, es selbst auszuprobieren.

„Aber wie wissen die Leute, was zu tun ist?" fragte sie. „Wie verstehen sie die Frau?"

„Es ist eine Bewegungsfolge, die sich immer wiederholt", erklärte Cliff. „Wenn du die Abfolge erst einmal begriffen hast, brauchst du nicht einmal mehr einen Rufer. Das ist dann nur noch ein Zusatz."

Maggie konzentrierte sich auf ein Paar und zählte die Takte mit, bis sie die Schrittfolge herausgefunden hatte.

Als die Sonne noch tiefer sank, fiel das Licht der Lampen, die über den Köpfen aufgehängt waren, auf die Tänzer. Der Boden vibrierte unter Maggies Füßen. Mit Cliffs Arm um sie gelegt, betrachtete sie die Tänzer. Sie erkannte die Postangestellte. Die eher streng wirkende Frau mittleren Alters wirbelte wie ein Derwisch herum und flirtete wie ein junges Mädchen.

Flirten gehörte dazu, Blickkontakt, viel versprechendes Lächeln. Der Tanz war, wie Tänze stets gewesen waren, eine Art Paarungsritual.

Als die Musik endete, stimmte Maggie in den heftigen Beifall ein. Lachend packte sie Cliffs Hand.

„Ich muss den nächsten Tanz ausprobieren, selbst wenn ich mich blamiere!"

„Achte einfach auf die Rufe und folge der Musik", sagte er schlicht, als sich die Reihen wieder formten. „Sie gehen immer einmal den Tanz durch, bevor die Musik beginnt."

Sie lauschte auf die nächste Tanzsequenz, auch wenn sie nicht einmal die Hälfte der Ausdrücke der Ruferin verstand. Während Cliff sie langsam durch die Schritte führte, genoss sie das Gefühl der Kameradschaft und das Fehlen von Hemmungen um sie herum.

Obwohl sie spürte, dass sie interessiert beobachtet wurde, ließ sie sich davon nicht stören. Die Leute hatten ein Recht dazu, war es doch immerhin die erste Veranstaltung, an der sie teilnahm, und ihr Partner war ein Mann, den jeder zu kennen schien.

„Die Nummer heißt ‚Whisky vor dem Frühstück'!" verkündete die Ruferin. „Wenn ihr das schon versucht habt, wisst ihr, dass es euch nicht so gut tut wie das Tanzen." Sie stampfte mit dem Fuß auf der Plattform, eins, zwei, drei, und die Musik setzte ein.

Der Tanz war schnell und ausgelassen. Als Cliff sie zum ersten Mal herumwirbelte, fühlte Maggie den Lufthauch auf ihrem Gesicht und lachte.

„Sieh auf meine Augen", warnte er. „Sonst wird dir so schwindlig, dass du nicht mehr stehen kannst."

„Das gefällt mir!" rief sie zurück und dann „Hoppla!", als sie den nächsten Schritt ausließ und sich beeilen musste, um mit dem Rest der Reihe mitzuhalten.

Sie störte sich weder an der Verwirrung noch an der Menschenmenge. Schultern stießen zusammen, Füße verhakten sich, sie wurde um die Taille gepackt, als sie von Leuten herumgewirbelt wurde, die sie noch nie kennen gelernt hatte. Teenager tanzten mit Großmüttern. Ladys in Rüschenkleidern wirbelten mit Männern in Jeans herum. Als Cliff sie packte und sie in engen Kreisen drehte, wusste sie, dass sie stundenlang so hätte tanzen können.

„Das war es", sagte er lachend, als sie sich an ihn klammerte.

„Schon?" Sie war atemlos, aber noch lange nicht am Ende. „Es war wunderbar, aber zu kurz. Wann tanzen wir wieder?"

„Jederzeit, wann du willst."

„Jetzt", erklärte sie und reihte sich wieder ein.

Der Tanz begann, und als sie sich ihrem nächsten Tanzpartner zuwandte, wurde ihre Hand von Stan Agee gepackt. Ohne seinen Stern und seinen Revolver wirkte er wie ein attraktiver Sportler. Aus einem Grund, den Maggie nicht erklären konnte, spannte sie sich bei seiner Berührung an.

„Freut mich, Sie hier zu sehen, Miss Fitzgerald."

„Danke." Entschlossen, ihrer Stimmung nicht nachzugeben, lächelte sie und hob eine Hand an seine Schulter, als er herumzuwirbeln begann. Sie fing seinen Duft auf, das vertraute Kaufhaus-Rasierwasser, aber es besänftigte sie nicht.

„Sie begreifen schnell."

„Es ist wunderbar. Ich kann gar nicht glauben, dass ich das mein Leben lang versäumt habe." Aus den Augenwinkeln sah sie, wie Cliff sich mit Joyce drehte. Die Spannung wollte sich nicht lösen.

„Reservieren Sie einen Tanz für mich", bat er, bevor sie sich für den nächsten Schritt ihren ursprünglichen Partnern zuwandten.

Im gleichen Moment, als Cliff sie berührte, fühlte er die Starre in Maggies Muskeln.

„Was ist los?"

„Nichts." Es ist nichts, sagte Maggie sich, weil sie es nicht erklären konnte. Aber als sie jetzt von einem Paar Arme zum nächsten wanderte, begriff sie, dass sie jedes Mal mit einem Mörder tanzen könnte. Woher sollte sie es wissen? Es hätte jeder sein können – der Grundstücksmakler, der ihr das Haus verkauft hatte, der Metzger, der ihr erst gestern die Schweine-koteletts empfohlen hatte, die Postangestellte, der Mann vom Bankschalter. Woher sollte sie es wissen?

Maggies Gedanken begannen herumzuwirbeln. Für einen Moment traf ihr Blick auf Lieutenant Rei-kers Augen, der am Rand der Fläche stand und be-obachtete. Warum ist er hier, fragte sie sich, als sie wieder gepackt und gedreht wurde. Vielleicht beob-achtete er sie. Aber warum? Wollte er sie beschüt-zen? Wovor?

Dann war sie wieder in Cliffs Armen. Der Lieute-nant tat nur seinen Job, erinnerte sie sich selbst. Aber wie sehr sie wünschte, dass er ginge!

Da war Louella, die durch den Tanz zu schweben schien. Sie besaß die Anmut einer natürlichen Tänze-rin. Und sie besaß verhaltene Würde. Es bereitete Maggie Unbehagen, weil sie fühlte, dass unter dieser Zurückhaltung etwas um Befreiung kämpfte.

Ich bilde mir nur etwas ein, hielt sie sich vor, aber das Unbehagen blieb. Sie wurde beobachtet, das wusste sie. Von Reiker? Stan Agee? Joyce? Louella? Von jedermann. Alle hatten William Morgan ge-kannt. Sie war die Außenseiterin, die entdeckt hatte, was ein Jahrzehnt tot und begraben gewesen war. Die Logik wies darauf hin, dass mindestens eine Per-son ihr das übel nahm, vielleicht sogar alle.

Plötzlich war die Musik zu laut, die Schrittfolge zu schnell und die Luft zu überlastet von Gerüchen.

Dann wurde Maggie von Bogs kurzen, drahtigen Armen aufgefangen und in einem atemberaubenden Tempo gedreht.

„Sie können gut wirbeln, Miss Maggie", rief er grinsend und zeigte mehrere Zahnlücken. „Teuflisch gut!"

Sie blickte in das freundliche, faltige Gesicht und grinste ihrerseits. Niemand nahm ihr etwas übel. Warum auch? Sie war nicht in eine zehn Jahre alte Tragödie verwickelt. Es wurde Zeit, dass sie aufhörte, unter die Oberfläche zu blicken, und die Dinge akzeptierte, wie sie sie sah. „Ich liebe es, herumzuwirbeln!" rief sie Bog zu. „Ich könnte stundenlang herumwirbeln!"

Er lachte abgehackt und gab sie für die nächste Sequenz frei. Die Musik steigerte sich, wirkte jedoch nicht mehr zu laut. Das Tempo beschleunigte, aber Maggie hätte schneller und schneller tanzen können. Als es vorbei war, hielt sie lachend die Arme um Cliffs Hals verschränkt.

Jetzt war keine Spannung mehr in ihr, aber sie war da gewesen. Cliff glaubte den Grund zu verstehen. Bewusst steuerte er Maggie von den Agees und Louella weg. „Ich könnte ein Bier brauchen."

„Klingt perfekt. Ich möchte mir aber noch einen Tanz ansehen."

„Willst du etwa auch ein Bier?"

Maggie zog eine Augenbraue hoch. „Darf ich vielleicht nicht?"

Er zuckte die Schultern und gab einem Mann in einem Overall einen Dollar. „Du siehst nicht wie ein Biertyp aus."

„Du ordnest zu schnell nach Typen ein", entgegnete Maggie und sah zu, wie das Bier aus einem Holzfass in Pappbecher gezapft wurde.

„Vielleicht", murmelte Cliff und trank den Schaum. „Amüsierst du dich gut?"

„Ja." Sie lachte ihn über den Rand an. Das Bier war lauwarm, aber es war wenigstens nass. Ihr Fuß klopfte bereits den Rhythmus. Jetzt spielte auch eine Mandoline mit. Es klang wunderbar altmodisch.

Cliff lehnte sich gegen die Mauer. „Ich hätte nicht gedacht, dass du dich hier bewegst, als wärst du hineingeboren worden."

Sie senkte ihren halb leeren Becher. „Wann wirst du aufhören, mich in einen schimmernden Glaskäfig zu stellen, Cliff? Ich bin keine zarte Treibhauspflanze und kein verwöhntes Hollywood-Biest. Ich bin Maggie Fitzgerald, und ich schreibe Musik."

Sein Blick hing lange an ihr, während um sie beide

herum die Musik pulsierte. „Ich glaube, ich weiß, wer du bist." Er strich mit der Hand über ihre Wange. „Ich glaube, ich kenne Maggie Fitzgerald. Nur wäre es vielleicht für uns beide sicherer gewesen, wärst du in diesem Glaskäfig geblieben."

Sie fühlte Hitze in sich hochsteigen. Nur eine einzige Berührung reichte aus. „Wir müssen abwarten, nicht wahr?" Sie stieß mit ihrem Pappbecher gegen den seinen. „Auf ein neues Verständnis?"

„In Ordnung." Er legte seine Hand an ihr Kinn, bevor er sie küsste. „Wir versuchen es."

„Miss Fitzgerald?"

Maggie drehte sich um und sah einen kleinen Mann Anfang Zwanzig vor sich, der einen Filzhut zwischen seinen Händen drehte. Bis zu diesem Moment hatte sie sich so auf Cliff konzentriert, dass sie nicht bemerkt hatte, dass die Musik aufgehört hatte. „Sie sind der Klavierspieler." Ihre Augen leuchteten auf. „Sie sind wunderbar."

Vorher war er nervös gewesen, jetzt war er überwältigt. „Ich ... danke", brachte er stammelnd hervor. Seine ganze Seele lag in seinen Augen. „Ich konnte es gar nicht glauben, als ich hörte, dass Sie hier sind."

„Ich lebe hier", erklärte sie schlicht.

„Miss Fitzgerald ..." Der Klavierspieler zerquetschte die Hutkrempe zwischen den Fingern, war zwischen Freude und Nervosität zerrissen. „Ich wollte Ihnen nur sagen, wie großartig es ist, Sie hier zu haben. Wir wollen Sie gar nicht drängen, aber wenn Sie etwas für uns spielen wollten, irgendetwas ..."

„Ich kenne die Songs nicht", erwiderte sie und trank ihr Bier aus. „Trauen Sie mir eine Improvisation zu?"

Er lachte ungläubig auf. „Machen Sie Witze?"

Lachend gab sie Cliff den Becher. „Halt das!"

Er lehnte sich kopfschüttelnd gegen die Mauer, als sie mit dem Klavierspieler zur Bühne ging. Sie hatte die Gewohnheit, Befehle zu erteilen, fand er. Dann dachte er an die Bewunderung in den Augen des jungen Mannes. Vielleicht war es das wert.

Maggie spielte eine Stunde und entdeckte, dass es genauso viel Spaß machte, die Musik zu spielen, wie dazu zu tanzen. Sie genoss die Herausforderung der nicht vertrauten Musik und den freien Stil. Noch bevor sie mit der zweiten Nummer fertig war, beschloss sie, selbst eine zu schreiben.

Von der Bühne aus konnte sie die Tänzer überblicken. Sie sah wieder Louella mit Stan als Partner. Automatisch suchte sie die Menge nach Joyce ab und fand sie, Cliff zugewandt. Als hätte sie gewusst, wo er war, wurde ihr Blick nach links zu Reiker gezogen, der an seinem Pfosten lehnte, rauchte und die Tänzer beobachtete. Wen, fragte sich Maggie. Wen beobachtet er? Die Reihen verschmolzen miteinander und veränderten sich, und Maggie war sich ihrer Sache nicht sicher, aber die Richtung seines Blicks ging zu Stan mit Louella und Cliff mit Joyce.

Falls er in einem von ihnen einen Mörder sah, zeigte es sich nicht in seinen Augen. Sie blickten ruhig und unverwandt und erzeugten ein flaues Gefühl in Maggies Magen. Bewusst wandte sie den Kopf ab und konzentrierte sich auf die Musik.

„Ich hatte nicht erwartet, meine Partnerin an ein Klavier zu verlieren", sagte Cliff, als die Musik wieder eine Pause machte.

Maggie bedachte ihn mit einem skeptischen Blick. „Was das angeht, scheinst du keinen Mangel gelitten zu haben."

„Ein allein stehender Mann ist in dieser Gegend eine leichte Beute." Er packte sie bei der Hand und zog sie auf die Beine. „Hungrig?"

„Ist es schon Mitternacht?" Maggie presste die Hand auf ihren Magen. „Ich bin am Verhungern."

Sie häuften sich große Portionen auf ihre Teller, obwohl es so dunkel war, dass man unmöglich erkennen konnte, was man aß, bis man es kostete. Sie saßen unter einem Baum im Gras und plauderten lässig mit den Leuten, die vorbeikamen. Es war einfach, fand Maggie. Es waren Leute, die von Musik an einen Ort gelockt worden waren. Erneut verspürte sie freundschaftliche Verbundenheit. Sie lehnte sich zurück und ließ den Blick über die Menge gleiten.

„Ich sehe Louella nicht."

„Stan wird sie heimgebracht haben", sagte Cliff zwischen zwei Bissen. „Sie bleibt nie länger als bis Mitternacht. Er wird allerdings wiederkommen."

„Mmm." Maggie kostete etwas, das sich als Waldorf-Salat entpuppte.

„Miss Fitzgerald."

Maggie legte ihre Gabel weg, als Reiker sich neben sie kauerte. „Lieutenant."

„Ihr Spiel hat mir gefallen."

„Freut mich. Ich habe Sie nicht tanzen gesehen."

„Mich?" Er lächelte verlegen. „Ich tanze nicht. Meine Frau wollte gern herkommen."

Maggie entspannte sich. Eine schlichte, unschuldige Erklärung. „Die meisten Leute, die Musik mögen, tanzen auch gern."

„Ich würde es gern, aber meine Füße nicht." Sein Blick wanderte zu Cliff. „Ich möchte Ihnen für Ihre Kooperation danken. Könnte uns helfen, ein paar lose Enden miteinander zu verbinden."

„Gern geschehen", erwiderte Cliff brüsk. „Wir alle möchten, dass die Sache abgeschlossen wird."

Reiker nickte und stand mit einiger Mühe auf. „Hoffentlich spielen Sie noch mehr, Miss Fitzgerald."

Sobald er weg war, stieß Maggie den Atem aus. „Was hat er mit Kooperation gemeint?"

„Ich habe Kontakt zu meiner Mutter aufgenommen. Sie kommt am Montag, um eine Aussage zu machen."

„Verstehe. Das muss schwer für sie sein."

„Nein." Cliff tat es mit einem Schulterzucken ab. „Es ist zehn Jahre her. Es liegt hinter ihr. Es liegt hinter uns allen", fügte er ruhig hinzu. „Einen ausgenommen."

Maggie schloss schaudernd die Augen. Sie wollte jetzt nicht daran denken. „Tanz mit mir", bat sie, als die Musiker ihre Instrumente zu stimmen begannen. „Es sind noch Stunden bis zur Morgendämmerung."

Sie wurde nicht müde, auch nicht, als der Mond unterging. Die Musik und die Bewegung boten ihr ein Ventil für ihre Nervosität. Manche Tänzer verschwanden, andere wurden ausgelassener, je länger die Nacht dauerte. Und die Musik hörte nie auf.

Als sich der Himmel erhellte, waren nur noch etwa hundert Tänzer auf den Beinen. Es lag etwas

Mystisches, Machtvolles darin zu beobachten, wie die Sonne hinter den Bergen aufging, während die Musik durch die Luft schwebte. Als das Licht des neuen Tages sich rosig färbte, erklang der letzte Walzer.

Cliff nahm Maggie in die Arme und drehte sich mit ihr auf der Tanzfläche. Er fühlte, wie das Leben in ihr vibrierte, erregend, stark. Wenn sie erst aufhört, dachte er, während er sie näher an sich zog, wird sie stundenlang schlafen.

Sie bewegte sich mit ihm, eng an ihn geschmiegt. Ihr Herzschlag war gleichmäßig, ihr Haar weich. Er sah zu, wie sich die Farben über den östlichen Bergen ausbreiteten. Dann neigte Maggie ihren Kopf nach hinten und lächelte ihn an.

Und als er erkannte, dass er sie liebte, war Cliff verwirrt und sprachlos.

12. KAPITEL

*M*aggie hätte Cliffs abrupten Rückzug bemerkt, wäre sie nicht so von der Nacht und der Musik erfüllt gewesen. „Ich könnte noch stundenlang tanzen."

„Du wirst schon schlafen, noch bevor wir heimkommen", erwiderte Cliff und achtete darauf, sie nicht zu berühren. Er musste verrückt sein, sich in eine Frau wie sie zu verlieben. Sie konnte sich nicht entscheiden, ob sie tapezieren oder kacheln wollte. Sie erteilte Befehle. Sie trug Seide unter ihrer Jeans. Er musste verrückt sein.

Jetzt stieg sie neben ihm in seinen Pick-up und schmiegte den Kopf an seine Schulter, als würde er dorthin gehören. Und er gehörte dorthin. Obwohl es ihm nicht leicht fiel, es zu akzeptieren, legte Cliff den Arm um sie und zog sie näher an sich heran. Sie gehörte hierher.

„Ich weiß gar nicht, wann ich mich je so gut unterhalten habe." Nur mit bloßer Willenskraft hielt Maggie die Augen offen. Sie gähnte ausgiebig. „Es hat Spaß gemacht, heute zu spielen. Normalerweise spiele ich nie selbst, aber ich werde C.J.'s Rat befolgen und selbst den Titelsong für ‚Heat Dance' machen. Es ist ein Kompromiss, eine Aufnahme und kein Auftritt." Während ihr Kopf schwer wurde, bemerkte sie, dass sie auf ihre Straße einbogen. „Ich muss für die Aufnahme für ein paar Tage nach L.A. fliegen, was C.J. begeistern wird." Sie lachte schläfrig. „Er wird jeden Trick einsetzen, um mich an einer Rückkehr zu hindern."

Cliff verspürte Panik. Er hielt am Ende der Zufahrt und zog die Handbremse an. „Ich will, dass du mich heiratest!"

„Was?" Im Halbschlaf schüttelte Maggie den Kopf, weil sie sicher war, falsch verstanden zu haben.

„Ich will, dass du mich heiratest", wiederholte Cliff und ergriff sie an den Schultern. „Es ist mir egal, ob du ein Dutzend Songs aufnimmst. Du wirst mich heiraten, bevor du nach Kalifornien fliegst."

Zu sagen, dass sie verblüfft war, wäre eine ungeheure Untertreibung gewesen. Maggie starrte ihn an, als hätte einer von ihnen den Verstand verloren. „Ich bin im Moment wohl ein wenig benebelt", murmelte sie. „Hast du gesagt, dass du mich heiraten willst?"

„Du weißt verdammt genau, was ich gesagt habe." Die Angst, sie zu verlieren, nachdem er gerade erst erkannt hatte, dass er ohne sie nicht leben konnte, war zu viel. Er konnte nicht ruhig sein. Er konnte nicht vernünftig sein. Er konnte sie nicht ohne einen Schwur, dass sie wiederkommen würde, gehen lassen. „Du fliegst nicht nach Kalifornien, wenn du mich nicht heiratest."

Maggie zog sich zurück. „Sprichst du davon, dass ich eine Aufnahme mache, oder sprechen wir von Heirat? Das eine hat mit dem Geschäft, das andere mit meinem Leben zu tun."

Frustriert zog Cliff sie wieder an sich. „Von jetzt an ist dein Leben meine Sache."

„Nein." Das klang zu vertraut. „Nein, ich will niemanden, der auf mich aufpasst, wenn du das meinst. Ich werde diese Verantwortung nicht noch einmal übernehmen – oder diese Schuld."

„Ich weiß nicht, wovon du sprichst, zum Teufel", explodierte Cliff. „Ich sage dir, dass du mich heiraten wirst."

„Genau das ist es. Du hast mir nichts zu sagen!" Sie riss sich los, und die Schläfrigkeit in ihren Augen verwandelte sich in Feuer. „Jerry sagte mir, wir würden heiraten, und ich bin mitgelaufen, weil es richtig erschien. Er war mein bester Freund. Er hatte mir über den Tod meiner Eltern hinweggeholfen. Er hatte mich ermutigt, wieder zu schreiben. Er wollte sich um mich kümmern." Maggie strich sich durch das Haar. „Und ich habe ihn gewähren lassen, bis es bergab ging und er nicht einmal auf sich selbst aufpassen konnte. Ich konnte ihm nicht helfen. Das

279

kann ich nicht noch einmal durchmachen, Cliff. Ich lasse mich nicht wieder in diesen Glaskäfig sperren."

„Es hat nichts mit deiner ersten Ehe zu tun und erst recht nichts mit Käfigen", entgegnete Cliff kurz angebunden. „Du kannst verdammt gut auf dich selbst aufpassen, aber du wirst mich heiraten."

Ihre Augen zogen sich zu Schlitzen zusammen. „Warum?"

„Weil ich es dir sage."

„Falsche Antwort." Wie der Blitz war sie aus dem Pick-up und knallte die Tür zu. „Du kannst dich ab-kühlen oder ausschlafen oder was immer du willst", erklärte sie ihm kühl. „Ich gehe ins Bett." Sie drehte sich auf dem Absatz um und stieg die wackeligen Stufen zu ihrer Haustür hinauf. Als sie den Türknauf drehte, hörte sie seinen Pick-up den Berg hinunter-fahren.

Soll er doch, sagte Maggie sich. Wenn ein Mann sich einbildete, einer Frau die Heirat befehlen zu können, hatte er nichts anderes verdient. Wenn er sie wollte, wenn er sie wirklich wollte, musste er es viel besser machen.

Ich liebe dich. Sie lehnte den Kopf an die Tür und sagte sich, dass sie nicht weinen würde. Diese drei Worte waren alles, was er hätte sagen müssen.

Warum bellt der Hund nicht, fragte sie sich, als sie

die Tür wieder schloss. Großartiger Wachhund. Verärgert wandte sie sich zur Treppe, plante ein heißes Bad und einen langen Schlaf, als ein Geruch sie stoppte. Kerzenwachs, dachte Maggie verwirrt. Und Rosen? Seltsam, dachte sie. Ihre Einbildungskraft war gut, aber nicht so gut, um Gerüche heraufzubeschwören. Sie ging zum Wohnzimmer und blieb in der Tür stehen.

Louella saß sehr gerade und steif in einem Lehnstuhl. Ihre Hände waren säuberlich im Schoß auf demselben nebelgrauen Kleid gefaltet, das sie zum Tanz getragen hatte. Ihre Haut war so blass, dass die Ringe unter ihren Augen wie Blutergüsse aussahen. Die Augen schienen durch Maggie hindurchzustarren. Auf dem Tisch neben ihr brannten Kerzen, jetzt fast nur noch Stummel. Das Wachs war am unteren Ende der Halter erstarrt. Eine Vase mit frischen Rosen stand daneben, so dass die Brise, die zum offenen Feuer hereinstrich, den Duft durch den Raum trug.

Nach dem ersten Schock versuchte Maggie ihre Gedanken zu ordnen. Von Anfang an war ziemlich klar gewesen, dass Louella nicht ganz gesund war. Man musste sie sanft behandeln. Maggie näherte sich ihr wie einem verletzten Vogel.

„Mrs. Morgan", sagte sie leise und legte vorsichtig eine Hand auf ihre Schulter.

„Ich habe Kerzenschein immer geliebt." Louella sprach mit ihrer ruhigen, leisen Stimme. „So viel schöner als eine Lampe. Ich habe abends oft Kerzen angezündet."

„Sie sind schön." Maggie hielt ihren Ton sanft, als sie sich neben die Frau kniete. „Aber jetzt ist es Morgen."

„Ja." Louella blickte ausdruckslos auf das von Sonnenlicht erfüllte Fenster. „Ich bleibe oft nachts wach. Ich mag die Geräusche. Die Wälder machen nachts Musik."

„Kommen Sie oft nachts hierher, Mrs. Morgan?" fragte Maggie vorsichtig.

„Manchmal fahre ich", sagte sie verträumt. „Manchmal, wenn die Nacht so klar und warm ist wie heute, gehe ich zu Fuß. Als Mädchen bin ich viel zu Fuß gegangen. Joyce lief schon als Baby auf den Waldwegen."

Maggie befeuchtete ihre Lippen. „Kommen Sie nachts oft hierher zurück, Mrs. Morgan?"

„Ich weiß, ich sollte fortbleiben. Joyce hat mir das immer gesagt. Aber ..." Louella seufzte. „Sie hat Stan. Er ist so ein guter Mann. Das ist Ehe, wissen Sie. Liebe und Sorge füreinander."

„Ja." Hilflos sah Maggie zu, wie Louellas Hände unruhig wurden.

„William war kein liebevoller Mann. Ich wollte, dass Joyce einen liebevollen Mann hat, einen wie Stan." Sie schloss die Augen und atmete flach.

Maggie wollte die Agees anrufen und versuchte aufzustehen, als sich Louellas Hand um ihre legte.

„Ich bin ihm in jener Nacht hierher gefolgt", flüsterte sie. Jetzt waren ihre Augen voll auf sie gerichtet.

Maggies Mund wurde trocken. „Sie sind ihm gefolgt?"

„Ich wollte nicht, dass etwas passiert. Joyce liebte ihn so."

Maggie bemühte sich, ihre Stimme leise zu halten. „Sie sind Ihrem Mann hierher gefolgt?"

„William war hier", sagte Louella. „Er war hier, und er hatte das Geld. Ich wusste, dass er etwas Schreckliches tun würde, etwas, mit dem er durchgekommen wäre, weil er eben so war. Damit musste Schluss sein." Ihre Finger spannten sich krampfhaft um Maggies Hand und entspannten sich genauso abrupt, als ihr Kopf zurücksackte. „Natürlich konnte das Geld nicht mit ihm begraben werden. Ich dachte, nein, wenn sie ihn finden, sollten sie nicht das Geld finden. Also habe ich es versteckt."

„Hier", brachte Maggie hervor. „Auf dem Dachboden."

„In dem Schrankkoffer. Ich habe es völlig vergessen." Müdigkeit durchzog Louellas Stimme. „Ich habe es vergessen, bis vor ein paar Wochen die Erde aus dem Graben ausgehoben wurde. Ich kam her und nahm das Geld heraus und habe es verbrannt, wie ich es schon vor zehn Jahren hätte verbrennen sollen."

Maggie blickte auf die zierliche Hand hinunter. Konnte diese Hand den Abzug betätigen? Eine Kugel in einen Menschen abfeuern? Maggie richtete den Blick auf Louellas Gesicht und sah, dass es jetzt im Schlaf ruhig wirkte.

Was mache ich bloß, fragte sich Maggie. Die Polizei rufen? Nein, das konnte sie nicht. Sie musste Joyce anrufen.

Sie ging ans Telefon und ließ sich von der Vermittlung Joyces Nummer geben. Es meldete sich niemand. Seufzend blickte Maggie über ihre Schulter ins Wohnzimmer auf die schlafende Louella. So sehr sie es hasste, aber sie musste Lieutenant Reiker anrufen. Als sie ihn auch nicht erreichte, hinterließ sie eine Nachricht in seinem Büro.

Als sie in das Wohnzimmer zurückkam, rang Maggie nach Luft, als sich ihr eine Gestalt näherte. „Oh, Sie haben mich erschreckt."

„Tut mir Leid." Stan blickte besorgt von Maggie

zu seiner Schwiegermutter. „Ich bin durch die Hintertür hereingekommen. Der Hund schläft fest in der Küche. Könnte sein, dass Louella ihm eine halbe Schlaftablette gegeben hat, um ihn still zu halten."

„Oh." Maggie tat instinktiv einen Schritt Richtung Küche.

„Es geht ihm gut", versicherte Stan.

„Sheriff – Stan, ich wollte Sie gerade anrufen. Ich glaube, Louella war den Großteil der Nacht hier."

„Tut mir Leid." Er rieb sich die müden Augen. „Seit diese Sache angefangen hat, ist es ihr immer schlechter gegangen. Joyce und ich, wir wollen sie nicht in ein Heim geben."

„Nein." Besorgt berührte sie seinen Arm. „Aber sie hat mir erzählt, dass sie nachts herumwandert und ..." Konnte sie es ihm erzählen? Er war ihr Schwiegersohn, aber er war auch der Sheriff. Sein Stern und sein Revolver erinnerten sie daran.

„Ich habe gehört, was sie Ihnen erzählt hat, Maggie."

Ihre Augen füllten sich mit Mitgefühl. „Was sollen wir machen? Sie ist so zerbrechlich. Aber wenn sie geschossen hat ..."

„Ich weiß nicht." Stan betrachtete Louella. „Was sie Ihnen erzählt hat, braucht nicht wahr zu sein."

„Aber es ergibt einen Sinn", erklärte Maggie. „Sie

wusste von dem Geld. Sie hatte es im Schrankkoffer versteckt, vergaß es, löschte die Erinnerung, weil es sie erinnerte, wie ..." Maggie schüttelte den Kopf. „Stan, das ist die einzige Erklärung für den Einbruch hier." Sie bedeckte ihr Gesicht mit ihren Händen. „Sie braucht Hilfe. Sie braucht keine Polizei und keine Anwälte. Sie braucht einen Arzt."

Erleichterung breitete sich auf Stans Gesicht aus. „Sie wird einen bekommen. Den besten, den Joyce und ich finden können."

Unsicher stützte Maggie eine Hand auf den Tisch. „Sie spricht immer so gut von Ihnen", murmelte sie. „Davon, wie sehr Sie Joyce lieben. Ich glaube, sie würde alles tun, um Sie beide glücklich zu machen."

Maggies Blick fiel auf das Farbfoto von Morgan und Stan an dem Graben. Jetzt wird alles abgeschlossen, dachte sie, während sie auf das Foto starrte. Louella hatte genug gelitten, war genug bestraft worden für ...

Sie kniff die Augen zusammen und sah genauer hin. Sie erinnerte sich an Reikers Worte: „Wir haben auch einen Ring gefunden, einen alten Ring mit Gravierungen und drei kleinen Diamantsplittern. Joyce Agee hat den Ring als ihrem Vater gehörend identifiziert."

Aber auf dem Foto trug nicht William Morgan den Ring. Sondern Stan Agee.

Sie blickte mit wissenden Augen auf.

Er brauchte nicht auf das Foto unter ihrer Hand zu blicken. Er hatte es bereits gesehen. „Sie sollten die Finger davon lassen, Maggie."

Sie reagierte. Blitzartig rannte sie zur Haustür. Ihre Reaktion war so unerwartet, dass sie schon in der Diele mit einer Hand am Türknauf war, bevor er den ersten Schritt getan hatte. Als die Tür klemmte, fluchte sie. Als sie zum zweiten Mal daran zerrte, schloss sich Stans Hand um ihren Arm.

„Nicht." Seine Stimme klang leise und gepresst. „Ich will Ihnen nichts tun. Ich muss das alles erst durchdenken."

Mit dem Rücken zur Tür, starrte sie ihn an. Sie war allein im Haus mit einem Mörder. Allein, dachte sie verzweifelt, abgesehen von einer zerbrechlichen alten Frau, die ihn genug liebte, um ihn zehn Jahre lang gedeckt zu haben. Maggie sah, wie er die Hand auf den Griff seines Revolvers legte.

„Wir sollten uns lieber hinsetzen."

Cliff hatte seine Entscheidung getroffen und war pfeifend mit seinem Pick-up unterwegs, um Maggie einen richtigen Heiratsantrag zu machen. Er pfiff auch noch, als er durch die Stadt fuhr, bis Joyce auf die Straße stürzte und ihn hektisch anhielt.

Er stoppte mitten auf der Straße. „Was ist? Etwas mit den Kindern?"

„Nein, nein." Joyce packte seinen Arm. „Meine Mutter. Sie war die ganze Nacht nicht im Bett ... und Stan, ich kann Stan nirgendwo finden."

„Wir finden Louella." Cliff strich ihr das Haar aus dem Gesicht. „Vielleicht ist sie spazieren gegangen."

„Cliff." Sie packte seinen Arm fester. „Ich bin ganz sicher, dass sie zu dem alten Haus hinaus ist. Es wäre nicht das erste Mal. Es wird schlimmer mit ihr."

„Wovon sprichst du?" Er dachte mit Unbehagen an Maggie.

„Ich habe die Polizei belogen. Ich habe sie belogen, bevor ich alles überdenken konnte, aber ich würde es wieder tun." Als sie Cliff jetzt ansah, tat sie es mit einer eisernen Ruhe. „Ich weiß, wer meinen Vater getötet hat. Ich weiß es seit Wochen. Mutter ... sie scheint es seit zehn Jahren zu wissen."

„Steig ein", befahl er und dachte jetzt nur noch an Maggie, die allein in dem von Wäldern umgebenen Haus war. „Erzähl es mir während der Fahrt."

Maggie saß kerzengerade auf der niedrigen Bank,

während Stan auf und ab ging. Sie wollte glauben, dass er ihr nichts tun wollte. Aber er hatte vor zehn Jahren getötet. Jetzt musste er sie ausschalten oder bezahlen.

„Ich wollte nicht, dass Joyce das Haus verkauft." Er trat an das Fenster und kam wieder in die Mitte des Raums. „Ich wollte es nicht. Das Geld bedeutete mir nichts. Ihr Geld, das Geld ihres Vaters. Woher sollte ich wissen, dass sie es verkauft, wenn ich nicht in der Stadt bin?"

Maggie sah, dass er schwitzte. Es half ihren Nerven nicht. „Sie hat bei der Polizei wegen des Rings gelogen." Maggie befeuchtete ihre Lippen. „Sie liebt Sie."

„Sie hatte keine Ahnung. Ich habe es ihr nie erzählt. Als ich es endlich tun musste, hielt sie zu mir. Ein Mann kann nicht mehr verlangen." Er ging wieder unruhig hin und her. „Ich habe ihn nicht ermordet", sagte Stan tonlos. „Es war ein Unfall ..."

„Wenn Sie zur Polizei gehen und das erklären ..."

„Erklären?" unterbrach er sie. „Erklären, dass ich einen Mann tötete, ihn vergrub und seinen Wagen in den Fluss fuhr? Ich war erst zwanzig. Joyce und ich liebten uns da seit zwei Jahren. Morgan hatte klargemacht, dass zwischen uns nichts sein durfte. Also haben wir uns heimlich getroffen. Als Joyce herausfand, dass sie schwanger war, konnte es keine Geheimnisse mehr geben." Er lehnte sich gegen das Fenster und starrte in den Raum. „Wir hätten wissen sollen, dass etwas nicht stimmt, als er es so gut aufnahm, aber wir waren beide so erleichtert und begeistert über die Vorstellung zu heiraten, dass wir es nicht begriffen. Er sagte uns, wir sollten uns ein paar Wochen still verhalten, während er die Hochzeit vorbereitet."

Maggie erinnerte sich an das finstere Gesicht auf dem Foto. „Aber er meinte es nicht ehrlich."

„Nein. Er sagte, er habe Ärger mit Murmeltieren auf seinem alten Besitz. Ich war jung und begierig, mich mit ihm gut zu stellen. Ich sagte ihm, ich würde mit meinem Gewehr abends nach der Arbeit hinauskommen und mich darum kümmern."

Er sah, wie Maggie schaudernd auf den Revolver an seiner Hüfte blickte.

„Ich fuhr in der Abenddämmerung hinaus. Ich hatte ihn nicht erwartet. Als ich aus dem Wagen stieg, dachte ich, er sieht aus wie ein Leichenbestatter, ganz in Schwarz und mit blank polierten Schuhen. Er stellte eine kleine Metallschatulle auf einen Baumstumpf neben dem Graben. Er verlor keine Zeit. Er sagte mir ins Gesicht, ein Niemand aus einer Kleinstadt dürfe nie seine Tochter heiraten. Er würde sie wegschicken. Schweden oder sonstwohin. Sie sollte das Baby bekommen und weggehen. Er erwartete nicht, dass ich umsonst still halte. In der Schatulle waren fünfundzwanzigtausend Dollar. Ich sollte sie nehmen und verschwinden."

Ja, Maggie konnte glauben, dass der Mann auf dem Foto gedacht hatte, mit Geld alles regeln zu können.

„Ich war außer mir. Ich konnte nicht glauben, dass er mir alles nehmen wollte, was ich mir je gewünscht hatte. Er durfte das nicht tun." Stan wischte sich den Schweiß von der Stirn. „Aber er hätte es bedenkenlos getan. Ich habe ihn angeschrien. Ich habe ihm gesagt, dass er mir Joyce und unser Baby nicht wegnehmen könne. Ich habe ihm gesagt, wir würden weggehen und sein dreckiges Geld nicht brauchen. Er öffnete die Schatulle und zeigte mir die Geldscheine. Ich schlug sie ihm aus den Händen."

Sein Atem kam stoßweise, als würde er den Moment noch einmal durchleben – den Zorn, die Verzweiflung. Maggie fühlte, wie Mitleid sich in ihre Angst mischte.

„Er verlor nicht einmal die Beherrschung. Er bückte sich nur und tat das Geld wieder in die Schatulle. Er dachte, ich wollte mehr. Er verstand es nicht, konnte es nicht verstehen. Als er erkannte, dass ich das Geld nicht nahm, sondern weggehen wollte, nahm er mein Gewehr so ruhig, wie er die Schatulle genommen hatte. Ich wusste, dass er mich auf der Stelle umbringen wollte und damit irgendwie auch durchkommen würde. Ich konnte nur daran denken, dass ich Joyce nie wieder sehen, unser Baby nie in den Armen halten würde. Ich warf mich auf das Gewehr. Es ging über meine Schulter hinweg los. Wir kämpften miteinander."

Er keuchte jetzt. Seine Augen waren glasig. Maggie schloss die Augen und sah es so klar, als würde es jetzt geschehen.

„Er war stark – der alte Mann war stark. Ich wusste, ich würde tot sein, wenn ich nicht an das Gewehr kam. Irgendwie ... ich hatte es auf einmal in meinen Händen und fiel nach hinten. Ich werde es nie vergessen ... es war wie im Traum – ein Albtraum. Ich fiel nach hinten, und das Gewehr ging los."

Sie sah es allzu klar vor sich. Mitfühlend und ängstlich zugleich, wagte Maggie zu sprechen. „Aber es war ein Unfall. Notwehr."

Er schüttelte den Kopf, und seine Hände sanken an seine Seiten – an die Waffe an seiner Hüfte. „Ich war zwanzig und musste jeden Penny zusammenkratzen. Ich hatte gerade den wichtigsten Mann der Stadt getötet, und neben der Leiche befanden sich fünfundzwanzigtausend Dollar in einer Schatulle. Wer hätte mir geglaubt? Vielleicht war es Panik, vielleicht war es Vernunft, aber ich vergrub ihn und sein Geld in dem Graben und fuhr seinen Wagen in den Fluss."

„Louella ...", setzte Maggie an.

„Ich wusste nicht, dass sie mir gefolgt war. Wahrscheinlich kannte sie Morgan besser als jeder andere Mensch und wusste, dass er mich Joyce nicht heiraten lassen würde. Ich wusste nicht, dass sie vom Wald her alles gesehen hatte. Hätte ich es gewusst, wäre vielleicht alles anders gelaufen. Sie hat sich nie ganz von dem Schock über den Verlust ihres Mannes erholt. Jetzt verstehe ich sie besser. Sie hat alles beobachtet. Damals grub sie aus ihren eigenen Gründen das Geld aus und versteckte es im Haus. Sie hat mich all die Jahre über gedeckt."

„Und Joyce?"

„Sie hat es nicht gewusst." Stan zerrte an seinem Kragen. „Ich habe es ihr nicht erzählt. Ich liebe Joyce, seit sie ein Mädchen war. Hätte ich ihr erzählt, was ihr Vater angedroht hat, hätte sie vielleicht nicht geglaubt, dass es ein Unfall war. Damit hätte ich nicht leben können. Die ganzen Jahre über habe ich versucht, wieder gutzumachen, was an diesem Graben passiert ist. Ich habe mich dem Gesetz und dieser Stadt verschrieben. Ich war der beste Vater und Ehemann, der ich überhaupt sein konnte." Er griff nach dem Foto und zerknüllte es in seiner Faust. „Dieses verdammte Foto. Verdammter Ring! Ich habe erst Tage danach bemerkt, dass ich ihn verloren hatte. Der Ring meines Großvaters. Zehn Jahre später wird er zusammen mit Morgan ausgegraben! Wissen Sie, wie ich mich gefühlt habe, als ich hörte, dass Joyce ihn als den Ring ihres Vaters identifiziert hatte? Sie wusste Bescheid. Sie wusste, dass er mir gehört, aber sie stand hinter mir. Sie hat nicht an mir gezweifelt, als ich ihr alles erzählte. All diese Jahre über ... ich habe all diese Jahre über damit gelebt."

„Jetzt brauchen Sie nicht mehr damit zu leben." Maggie sprach ruhig, obwohl ihr das Herz bis zum Hals schlug. Er war so angespannt, dass sie nicht abschätzen konnte, ob er durchdrehen und was er tun würde. „Die Leute respektieren Sie. Louella hat alles gesehen. Sie wird aussagen."

„Louella steht unmittelbar vor einem völligen Zusammenbruch. Wer weiß, ob sie noch eine Aussage machen kann, wenn alles auffliegt. Ich muss an Joyce denken, an meine Familie, meinen Ruf." Ein Muskel begann in seiner Wange zu zucken, während er Maggie anstarrte. „Es steht so viel auf dem Spiel", flüsterte er. „So viel muss beschützt werden."

Sie sah seine Hand über dem Revolvergriff schweben.

Cliff musste in der letzten Kurve voll bremsen, weil ein Mann auf die Straße trat. Fluchend sprang Cliff aus dem Wagen.

„Mr. Delaney", sagte Reiker ruhig. „Mrs. Agee."

„Wo ist Maggie?" fragte Cliff und wurde von Reiker mit einem überraschend festen Griff festgehalten.

„Sie ist im Haus. Im Moment geht es ihr gut. Dabei wollen wir es belassen."

„Ich gehe hinauf."

„Noch nicht." Er wandte sich an Joyce. „Ihre Mutter ist auch drinnen, Mrs. Agee. Sie schläft. Ihr Mann ist auch da."

„Stan." Joyce tat instinktiv einen Schritt auf das Haus zu.

„Ich habe alles beobachtet. Ihr Mann hat Miss Fitzgerald die ganze Geschichte erzählt."

Cliffs Blut erstarrte. „Verdammt, warum haben Sie sie nicht herausgeholt?"

„Das werden wir. Alle. Ganz ruhig. Mrs. Agee, ich brauche Ihre Hilfe. Wenn Ihr Mann Sie so sehr liebt, wie er sagt, sind Sie der Schlüssel." Reiker blickte zu dem Haus. „Er wird den Wagen gehört haben. Lassen Sie ihn wissen, dass Sie hier sind."

Im Haus hielt Stan Maggie am Arm und stand mit ihr am Fenster. Sie hörte seinen Atem pfeifen. Als Entsetzen sie packte, schloss sie die Augen und dachte an Cliff. Wenn er zurückgekommen war, würde der Albtraum enden.

„Jemand ist da draußen." Stans freie Hand schloss sich um den Revolvergriff, öffnete sich wieder. „Ich kann Sie mit niemandem sprechen lassen. Das müssen Sie verstehen."

„Ich werde nichts sagen." Seine Finger gruben sich in ihren Arm. Der Schmerz hielt ihren Kopf klar. „Stan, ich will Ihnen helfen. Ich schwöre es. Wenn Sie mir etwas antun, wird es nie vorbei sein."

„Zehn Jahre", murmelte er. „Zehn Jahre, und er versucht noch immer, mein Leben zu zerstören. Ich kann es nicht zulassen."

„Ihr Leben wird zerstört, wenn Sie mir etwas antun." Bleib logisch und ruhig, mahnte Maggie sich, als Panik sie zu überwältigen drohte. „Diesmal wäre es kein Unfall, Stan. Diesmal wären Sie ein Mörder. Das würde Joyce nie verstehen."

Seine Finger drückten zu, bis Maggie sich auf die Unterlippe beißen musste, um nicht aufzuschreien. „Joyce steht zu mir."

„Sie liebt Sie und glaubt an Sie, aber wenn Sie mir etwas antun, wird sich alles ändern."

Sie fühlte ihn zittern. Der Griff an ihrem Arm löste sich langsam, während Maggie Joyce zu dem Haus heraufkommen sah. Zuerst dachte sie an eine Einbildung. Dann hörte sie Stan den Atem anhalten. Er hatte sie auch entdeckt.

„Stan! Stan, bitte, komm heraus!"

„Ich will dich nicht da hineinziehen!" Stans Finger lagen wieder wie Eisenklammern an Maggies Arm.

„Ich war schon immer da hineingezogen. Ich weiß, dass du alles nur für mich getan hast."

„Verdammt." Er presste das Gesicht gegen die Scheibe und schlug mit einer Faust immer wieder gegen den Rahmen. „Er kann nicht alles zerstören, was wir uns aufgebaut haben."

„Nein, das kann er nicht." Joyce kam ihm Schritt um Schritt näher. In all den Jahren hatte sie noch nie Verzweiflung in der Stimme ihres Mannes gehört. „Stan, er erreicht uns nicht mehr. Wir sind zusammen. Wir werden immer zusammen sein."

„Sie werden mich von dir wegnehmen. Das Gesetz." Er presste seine Augen fester zu. „Ich habe mein Bestes für das Gesetz getan."

„Alle wissen das, Stan. Ich stehe zu dir. Ich liebe dich. Du bist für mich alles, mein ganzes Leben. Bitte, tu nichts, wofür ich mich schämen müsste!"

Maggie fühlte, wie er sich anspannte. Der Muskel zuckte noch immer in seiner Wange. Schweißtropfen standen auf seiner Lippe, aber er wischte sie nicht mehr fort. Er starrte aus dem Fenster, auf Joyce, dann über den Graben.

„Zehn Jahre", flüsterte er. „Und es ist noch immer nicht vorbei."

Seine Finger zuckten an Maggies Arm. Wie betäubt vor Angst sah sie zu, wie er den Revolver aus seinem Halfter zog. Seine Augen richteten sich auf sie, kühl, klar, blau, ausdruckslos. Vielleicht hätte sie um ihr Leben gefleht, aber sie wusste wie jedes Opfer, dass Gnade von der Laune des Jägers abhing.

Sein Gesichtsausdruck veränderte sich nicht, als er den Revolver auf das Fensterbrett legte und ihren Arm losließ. Maggie fühlte, wie ihr Blut wieder zu strömen begann.

„Ich gehe hinaus", sagte Stan tonlos. „Zu meiner Frau."

Schwach vor Erleichterung sank Maggie auf den Klavierhocker. Ohne Kraft für Tränen, vergrub sie ihr Gesicht in den Händen.

„Oh, Maggie." Cliffs Arme schlangen sich plötzlich um sie, und sie fühlte seinen schnellen Herzschlag. „Das waren die längsten zehn Minuten meines Lebens", murmelte er, während er ihr Gesicht mit wilden Küssen bedeckte. „Die längsten."

Sie wollte keine Erklärungen. Er war hier. Das genügte. „Ich habe mir ständig gesagt, dass du zu mir kommst. Das hat mich am Durchdrehen gehindert."

„Ich hätte dich nicht allein lassen sollen!" Er vergrub sein Gesicht in ihren Haaren und atmete den Duft ein.

Sie hielt ihn fester. „Ich habe dir gesagt, dass ich auf mich selbst aufpassen kann."

Er lachte, weil sie in seinen Armen war und sich nichts geändert hatte. „Ja, das hast du gesagt. Es ist jetzt vorbei." Er umfasste ihr Gesicht mit seinen Händen und betrachtete es. Blass, stellte er fest. Ihre Augen waren dunkel, aber ruhig. Seine Maggie war eine Frau, die auf sich selbst aufpassen konnte. „Reiker war lange genug draußen, um in groben Zügen mitzukriegen, was los ist. Er spricht jetzt mit allen dreien."

Sie dachte an Louellas bleiches Gesicht, Stans gepeinigte Augen, Joyces zitternde Stimme. „Sie sind genug bestraft worden."

„Vielleicht." Er strich über ihre Arme, um sich davon zu überzeugen, dass sie unversehrt war. „Hätte er dir etwas angetan ..."

Sie schüttelte den Kopf und klammerte sich wieder an ihn. „Das hätte er nicht gekonnt. Ich will den Teich, Cliff", sagte sie heftig. „Ich will, dass du den Teich schnell anlegst, und ich will sehen, wie sich die Weide darüber neigt."

„Du kriegst den Teich." Er zog sie an sich. „Was ist mit mir, Maggie? Willst du mich auch?"

Sie holte tief Luft und ließ seine Finger an ihrer Wange liegen. Noch einmal, dachte sie. Sie wollte es noch einmal versuchen und sehen, ob er verstand. „Warum sollte ich?"

Er zog die Augenbrauen zusammen, schluckte jedoch den Fluch, der ihm auf der Zunge lag. Stattdessen küsste er sie. Hart und lang. „Weil ich dich liebe."

Sie stieß bebend den Atem aus. Sie war tatsächlich daheim. „Das war die richtige Antwort."

– ENDE –

Band-Nr. 25080
6,95 € (D)
ISBN 3-89941-103-X

Nora Roberts

Die MacGregors (Band I)

Zwei leidenschaftliche Liebesgeschichten aus Nora Roberts faszinierender Familiensaga um die MacGregors.

Das Spiel beginnt
Im Casino eines Luxuskreuzers begegnet die schöne Serena MacGregor dem Millionär Justin Blade. Ein Spiel um die große Liebe beginnt ...

Lebe die Liebe
Wird es Clive MacGregor gelingen, die schöne Anwältin Diana Blade von seiner Liebe zu überzeugen?

Band-Nr. 25082
6,95 € (D)
ISBN 3-89941-107-2

Heather Graham
Zwischen Liebe und Gefahr

Zwei Mal atemberaubende Spannung, zwei Mal große Liebe: ein Doppelroman der Erfolgsautorin Heather Graham.

Julies dunkle Träume
Mit ihren telepathischen Fähigkeiten hat Julie der Polizei bereits oft geholfen – doch wird der Ermittler Robert McCoy sie retten können, als sie selbst Opfer eines wahnsinnigen Entführers wird?

Hurricane der Liebe
Katie beschließt, den Schuldigen zu finden, der den Ruf ihres Geliebten Andrew Cunningham, Bauunternehmer in Florida, zerstört hat – und gerät in Lebensgefahr ...

Nora Roberts
Irische Herzen
Band-Nr. 25065
8,95 € (D)
ISBN 3-89941-086-6

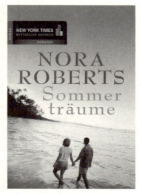

Nora Roberts
Sommerträume
Band-Nr. 25059
6,95 € (D)
ISBN 3-89941-074-2

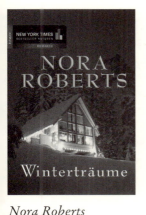

Nora Roberts
Winterträume
Band-Nr. 25077
6,95 € (D)
ISBN 3-89941-100-5

Sandra Brown
Wenn die Liebe erwacht
Band-Nr. 25057
6,95 € (D)
ISBN 3-89941-072-6

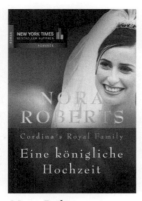

Nora Roberts
Cordina's Royal Family
„Eine königliche Hochzeit"
Band-Nr. 25056
6,95 € (D)
ISBN 3-89941-071-8

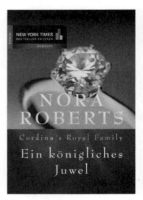

Nora Roberts
Cordina's Royal Family
„Ein königliches Juwel"
Band-Nr. 25072
6,95 € (D)
ISBN 3-89941-094-7

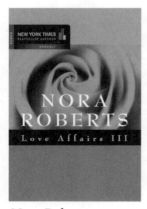

Nora Roberts
Love Affairs III
Band-Nr. 25046
7,95 € (D)
ISBN 3-89941-057-2

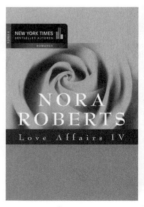

Nora Roberts
Love Affairs IV
Band-Nr. 25074
7,95 € (D)
ISBN 3-89941-096-3